## 書系緣起

早在二千多年前，中國的道家大師莊子已看穿知識的奧祕。莊子在《齊物論》中道出態度的大道理：莫若以明。

**莫若以明是對知識的態度，而小小的態度往往成就天淵之別的結果。**

「樞始得其環中，以應無窮。是亦一無窮，非亦一無窮也。故曰：莫若以明。」

是誰或是什麼誤導我們中國人的教育傳統成為閉塞一族。答案已不重要，現在，大家只需著眼未來。

共勉之。

# 貪婪，你會走多遠？

馬克・艾斯伯格 著
管中琪 譯

MARC ELSBERG

# GIER

WIE WEIT WÜRDEST DU GEHEN?

此書獻給：艾爾瑪、艾洛斯、安娜、艾力克、喬治、伊塔、席克、琳娜、馬帝亞斯、莫里茲、娜丁、諾亞、保羅、菲力普、賽巴斯提揚、泰歐、提伯、烏蘇拉、薇娜莉，與其他所有的年輕人。

# 目錄

# 秤重之日

妲娜抹去額頭的汗。她支撐在長柄鐮刀上，目光掠過金色田野。炎炎夏日，空氣蒸騰晃動。麥浪在妲娜四周翻湧，其他人的上半身隨著鐮刀規律的推進搖擺扭轉。宛如舞蹈似的，妲娜心想。生與死從容不迫的舞蹈，大自然生生不息的悠閒之舞。隨著每一次推進，麥穗便應聲落地，麥稈像遭到軍法槍斃的士兵般七橫八豎地翻倒，在風景裡一段一段延展而去。一天結束，粗糙不平的耕地上，只剩下乾掉的莖稈東南西北地豎著，猶如鶴髮雞皮的老翁臉上冒出的鬍渣。堆靠在一起的麥捆，猶如小火山似的散放四方，一束束珍貴的麥粒，能讓妲娜和她同伴度過冬天，進入來年。明年春天，妲娜的田裡又會長出未來的希望，就如自古以來一代又一代，一年復一年一樣。

對妲娜和她同伴來說，今年是豐收的一年。天氣大發慈悲，寒冬保存了土裡的種子，凍死害蟲。溫暖的春天誘惑稚嫩的新芽，初夏豐沛的雨量催促芽兒鑽出肥沃的土地。暴雨、冰雹與真菌沒來打擾，仲夏的及時雨賦予嫩芽力量，讓它們能夠變成粥與麵包，有時候甚至是蛋糕，將力量傳遞給妲娜與她的同伴。

她望向遠處比爾的田，那兒一樣婆娑舞動。妲娜心裡好奇，不知道他今年收成怎麼樣了。

秤重之日來臨了。田裡的麥捆乾燥以後，妲娜和同伴收集起來，搬到庭院。接著使勁力氣打麥，打得腰都要斷了才脫掉完麥糠。打好的麥，將常備份量放置穀倉中，儲藏過冬，也作為來年的種子；另外拿走剩下的部分，裝入袋子裡。

妲娜收緊推車前方的公牛身上的繩索，將麥袋載往城裡的市集。她十分期待進城趕集。安、比爾、卡爾與她，以及村裡其他農夫，在市集裡將收成賣給出價最高者。等到傍晚從城裡回來後，一如往常大肆慶祝。

比爾站在商販的磅秤旁，對她露出燦爛笑容。他身材魁梧，一雙棕眼，頭髮茂密烏黑。他已奮力搬起自己的麥袋放在商販寬大的秤盤上。

「今年我會比妳多。比你們所有人還多！」比爾對她說。

妲娜聳聳肩。畢竟她的收成是否比比爾還多並不重要，只要大夥兒都能安然度過冬天，收益足以送孩子上學，還能進行必要房屋的修繕，她就滿足了。或許甚至還有錢能夠買頭母牛。

商販也秤完了她的貨物。

「妳今年大豐收唷。」他讚賞妲娜說。「產量明顯高於比爾許多。」

她說：「我們兩個今年都豐收，沒有害蟲，沒有乾旱，沒有冰雹，也沒有洪水。」

但是她看到比爾非常失望，面露不悅。從小他就要當最優秀的那個，愛與人較量，不斷挑釁別人；不想和大家玩，只會作對；一定要第一個跑抵終點，站上頒獎台最高那一階。他耕種的土地和妲娜家的一樣肥沃，播種同樣的麥子，農地面積也相同。他們生活在同一個天空下，共享同一種天氣。比爾能幹的程度不輸妲娜，也像她一樣精通本業。其實他本性善良，帥氣英俊。妲娜覺得他相當迷人，就是那好強的性格讓人厭煩。特別是她的情況比他好。

「這事也太奇怪了！」他喊道。「我像個牲畜一樣做牛做馬！每一個環節都做得正確無誤呀！可是妳的產量竟然更多！已經連續三年了！怎麼可能？」

自尊受傷的男人！他就差沒指控她施行巫術。

妲娜心想，或許該把她的祕密告訴他了。

# 第一個決定

在生命源起時，有些自我複製的化學結構，
遵循著一種能協助他們取得優勢的數學原理。
——威爾・坎特

# 1.

街道熊熊燃燒，柏油上飄著重重煙霧。燃燒彈像墜落的流星，爆出一顆顆火球，冒著濃濃的煙霧。偶爾幾抹深色的幽靈在濃霧中追逐，一下消失在此地，一下又在彼處出現。

「這根本是戰爭！」梅蘭妮・阿馬杜蹲低身子大吼。

他們身後的煙霧中，浮出一排人。先是頭、肩膀，然後是海報與大幅標語。

「上面寫什麼？」艾德・席佛斯坦喊著，然後將鏡頭拉近，對準示威者的標語。「停止貪婪！居住：禁止炒房！無條件保障基本收入！我請不起說客！現在就要和平！資本主義去死！」

阿馬杜緊緊握著麥克風：「企業債泡沫破滅後，全球正遭遇和二〇〇八年一樣的經濟危機。數十萬人目前聚集在柏林，抗議因銀行與企業紓困而制定的新撙節政策。幾個月前有誰能料想到這種局面？一夜之間，到處都變成了希臘！」

鏡頭搖攝到另一個場面，他們前面的煙霧中出現第二排人陣。

「光頭黨！飛行夾克！」席佛斯坦在攝影機後面喊道。有些光頭黨人手中揮動木條與球棒。「外國人滾出去！德國優先！我們是人民！」光禿禿的頭顱、扭曲憤怒的臉充斥整個螢幕。

這時，浴室的鏡子裡，湘恩的雙眼閃耀瀅瀅綠光。豪華旅館設想十分周到，巨大的浴室鏡子有部分也是電視螢幕。她在下睫毛塗上睫毛膏。

阿馬杜說：「我們這邊也收到美國許多大都市傳來的類似畫面……」

湘恩描著上睫毛。彭博電視台的畫面切換到紐約，出現兩位激動的記者。

鏡子裡，湘恩的臉龐旁邊，布魯克林的警察在滾滾濃煙中追打抗議者。煙火熾紅的火光將這場追捕浸淫在妖異紅之中。

「自從一個另類右派分子開車衝進示威人群，撞倒三位非裔美國人後，美國十二個大都市的整個城區便陷入火海！」

湘恩拿起打亮粉餅。彭博電視台的畫面切到戰艦、火箭發射。幸災樂禍的亞洲政客急忙趕到會議室。

「更糟的是，」電視裡的女記者說。「中國艦隊正在亞洲海域挑釁鄰國，激起衝突；沙烏地阿拉伯、伊朗和伊拉克在阿拉伯半島的戰爭逐漸升級；核武威脅大聲叫囂；俄羅斯在東歐煽動挑撥。自二戰以來，全球局勢從未如此一觸即發。」

中東某處遭遇炸彈攻擊，孩子們灰頭土臉，全身沾染血跡。湘恩抿抿嘴唇。

歐洲與美國政客站在講台後面，鑲板牆前面或會議桌旁。

「因此，早就計畫在柏林舉行的外長會議，暫時擴大為危機高峰會，各國主要政治人物、央行行長與企業領袖紛紛趕來參加。」

湘恩起身，檢查一下髮型，撫平晚禮服，那是洛杉磯的蘇克・道拉工作室出品的訂製服。她絕對有資格當個模特兒。

泰德・霍頓出現在鏡子裡。他身高與她差不多，年紀長了幾歲，一身黑色吸菸裝。湘恩有點困惑。泰德是出現在新聞裡，還是站在她身後？

「妳準備好了嗎？」他問。他是站在她背後。

她朝他點頭。他的目光若有似無飄過她的嬌軀。

「我們把現場交給柏林的梅蘭妮與艾德……」

火光沖天。來自燃燒中的車體。

## 2.

即使開著空調，豪華房車中的皮革味道仍舊與物品燃燒的臭味混合，讓威爾．坎特幾乎喘不過氣。瓶罐破裂的哐鏘聲、震耳欲聾的爆炸聲、此起彼落的咆哮，透過玻璃車窗悶悶地傳來。「路面鋪石頂得住嗎？」他一邊暗忖，手指一邊抓緊車門的安全把手。

他們車子龜速前進，前面路邊有輛車在熊熊燃燒。

五十歲中旬的大塊頭司機留著八字鬍，正用德語咒罵著。

賀柏特．湯普森坐在威爾旁邊，瘦骨嶙峋的老人正緊抓著手機講電話。

「我們剛要經過地獄，他媽的！」粗嘎的老人聲音。「那個我們晚點再談！」就像許多天才一樣，這幾年來，湯普森也在自己的西裝裡衰老萎縮，墊肩太寬，袖子皺巴巴的。他坐在豪華房車的皮革座椅裡，幾乎看不見。彷彿這人完全失去了精力。

手機微微傳來另一端斷斷續續的隻字片語：「……當代最具影響力的經濟學家！……正在自我了斷科學前途！」

湯普森破口大罵：「正好相反！那絕對是我最重要的研究！」

對方的回答消失在示威者的吵雜聲中。

「我畢生的傑作？」湯普森吼道。「我才剛剛創造出來！這些觀念可以杜絕外頭那些瘋狂事，創造更多正義，為大眾謀求更多福祉！他們會傾聽一個諾貝爾獎得主說的話。」

「……你會遭到……恥笑的！」手機另一頭的聲音也氣忿忿。

湯普森果決按下結束通話鍵，把為了這次談話所準備的筆記塞進大腿上的公事包。

「白痴！」他的聲音嘶啞。「就只害怕我們會損害他的利益。」他覷起雙眼，往大幅標語一瞥，問道：「上面寫什麼？」

「停止貪婪！資本主義去死！」威爾說。

「他們根本不知道資本主義是什麼，反正什麼都是資本主義的錯。」湯普森發著牢騷。接下來，他卻忽地咯咯笑說：「我們還真是坐對車進去了。要是這些人知道誰正往他們開去的話……」

威爾覺得這想法一點兒也不好笑。要是他們知道的話，下一顆燃燒彈絕對朝著這輛黑亮的豪華房車丟過來。

湯普森就是惟恐天下不亂，從不畏懼與人對抗。競賽。**適者生存**是一切成功、成長與富裕的基礎。他針對這點提出的相關科學模式，讓他十二年前贏得了諾貝爾獎。他是傳說，是世界各重要人士、權力高層與有錢人願意傾聽的聲音。

湯普森的手機響起，他哼了一聲接通電話。

「你還要什麼？」他咆哮說。「我已經鉅細靡遺說明過了，我們握有證據。**數學**證據！」

威爾豎起耳朵。

「……冥頑不靈。」

湯普森氣得滿臉通紅。「我們正面臨典範轉移！你別想說服我改變發表的想法。沒人會這樣做。」他毫不猶豫切斷電話，收起手機。

司機轉頭向他們求助。前面一堆車塞著動不了，一團煙霧吞沒了最後幾輛車。煙霧中又出現了新的剪影。

湯普森轉身向後看，肢體僵硬，問：「現在那些又是什麼？」

威爾看了後窗玻璃一眼，說：「寫著『外國人滾出去』、『德國優先』的標語。」有些人比著希特勒敬禮的手勢。「納粹！」他又喊道。

湯普森搖頭。「出現新國家主義，我們無須訝異。當國家長年受到壓抑，民族國家只會更傾向民族。我們搞砸了。國家，國際……」

後窗玻璃響起一陣爆炸聲，打斷他的話。威爾嚇得身子縮了一下。碎片噴撞到車窗玻璃，裡頭還參雜著啤酒標籤。

不是汽油彈，只是一般啤酒。

湯普森也吃了一驚。這位諾貝爾獎得主轉而對司機說：「我有個重要演講，可以結束這一切。」他拍拍司機肩膀，又說：「邱吉爾是怎麼說的？『如果你走在地獄，那就繼續向前。』所以，請你往前開吧！」

# 3.

八個老式按鍵手機，在電腦左邊仔細排成兩列，每列四個。訊息在第六個手機上亮起時，他正在旅館房間裡，面前的電腦螢幕上全是密密麻麻的密碼。他拉上半透明的橘棕色遮光窗簾，對於腳底下的大都會風光視而不見。這裡可以是世界上任何一座城市，只不過現在是新加坡。

他開啟訊息，立刻認出傳訊者。他一樣不認識這個名字的真實身分，那只是個一般假名。他和對方在暗網的一個普通平台聯繫上。在這類平台可以招聘到匿名高手，他自己就是個駭客。

訊息只有單一詞組：伊卡魯斯。

他打開第二台筆電，手指在鍵盤上飛舞，不過短短幾秒，便已送出指令。螢幕上，七個不同的視窗同時開啟，他得以從中檢查執行過程是否正確。視窗呈現不同電子郵件客戶端和伺服器的文件檔案夾。自從幾個月前委託人與他接觸後，他的程式就透過各種電子郵件追蹤客戶端和伺服器所有的文件版本，同時在裡頭置入小型定時炸彈，只等他一聲令下，就會在必要時刪除文件。

他剛才已經下了指令。

短短幾秒，所有檔案夾裡某些文件就彷如中邪似的自動消失。他又檢查了一次檔案夾，便結束遠端連線。視窗從螢幕上消失。他闔上筆電，在手機上也只輸入了一個詞：「完成」。

他拆下手機裡的 SIM 卡，折斷後包在衛生紙裡，沖下馬桶。這是個沒有意義的儀式，但他出於迷信，還是堅持遵守。然後，在浴室石磚地板上用力把手機摔到裂開才停手，繼而又補踩好幾腳，踩碎比較大的部分，以便能毫無問題的沖進馬桶不會塞住。這一樣也是誇張的謹慎措施，不過他寧可落伍一點，也不要冒險。

他又回到書桌旁，再次埋首在另外一個螢幕的密碼裡。

# 4.

艾爾椎奇從路華車的擋風玻璃，直視載著湯普森與威爾的賓士車尾。

城堡前面的示威者一定是偏離了批准的路線，警方圍堵的封鎖線顯然像老舊花園水管一樣有漏洞，示威者目前就擠在其中一個漏洞前。艾爾椎奇他們後面的車子已經被首批刺青光頭黨、滿臉落腮鬍的人趕上。但艾爾椎奇不怕這些人，他和車裡的其他四個男子對非比尋常的狀況早就習以為常。

傑克坐在艾爾椎奇一旁的駕駛座上，正在等候他的安排。深灰的戰鬥褲緊裹著健壯的大腿，粗壯的手臂和厚實的肩膀，把灰色襯衫繃得很緊；肥碩的疤臉上，眼睛瞇成細縫，額頭幾乎快抵到車頂。

艾爾椎奇的耳機傳來呼叫。

只有一個人會呼叫他。

他說：「收到。」

「伊卡魯斯計畫。」艾爾椎奇聽到耳裡那個聲音說。

艾爾椎奇說：「重複：伊卡魯斯計畫。」

「確認。」

來電者結束通話。

被隊友暱稱艾爾的艾爾椎奇點擊放在腿上的平板電腦，螢幕上出現一輛汽車的透明鳥瞰示意圖：內部空間、座位、配件、引擎……

傳動系統與控制系統——引擎、方向盤、變速器、油門與煞車踏板——閃爍藍光。引擎上面，轉速表顯示每小時兩公里。螢幕右上方有個紅色「確認鍵」。

點擊。

「確認鍵」的顏色由紅轉綠。

艾爾又把食指指尖放在平板電腦的螢幕上。他的食指碩大，皮膚龜裂，指甲修剪得很短，現正準確地放在透明汽車圖示的藍色踏板上。

他看向前方豪華房車的車尾，一瓶啤酒瓶裡的酒正沿著後車窗玻璃流下來；接著，他食指輕輕按下去。

## 5.

突如其來的加速，快得讓威爾陷進座椅裡。汽車直接開進人群。示威者高聲大喊，有些人急忙在横衝直撞的車輛撞上來前縱身躍開，還有些人憤怒得揮舞拳頭。

「呀，小心點！我說的是『走在地獄』，不是創造地獄！」

「不太對勁。」司機操著不流暢的英語叫道。

威爾聽出他聲音裡的不可置信。

「怎麼回事？」

「這車……自己在前進！」

司機猛踩煞車、按喇叭。賓士車發出噪音，從煙霧與站立不動的人影中開出一條路，接著速度加快。

「煞車失靈了！」他不斷搖晃排檔桿，聲音透出恐懼。「不能換檔！完全沒有反應！」

司機的雙手離開方向盤。「您看！」

「快把手放回方向盤！」湯普森命令他。

司機趕緊依言照做。

威爾看見車窗外的人瞪大眼睛，嘴裡咆哮吼叫。

一幅標語直接打在右半邊的擋風玻璃上，遮住他們的視線。然後又被吹走。

司機徒勞無功地轉著方向盤。

「我的天啊……」威爾結結巴巴，「這輛車被駭了！」他在西裝口袋掏了半天，最後才拿出手機；但任憑怎麼用力點擊觸控螢幕，畫面始終一片黑。
車外街上的煙霧逐漸退散，只見前面的示威者四面八方奔逃。要對抗一團以時速四十公里向前衝的鐵，他們只拿得出自己的皮肉、骨頭與生命。
威爾問司機：「你有電話嗎？」
「這裡。」
司機不知所措的不停搖晃方向盤和排檔桿。威爾啟動手機，但是一樣沒有反應。他看向湯普森。湯普森高聳著肩，整個人縮在座椅裡，緊緊抱著公事包，臉色慘白看著威爾動作。
豪華房車速度愈來愈快，路上已淨空，見不到什麼示威者，也沒有車輛往來。威爾不停地眨眼，簡直不相信自己的眼睛。他們前方的街道完全沒有異常。他轉過頭，車後一段距離的場景，彷彿就像一場大雷雨打在地球上。只有一輛深色 SUV 跟著他們。
他們離開十字路口，彎過禁止行駛的標誌，進入一條多線道的道路。再往前，威爾發現了勝利女神紀念碑。他們竟然駛入了蒂爾加滕區！
「您的電話！」威爾向湯普森伸出手。
這位諾貝爾獎得主在外套口袋裡翻找，久得像過了一輩子。
他們行駛在空無一人的寬廣街道，穿越公園。
「為什麼這裡沒有人？」威爾喊道。
司機解釋：「因為明天有示威遊行，所以這裡封路了。」他額頭上滿是汗。
威爾終於拿到湯普森的手機，但和其他手機一樣，也毫無反應。他沮喪萬分，把手機摔在座椅上。
威爾大喊：「我們被綁架了！必須想辦法引起別人注意才行！」

司機吼道：「要引起誰的注意？外面沒有半個人！該死！」

車子猛地朝左打滑，輪胎發出刺耳的嘎吱後，又忽然彎回右方。角度太大了！車子直奔樹林衝去。右前輪開上路緣石，副駕駛座那邊陡然高起。接著一個大迴旋，豪華房車劃破空中衝向樹木。

# 6.

揚恩只看見一個龐大的影子。下一秒，一噸重的鐵橫過道路，飛越自行車道。他本能把頭一縮，車子正好從他頭頂射過，砰地撞上一棵樹幹，又劈啪撞到第二棵後墜毀落地。揚恩幾乎控制不住自行車，連忙緊急煞車。

車子倒在樹林裡七、八公尺處，整輛車四腳朝天翻了過來，前輪附近的底盤冒出煙。揚恩扔下自行車。這種時刻，人通常不會多想。他的身體有如弓弦一般，瞬間衝過去，一邊在牛仔褲前面口袋掏出手機，撥打緊急電話，一邊全力奔向那堆壓扁的金屬。

那是輛深色豪華房車，已經撞得稀巴爛。駕駛座離他最近，車頂受損狀況最輕微。座位上掛著一個年紀稍長的男人，動也不動，身穿深色西裝，留著八字鬍，安全氣囊萎軟無力攤散他四周。揚恩耳邊傳來應答聲。

「我叫揚恩．吳特。蒂爾加滕區發生嚴重車禍，就在勝利女神紀念碑和布蘭登堡門之間。」

他收起手機，對自己說：「揚恩，你是護士，非常熟悉人體結構。」他探探那個男人的脖子，沒有脈搏；拉了拉門把，沒有動靜。駕駛人後面躺了個更老的人，頭朝下，身子在車內折成怪異的姿勢，血流如注。他沒有繫緊安全帶，一隻手臂伸在車窗外。揚恩感覺不到脈搏。老人旁邊的後座上同樣頭朝下掛了一個人，安全帶還繫著，年紀比較輕，也是位男性。他的嘴唇在動。揚恩跑過車子另一邊，試圖把頭擠過曾經是車窗的窄縫。

「你還好嗎？」他吼問，「救護車已經在路上了！」

對方眼睛緊閉，喃喃說著什麼。你不可能讀得懂一個顛倒晃動的臉，那表情完全不對。

「你會痛嗎？」

在翻過來的車頂上，男子頭旁邊有個敞開的公事包，散落出一些紙張，再旁邊是手機和其他東西。

他的聲音太細弱。揚恩伸長身子，再往他嘴靠近一點，想要安撫他。那人嘴唇顫抖，眼睛現在看著揚恩，露出眼睛底下——現在是上面——的眼白。

他呻吟著說，「……湘……達爾……」

湘達爾？揚恩完全摸不著頭緒。

「我……Sorry，我聽不懂你的意思。但你別擔心，救護人員已經在路上了。」

他似乎沒聽見揚恩的話。「菲茲羅……皮……黃金……吧……」

「菲茲羅什麼？」揚恩一個人能做的不多。即使成功解開男子的安全帶，他的身體也會掉到車頂上，很有可能加重傷勢。

「菲茲羅……皮……湘……達爾……伊……」他的喉頭發出咕嚕聲。

「湘達爾．伊？那是人名嗎？」揚恩問。

他的眼睛從一邊看到另一邊。沒有生氣。

「菲茲羅——也是個名字嗎？」揚恩的話仍然沒被聽見。

男人閉上眼睛。那表示「沒錯」的意思嗎？又是低語：「黃金……吧……」

傑克在事故現場後面幾公尺停下的路華車上。賓士車簡直把路緣石當成了跳台。艾爾椎奇和山姆跳出路華車，看著樹林裡那堆廢鐵。這個時間點，在被封鎖的街道旁的這條小路上，沒有半個人，只有一輛自行車倒在地上。接著，艾爾便看見了那個人。說得準確一點，是看見了那人的屁股，凸出於副駕駛座那半邊的其中一個車窗。

艾爾對其人說：「來！我們必須趕快過去！傑克，把車子駛離禁行區！」

羅伯和貝爾從 SUV 跳下來，兩人和艾爾與山姆一樣都是大塊頭，一身深色牛仔褲與夾克。豪華房車旁邊那個傢伙從車裡移出上半身，用力拉著車把。對方是個瘦高的年輕傢伙，棕色頭髮剪成削邊油頭，深色連帽衫配上洗白的牛仔褲。忽然間，車門被拉開來，他差點一屁股倒在地上。他再度彎向前，不知道在弄什麼，然後又冒了出來。他們差不多趕到了他身邊。下一秒，他便發現他們。

「謝天謝地！」這位好心的撒馬利亞人呼道。「至少有一個人活著！他還可以說話！」他又指著冒著濃煙的引擎說：「在那個爆炸之前，我們必須把他們救出來！」

那個不會**爆炸**。至少不是自己爆炸。

那四個人彷彿特勤小組似的快步走向揚恩和已成廢鐵的車子。他們身著休閒服，每一個人都身材高大，感覺訓練有素，動作十分精確。這樣更好。強健的手臂來得正是時候。

新幫手自動分散開來。兩個人走到車子另一側，那兒兩個乘客已經沒有氣息；兩人走向揚恩。這些人為什麼在夏天晚上戴著手套？他們彎向他，朝車內打量。

其中一個問：「發生什麼事了？」他的下巴就像個鐵砧似的。揚恩聽不出他的口音。美國佬？他的右耳塞了個耳機。

揚恩說：「他剛剛還在說話。我們也許可以把他弄出來。」

鐵砧下巴忽地一把抓住揚恩脖子，猛然將他的頭撞向車身。揚恩眼前一黑，昏昏沉沉往一旁倒下，太陽穴硬生生敲在地面。「怎麼……？」

地面在搖。他的腦子劇烈跳動，淚水在眼眶裡打轉。那個人將魁梧的上身擠進車裡。另一側的前輪後面，有個人在車子冒煙的地方不知忙著什麼。揚恩吃力地站起來，卻又癱軟倒下。某人口操外語簡潔下了命令，另一個人便探頭進車內，開始翻找。揚恩這一側，有人在車身後面弄東西。是油箱蓋。他打開了蓋子！汽油頓時噴出。不遠處傳來警笛聲。揚恩再次努力想撐起身體。

鐵砧下巴從車子出來，挺直身子，一手拿著公事包。他轉向揚恩，抓住他的腳踝拖向汽油！揚恩奮力想甩開對方，但這傢伙除了有鐵砧似的下巴，握力也像老虎鉗一樣。絕望中，揚恩雙手往後划。這時，他抓到車身一小部分，拿在手裡感覺又尖又利。他立刻一鼓作氣，倏地將尖銳物刺入抓住他腳踝的手。那傢伙悶哼一聲，手鬆開來。揚恩終於吃力站起身。汽油已經在車子四周蔓延開來。車身後面那個人再度闔上油箱蓋。另一側的兩人往後退，遠離車子。鐵砧下巴彈了起來，怒火中燒瞪著手套上深深的傷口，只見血正一點一點往下滴。揚恩聽見擦亮火柴的聲音，眼角餘光瞥見一個擺動。他才剛閃身，轉頭準備拔腿狂奔，汽油立刻點燃，爆炸的熱浪將他往前沖。

火焰在他身後赫赫怒吼，他轉過身往後看。火球前，兩道壯碩的影子正往這兒奔來。他的雙腳這輩子沒飛奔得如此迅速！揚恩聽見追兵沉重的腳步，接著也聽見了警笛聲，但最響亮的還是他的喘氣聲。他的頭簡直要炸裂了。

「車子裡還有人！其中一個還活著！他們竟然就這樣點了火！」

黯淡無力的燈光中，有兩個人從勝利女神紀念碑朝他跑來，穿著深色褲子和襯衫。「是他們一夥的嗎？」

其中一個在他的褲腰摸索著。武器嗎？揚恩左右張望。火燃燒著，不見追兵蹤影。那兩個人繼續奔來。

「不要動！警察！你要去哪裡？！站住！」

揚恩的呼吸比心跳還要急促。透過火焰和濃煙，他看見意外現場旁邊現正閃爍藍光，圍著好幾輛車。那幾個穿深色衣服的人已無影無蹤。面目全非的起火車子又微微爆炸，火星劃破黑夜，周圍的樹木也遭波及。這裡已經沒有他施得上力的地方。一想到車裡的三個人，揚恩的胃就打結，噁心感擴散到指尖、腳尖、髮根與腰，他的身體只剩下抽搐痙攣。

「你為什麼要跑開？」有個警察毫不客氣問。

「你們不會相信我的！」揚恩想著，但一個字也吐不出來。

「跟我來！」

## 7.

湘恩腦中充斥著槳葉的轉動聲，肌膚上披著絲綢，直升機的震動在她體內引起共振。湘恩左邊坐著泰德，右邊是泰德的保全主管米契．麥康奈爾。坐在泰德另一邊的，是他的首席說客喬治．拉馬克。他們對面是身穿吸菸裝的美國財政部長與一身晚禮服的夫人，兩側則坐著保全人員。

部長激動地比手畫腳。

「……又來了！」

雖然房間有隔音，他們還是得大聲說話。

泰德說：「我的消息來源十分可靠！通用汽車無法再償還某些貸款，而BLA正面臨破產。」

「是那家中國企業集團嗎？」喬治．拉馬克不可置信問。

「正是那家。你明白那是什麼意思吧？」泰德直視部長。或許不是這回事，不過泰德覺得這樣做能與人平起平坐。「一旦通用汽車的償款能力受到質疑，接下來即輪到大眾汽車與其他汽車製造商。短短幾個小時內，近幾年為了支付超額收購的費用，或者為了買回股票而抬高股票價格，因而負債太高的汽車廠，也會面臨危機。而且這種企業多得該死！在N個國家裡可是有數百萬個工作！」

泰德懂得怎麼和政客交談。

「哇哦！」喬治驚呼一聲，臉轉向窗外。「那是什麼？」

他們底下，夜柏林的燈光迎面搖曳閃爍。夏洛特堡被照得通體晶亮，一邊是黑漆漆的公園，一邊是交織著點點燈火的街道。

「是示威者嗎？」開口的是財政部長。

「主辦單位宣稱有六十萬人，不過警方說四十萬。」米契解釋說。

「我們應該下去了嗎？」喬治憂心忡忡喊了一聲。

「發光的究竟是什麼？」部長夫人問。

湘恩說：「是手機螢幕，現代版的彩燈串。」

「像在演唱會一樣？」

「示威本來也就像在開派對。」

夏洛特堡旁邊，幾場燈光秀最後匯聚成巨大的閃亮圖案。

一個圓形的金黃色蛋糕！

蛋糕下半部切割出窄小的一塊，上面的數字不是生日，而是99%。

而在大的那一塊，數字是1%。

「策畫得非常好。」湘恩睨了泰德一眼。「大多數的人只能擁有一小塊蛋糕。」

泰德回說：「很快什麼都拿不到了。BLA將會拋售他們在外國的股份，導致外國公司股價下跌，債券與股票也面臨壓力。其他中國企業將會跟進，脫手他們在西方的股份。公司缺少了投資者，將會破產，解雇所有員工。」

蛋糕上的切割線像迷路的時針與分針開始在兩邊轉動，最後在1%的左右兩邊各框出狹小的一塊。

在圓形大蛋糕下面，閃著不同語言的「我們要拿我們那一份」！

「這些圖案講的是這個世界。」湘恩喃喃說。這時，直升機緩緩降落。

直升機降落在城堡後面的一個光亮處，身穿制服的接待人員拿傘保護女士們的髮型不被空氣渦流吹亂。電子火炬為他們照亮了路，前往燈火如畫的橘園宮巴洛克拱門。湘恩看見外頭與宮裡吸菸裝和晚禮服衣影交錯。他們越往前走，吵雜聲與槳葉旋起的風也越弱。古典樂的旋律迎面飄揚。如果湘恩沒聽錯的話，是巴赫。現在又能方便交談了。

泰德輕聲說：「如果通用汽車和BLA的事情外洩，明天一大早，全球公司債券市場將會萎縮，接下來就是CLO市場。」湘恩知道CLO是擔保貸款憑證，一種不透明的投資工具，類似二○○八年引發的次貸危機，差點毀掉全世界的擔保債權憑證（CDO）。著名的億萬富翁投資專家華倫．巴菲特說這類憑證是「大規模毀滅性武器」。泰德接著說：「同樣還有股票市場。幾乎所有大型銀行、保險公司、資產管理公司、影子銀行……也難逃厄運。」

財政部長問：「還有誰知道這件事？」

為什麼他沒有比泰德還早知悉？湘恩心裡納悶著。

「這裡有些人一定知道了。」泰德環顧現場賓客說。「不過，這件事必須盡可能保密。」

他們身旁加入其他賓客，一起走向橘園宮的晚宴廳。直升機嘈雜聲逐漸減弱，在宮殿豪華廳堂與警察封鎖線的另一邊，示威者的怒吼卻漸漸高漲。湘恩目光掃過寫著幾十種語言的歡迎看板與旁邊標註今晚演講者姓名的小告示。

「賀柏特．湯普森，二〇〇七年諾貝爾經濟學獎得主。」

「歐法魯．蓋比，聯合國秘書長。」

「蕾嫚．葛博維，二〇一一年諾貝爾和平獎得主。」

湯普森與他們同桌。這個老人不太有趣，五十多年來講的都是同一套，只不過他後來因此獲得了諾貝爾獎。

他們差不多走到了橘園宮，加入其他賓客之中。遲至二〇一五年在巴黎協商氣候協定時，國際社會在全球利益事務上開啟了新的篇章。參與其中的，不再只有政治家和外交人員，還包括非政府組織代表、工業人士與其他「利害關係人」。這個集結各利益團體的組織對於世界人口具有多大的意義，仍舊存在爭論的空間。他們列隊走向前，與大家打招呼，這裡一個親吻，那裡一個握手，接著又拍照，個人照或團體照都有。男士們一身深色西裝、吸菸裝或者傳統禮服，女士們身著晚禮服，綴以首飾。只有少數幾群人交頭接耳，顯得惶惶不安。

有幾個人發現了他們，走向前來。湘恩認出一家法國大型銀行的總裁、德國經濟部長與白髮蒼蒼的億萬富翁坎普．吉倫德。

「你們聽到消息了嗎？」吉倫德問。

這個聲音裡的語氣，將湘恩拉回往日記憶。她第一次注意到這個語氣是在二〇〇八。當年發生金融危機時，她是紐約一家投資銀行的實習生。那段日子的緊張焦慮，最後轉變成赤裸裸的恐慌，而且是發生在她以為不必擔心害怕的人身上，因為他們曾經賺進數百萬元，擁有不少存款。然而在他們保養得宜的外表下，幾乎隱藏不住驚恐，完全顯露在聲音、眼睛與一舉一動裡。

「你們絕不能容許這種事發生！」吉倫德對那些政客說。「必須在消息公開之前採取行動。」

「一旦消息無誤，國家紓困計畫勢必要大於二〇〇八年的規模。」銀行總裁臉上失去了血色。

泰德回道：「沒有一個國家負擔得起。」

「沒錯！」吉倫德又說，「緊接著就是國家公債崩潰。」他的聲音變得粗啞。「新興國家一敗塗地，國家債務危機也將捲土重來。一切將會狠狠重創。」

「天呀。」德國部長哀嘆一聲。「義大利本來就想退出歐元區了！」

泰德說：「到時候一定會退出了。西班牙、希臘或者可能還有其他國家也一樣。」

「由於利息仍舊偏低，中央銀行也失去了最有效的工具。」德國部長說。

聲音此起彼落。

「歐元與歐盟將解體。」

「許多人應該樂觀其成。」

「但那些人沒有考慮到後果。」

「那只會火上澆油。」

「二〇〇八年相較之下不過是小意思。」
「將會落入地獄深淵呀！」
「這樣一來，外頭那些人一定將拿起糞叉……」
「你們必須立刻和其他人談談！」
「先和中國人談。亞洲市場幾個小時候就要開始了。」
泰德俯向湘恩，在她耳邊低語：「注意唷！今晚要大賺一筆了！」

# 8.

雍恩．薛斯塔面前的消防人員穿著沉重的防火裝備，正在檢查冒煙的車架以及燒得焦黑的乘客遺骸。在他後方，同事把至少五十個好奇的圍觀者擋在封鎖線外不讓前進。

再往前一點，急救醫師闔上他的箱子。湊熱鬧的人群在他後面舉高手機，螢幕閃著光，就像在演唱會一樣。「王八蛋！」他默罵道。十二輛各種功能的勤務車沿著路邊停成一列，兩輛消防車、還有一輛較小的紅車、三輛救護車，以及不同單位的警車。

「來得真是時候，是吧？」雍恩對消防組長說。組長的臉被煙燻得和濃密的八字鬍一樣黑，看起來就像雍恩小時候喜歡的一個電玩角色，雍恩立刻對他有了好感。他穿的不是一般的藍色工作褲，而是紅色的厚連身工作服。

「我們的壓力好像還不夠似的。」超級瑪利歐把安全帽往上一推。「永遠都有地方失火。」他說得簡單淡然。

「您一定去過示威現場了吧？」雍恩問，想建立起警消、救護人員之間的共同點。

消防組長點頭。「不過，還沒出現什麼嚴重狀況。」他說。

雍恩的目光越過組長肩膀，望向他身後的廢鐵。滿目瘡痍。「大概知道發生什麼事了嗎？」

「看起來就是典型狀況。司機失控撞上樹，就這樣。」

受到擠壓的車子浸泡在髒污泡沫裡，雍恩幾乎看不清楚車中屍體的狀況。「他們當場死亡嗎？」

「法醫會確認。」

「這是新型車，會這麼容易起火？」

超級瑪利歐聳了聳肩。「沒那麼容易。不過，車子飛了好幾公尺。那樣的車速行駛在都市裡十分糟糕。最後失去動力。油箱可能破裂，加上撞擊時車身金屬擦出火花……接著，轟！倒楣的時候，就可能發生。」他轉向那堆廢鐵，神情肅穆，彷彿在觀看藝術品。「既然你提起了……若是衝撞後立刻起火，燃燒面積應該不太一樣，會更不規則……除非……」

雍恩克制住好奇心，保持沉默，讓超級瑪利歐調查、思考、得出結論。

「……除非車子躺了一會兒，然後在一切炸飛之前，汽油從油箱漏了出來。那裡——」他往旁邊走了幾步，指著玻璃碎片。「這些不是汽車玻璃，而是瓶子的玻璃。」

「你是指汽油彈嗎？」

「意外發生時，附近有示威人士嗎？」

「距離還有幾百公尺。」雍恩說。

「那麼碎片可能只是垃圾，有人丟在這裡的。」

「既然車子已動也不動翻倒在地，如果不是車身的火星，引燃汽油的會是什麼？」

雍恩的目光移到所謂的目擊證人身上，同事正在為他做筆錄。
「我們會找出來的。」超級瑪利歐說。
「什麼時候？」
「今天？明天？一個星期後？正如你所說：我們現在其實應該在其他地方。」
「我們不都這樣嗎？」
「沒錯。」
雍恩聽見背後響起腳步聲。兩個警察急忙走來，其中一個拿著螢幕發亮的手機。「車牌已經確定了。」他對雍恩說。
「再見。」雍恩對消防組長說，然後轉頭聽同事報告。
那個警察又說：「車子屬於豪華房車服務中心，今天晚上是預約給一位高峰會的參與者。」
每個人都發出一聲哀嘆。
「希望不是重要的大人物。」雍恩說。
同事解釋：「是某個叫做賀柏特．湯普森的人，諾貝爾經濟學獎得主。」
「該死！」

傑克開著路華車前進，然後停在布蘭登堡大門旁的巷子裡等著。艾爾和山姆沒有露出臉，他們小心翼翼避免落入好奇群眾的鏡頭裡；同時也壓低鴨舌帽的帽簷，以防真的被拍到。
艾爾只在乎那個撒馬利亞人。撒馬利亞人在往回走的路上，抬起自己的自行車帶走，自行車現在正好端端架在他旁邊。撒馬利亞人已經和警察講了好幾分鐘，比手畫腳，指來指去，肢體語言十分豐富。他的手臂在空中畫出一個大弧，從街道指向樹木。「車子就這樣飛過去！」每個字艾爾都能猜得到。他現在一定在說他想幫忙，然後來了幾個壞傢伙，想攻擊他，並且點燃了車子。艾爾看見警察點頭。撒馬利亞人情緒太激動，沒有察覺到警察臉上透露出的訊息，但艾爾接收到了：懷疑、眉頭緊蹙。很好。

「包呢？」艾爾問。

貝爾仍拿著公事包，彷彿就像是自己的。公事包夾在一百九十公分巨漢肌肉發達的手臂下，看起來就像個玩具。他拿了兩片厚 OK 繃，暫時包紮一下手上的傷口。

貝爾打開公事包，艾爾在裡頭翻找，找到一個長皮夾、兩支鉛筆、湯普森下榻旅館的房卡、一本筆記本。他急忙翻閱，但頁面空白。還有一個文件夾，裡頭有 A5 大小的索引卡片，沒有釘起來。文件夾其實是個薄紙盒。第一張索引卡片上寫著英文：「敬愛的女士與先生、各位貴賓……」接著出現更多的頭銜——是致意的內容。一定就是這些了。他又翻看了幾張卡片。沒錯。艾爾抬頭看了撒馬利亞人一眼。他仍在和警方說話。再回頭看公事包裡的東西，找到釘成厚厚一疊的 A4 紙，封面頁的標題是：「財富經濟。作者：賀柏特．湯普森與威爾．坎特。」以及一個 USB 隨身碟。現在還有誰使用這種東西？一張獨立的 A4 紙，密密麻麻寫著小字，字跡歪歪扭扭，艾爾完全看不懂。

他又查看了一下撒馬利亞人的狀況，接著把手伸向貝爾，像個手術房裡的外科醫師似的。

「信封袋。」

貝爾把已經拿在手裡的自黏信封袋遞給他。

艾爾把裝著卡片的文件夾、釘成厚厚一疊的紙、那張密密麻麻的鬼畫符與隨身碟塞進信封袋，然後撕下封口的膠帶，黏好信封，交給山姆。「你知道該怎麼做。」

山姆下車離開。

「打電話給委託人。」艾爾對著耳機話筒說，目光又飄向撒馬利亞人。耳機另一端傳來委託人的聲音。艾爾聽見背景摻雜著許多人聲。

艾爾報告：「目標人物解除。包裹已經上路。」

「一切順利？」

「差不多。只有一個小問題要解決。」

「我需要擔心嗎？」

「無此必要。」

艾爾結束通話，心思又回到警方那邊。警察顯然正在對撒馬利亞人問話。他們鐵定想要知道那些男人的樣貌。撒馬利亞人一樣比手畫腳回答。他手臂差不多舉高一個頭，手掌平擺。這麼高。接著手肘抬高，手臂像猩猩一樣彎曲——這動作應該是：又壯又魁梧。警察盡責地做著筆錄，但私下交換目光。然後又問了他問題。撒馬利亞人左右張望，指出他逃亡的方向，最後聳了聳肩：不知道那些人往哪個方向去了。

「我們就在這裡，比你樂意的還近。非常近。我們隨時注視著你。」

在揚恩的背後，消防人員緩緩將焦黑的屍體移出車外。焊接機的臭氧味道混合著燒焦的肉味和樹林裡輕微的垃圾臭氣。路燈四周飛舞著許多小蟲。揚恩勉強才敢轉過身去。刺眼的探照燈把現場照的亮得不像話，揚恩在消防員的制服之間幾乎認不出燒黑的廢車。噁心感又湧了上來。即使如此，他還是無法將目光從焦黑怪異的屍體移開。

「揚恩・吳特嗎？」

講話的警察枯瘦如柴，是那種會在健身房增加體重或者至少嘗試一下的類型。五個警察同仁跟著他，其中兩個是逮住揚恩的人。

「我是雍恩．薛斯塔。」剛過來的警察自我介紹說。他似乎是警察頭兒。

揚恩瞇起眼打量對方，然後目光落到他的手機上。

「十八歲，正在進修護理課程。十四歲至今，有多起擾亂公眾安寧的……」

「只不過是派對……」

「……多次吸食非法毒品……」

「只是幾支大麻煙，拜託喔……」

「涉嫌傷害他人……」

「……才不是這樣，完全相反。」揚恩極力抗議。「我是從夜店鬥毆中脫身的，還被飛過來的椅子砸傷耶！目擊者已經證明了！為什麼記錄沒有撤銷掉？」

「……現在還有三個死人。」

是在說什麼？現在？揚恩很疑惑，「什麼意思？我可是把經過都告訴你的同事了。」

「相當精采的故事。」警察肯定他說。「為什麼你要跑開？」

「我已經解釋過了！因為那些傢伙要我的命，想把我一起給燒了！這裡，你看！」揚恩敲敲自己的額頭，右半邊還因為非志願與車身相撞而抽動著。

那個警察只是淡淡掃了一眼，然後用力吸了口氣。「你身上有酒味。」

「沒錯。」

「借酒壯膽？」

「才不是！你聽著……」揚恩冷靜一點！

「你從哪裡來的？示威現場？還是正要過去？」

「我還有正事要做。我剛在醫院輪完十二小時的班，你可以去查。我只想回家洗澡、吃飯、睡覺。」

警察點頭。「你知道車裡是什麼人嗎？」

「我怎麼會知道？」

「你告訴我的同事，你曾經與其中一個人說過話。」

「他結結巴巴說了些什麼，可能是名字，我聽不太懂。這些我都告訴你的同事了。」

「你宣稱現場還有其他男人……」

「不是我宣稱……」揚恩反駁說。

「……那麼為什麼我同事只遇見你？」警察不為所動繼續說。「何況還是在逃跑途中？」

「……我……」

「而且也沒有看見其他人？」

「吶，也許他們根本沒有好好看清楚呀！」

回答錯誤。揚恩一說出口就知道錯了。這傢伙真的是混蛋，臉上露出虛偽笑容，還同情地搖了搖頭，然後留下他走開。其他警察跟著那人，著急地對他說著話。

揚恩豎起耳朵仔細聽。

「只要……得知死者大概是誰，我們的……要承受的壓力就大了。」那個警察低聲說。「市長、政治、媒體……簡直是惡夢呀！」

另一個警察說：「哎呀……高峰會可以轉移注意。」

「如果傳出……三樁謀殺……的傳聞，受害者……諾貝爾獎得主賀柏特・湯普森，就無法轉移注意了。」

他們是在講後面那堆冒煙的東西嗎？諾貝爾獎得主？揚恩盡可能不著痕跡走近幾步。

「……唯一的目擊者……」

「……如果……有目擊者……」

揚恩想，「那是什麼意思——**如果**？他們指的是他嗎？要不然他是什麼？」

「……極端分子……」

「……汽油彈……」

「……試圖……」

「……點燃……」

這些人該不會以為……他們一定在講別的事情，而不是他亂七八糟的幻想拼湊隻字片語而想像的那樣。一定是這樣！打電話報警的人可是他呀。他……

那警察點擊手機，然後拿到耳邊。

「……如果是謀殺，為什麼……要跑開？……需要答案……嫌疑者……」

「……目擊者……說……帶走……」

「那……是什麼？」

有個警察宛如著魔似的目不轉睛看著夜空，其他人也循著他的視線望去。他們眼睛緊盯著夜空，卻一個個往街道方向走了幾步，想要找個更好的視野，看清楚究竟是什麼。就連圍觀的好奇者也紛紛移動，手機不再對著壓扁的賓士車，而是對準遠方。

揚恩也移動視線。

在深藍色天空往西的地方，勝利女神紀念碑後面升起點點星火，數百朵、數千朵，彷彿燃起大火，一道熊熊巨燄，在柏林夏洛特堡上空璀璨綻放。

# 9.

即使賓客手執香檳杯，臉上笑容燦爛，湘恩仍舊沒有錯過橘園宮裡緊繃的氣氛。服務人員端著放開胃菜的托盤小心地穿梭在賓客之間，但幾乎沒什麼人取用。他們這一小群人悄悄往中國商務部長與其陪同人員移動。

「絕對不要直接提及BLA的事情，否則中國人會覺得受到冒犯，立刻閉口不談。記得要迂迴進行，溫和暗示，順其自然。」吉倫德警告說。

美國部長問：「我們該怎麼解決中國脫手西方股份的問題？」

湘恩也隨同過來。她是唯一的女性，因為部長夫人被其他團體給留下了。沒人注意到湘恩。在頂尖政治家和億萬富翁旁邊，她宛如空氣。即使她在最短時間完成學業，取得最優秀的成績，成為成績斐然的投資銀行家，並為一家避險基金工作，但置身在她身邊這男人最核心的圈子裡，她恍然間感覺自己像是上流社會中的灰姑娘。但只要有機會，她一定能為身邊這男人做得更多。

湘恩繃緊精神，補好自信中細如髮絲的裂痕，這才發現身邊談話的氣氛變了。愈來愈多的目光漸漸透過橘園宮的拱門往外看。

「那是什麼？」

「看起來像是Loy Lrathong。」

「泰國的水燈節？」

在示威者的上空升起螢火蟲般的點點星火，數百盞，甚至更多。

「必須有人在這件事被公開前承接股份。」泰德解釋說，沒有理會外頭的騷動。

「我們各自的國家無法這麼做，至少沒辦法全數吃下。」德國經濟部長這時說。他當然清楚BLA與中國其他跨國企業最近幾年也購入德國數十家公司股份，甚至是完全持股。中國人若在這種情況下抽手，代表將會有數十萬人失業。

泰德說：「我可以，坎普也沒問題，那位韋伯也行。」他朝另一個老人的方向點頭。那人身邊圍了幾張多少有點熟識的臉。「我敢說他已經在考慮了。其他人也一樣。」

「他知道消息了嗎？」

「您可以這麼推測。但我們最好還是相互配合一下。」

這正合了泰德的心意！今晚要大賺一筆了！賺的人是他，就像是另一個二〇〇八與二〇〇九一樣。正如同投資傳奇華倫．巴菲特一樣在低點時危機入市，投資高盛銀行五十億美金，並獲得了認股優先權。五年後，五十億美金變成八十億。這種獲利率一般凡人做夢也得不到。

泰德說：「我們當然只能在特定條件下進行。」

「什麼樣的條件？」部長問。

「無人機！」有人喊了一聲。「外面全部都是發光的無人機！」

夜空上已升起數千架無人機，他們這群人的注意力終於被吸引過去。這些飛行載具聚在一起，實在可疑又奇怪，湘恩心想。

「有人在操縱這些機器，使其相互配合，否則無法解釋。」湘恩說。她看得入迷，一方面又覺得不安。

橘園宮裡，愈來愈多賓客舉高手機，拍攝窗外壯觀的場面。

「必須決定價格。」泰德不為所動回到主題。「但是中國人受到壓力，所以他們會迎合我們。不過，危險仍舊存在。所以我們在前幾年需要國家保證金與稅務優惠，甚或是免稅。」

天空上的燈光開始排列，組成巨大的圓形，像座摩天大樓一樣高。一條垂直線從中劃過，從垂直線又往兩旁各畫出一條斜線。

「是和平符號！」

絕對有一百公尺高。

有些賓客走出戶外，想要看得更清楚。一半以上的人拿著手機拍攝，億萬富翁與各首長夫人都無一例外。

「您想撿便宜，卻要我們提供保證金與減稅？」德國經濟部長沒好氣說。

吉倫德幫腔泰德說：「我們只想要幫忙，況且還冒險提供數十億資金。但不是我們的生命。」

泰德說：「那對任何人都沒有用。就投資者立場而言，我們至少也需限定風險。這件事得盡快。在亞洲市場開始前，我們需要有效的承諾。」他聳聳肩，又接續說：「我們事先已經商討過替代方案。」然後他往前一指。「到時候再多的燈光秀也幫不了外頭那些人了。」

閃爍的和平符號開始旋轉，像一艘不屬於地球的太空船，在城市上空表達出自己的立場。

大廳裡的竊竊私語聲逐漸增強，最後轉變成可怕的驚叫。

「它朝我們飛來了！」

## 10.

「把那些給我弄下來！」警察局副局長暨行動小組組長愛德華．柯斯特里茲在柏林米特區的特殊情勢中心暴跳如雷。「他媽的！他們瘋了嗎？」

瑪亞．帕利塔緊緊注視著中央螢幕上的和平符號飛碟，看得如痴如醉。其他螢幕聚閃著許多暴力畫面，是直升機在夏洛特堡與示威人海上方拍攝的空拍照。

瑪亞問柯斯特里茲：「我們的同仁為什麼要封鎖和平示威現場，而不是這邊的暴力分子？」主要示威現場東北方的畫面顯示，陣陣煙霧中出現愈來愈多的蒙面者，丟擲物品、鬥毆、燃燒汽車，卻不見半個警察。

「我拿到的預算是拍攝未受阻擾的暴力場面，而非和平人士的畫面。」這是柯斯特里茲的回答。

瑪亞一時之間啞口無言，這種情況很少發生。

瑪亞本來隸屬於柏林九個偵查大隊的其中一分子。但在高峰會期間，她必須為特殊行動待命，就和其他過去四十八小時手邊沒有案件可偵辦的同事一樣。而她倒楣抽到了鬼牌：被派到行動中心。

「這些混蛋！」柯斯特里茲大發雷霆。「該死的王八蛋！他們可是讓自己吃不完兜著走了！」有幾個螢幕正在播放即時新聞與現場直播，和平飛碟的畫面已經傳送到全世界。

「把那些給我弄下來！」柯斯特里茲近乎驚慌失措大聲咆哮。「訊號干擾，什麼都行！」

「太遲了。這樣的話，無人機會全部掉落到橘園宮。」螢幕前一個同仁說。

和平符號仍舊停留在上空，緩緩轉動著。在慢動作中，符號躺成了水平。現在從國家接待晚會現場看過去應該會更清楚。

「噩夢呀。」柯斯特里茲哀嚎一聲。他的哀號有理，因為他必須提出報告，解釋為什麼會出現這種狀況。要是夜空中並非是溫和的燈光符號怎麼辦？要是無人機肩負更多任務呢？那些雖不過是小玩意，但誰知道他們搭載了什麼？

柯斯特里茲的助理拿著手機急匆匆走過來。

柯斯特里茲嘆了一口氣：「讓我猜猜，警察局長？內政部長？還是……」

「都不是。」助理說。

柯斯特里茲滿臉困惑，助理一把將手機塞進他手裡。

燈光符號又慢慢直立起來。

「那一定是在夏洛特堡前面的示威現場上方。」雍恩身邊一個同事說。

「誰做的？怎麼辦到的？」另一個人問。

雍恩說：「是無人機。」這時有個同事輕敲他的肩膀，要他看向被壓扁的廢車方向，揚恩・吳特剛才所在的位置。

「他在哪裡？剛才還在這兒的！」雍恩問。

「他的自行車也不見了！」

雍恩的目光急切在封鎖區搜尋。

「該死！他跑了！這說明了一切。給我全力搜索！」

## 11.

撒馬利亞人站在廢車旁邊，側耳傾聽警察的對話。艾爾感覺看見他耳朵彷彿變大了似的。

當大家注意力多放在夏洛特堡上方的燈光符號時，撒馬利亞人慢動作離開那群警察，不動聲色牽走自行車，完全彷彿只是順手，一副「我現在要走了」般自然。不得不承認他確實很行，動作毫不急躁，看不出一絲緊張。艾爾本來不認為他辦得到。撒馬利亞人目光掃過燒毀的廢車，沒有引起任何人注意，像個幽靈似的信步穿越聚集的人群。警察沉醉在天空的燈光秀，渾然忘我，完全沒人看見他怎麼把自行車弄過封鎖線，卻沒被封鎖線前的制服警察攔下。那些警察遵守命令不准任何人進入現場，但沒人告訴他們「不准有人出去」。撒馬利亞人走到好奇者的外圍，一踏上自行車，就拚了命用力踩，好像後面有鬼追來似的。他沒有騎上道路，而是穿越黑漆漆的夜晚公園。不一會兒，審問他的那些警察才發現他竟不見人影，趕緊動了起來，跑來奔去，高聲嚷叫下著命令，不見方才的自制。

艾爾與山姆已經跟上去了。他們穿越樹林，朝布蘭登堡大門跑去。羅伯暫且留下，或許可以找出撒馬利亞人逃跑的原因。艾爾覺得只有一個可能性：不管他說了什麼，警方都不相信；更加雪上加霜的是，警方甚至認為他和這場火災應該脫離不了關係。估計他應該告訴了警方真相，或者說是他認為的真相。不過，人並不是一直都願意相信真相；尤其是真相不符合心中既有的想像時，更不會相信。或許某個警察心裡已經有個想像：撒馬利亞人更適合作為兇手。這是典型的確認偏誤：只考慮能夠論證自己觀點的資訊。心裡有了想法，還需要什麼事實！

撒馬利亞人向著布蘭登堡大門騎去。艾爾與山姆狀態良好，雖然距離加大，卻始終能緊盯著他。艾爾透過耳機沿路將狀況告訴路華車裡的傑克。現在問題是，誰先逮住他？是警方，還是他們？

揚恩瘋了似的拚命採著自行車。警方需要嫌疑人，一個代罪羔羊。而他需要計畫。眼下這狀況，逃走或許不是明智之舉，但是他既沒興趣、神經也沒強到可以當代罪羔羊。他們竟想拿幾場派對和大麻陷害他！還有夜店鬥毆！他只不過是目擊者耶！只是靠在牆壁想要躲避飛來飛去的椅子、酒瓶還有拳頭。但即使是這樣，他的頭還是被酒瓶砸到，身體也被椅子打到，瘀青了好幾個星期。三個打架的人和兩個遭到波及的人重傷倒地，另外四個打架的則是溜之大吉。當時警察局的條子就像剛才那個一樣：一開始就懷疑揚恩。即使你是無辜的，但你給人感覺爛透了，就像個嫌疑犯。後來醫師證明警方指控錯誤。他們最後不得不放走他，因為證明他清白的人夠多了。沒想到這件事竟然還列在他的檔案裡！

今天晚上沒有目擊者。如果其中一個死者真的赫赫有名，警方麻煩就大了。來自四面八方的超大壓力會要求他們盡速破案，揚恩可不想成為快速破案的結果。

雖然他逃離現場很可能導致這種下場。

他不能先回家。他左右張望，那些殺手逃走了嗎？還是在觀察一切？路上行人漸漸多了。布蘭登堡大門前有場小型遊行，明天會有場大的遊行。

警方在布蘭登堡大門與後面的巴黎廣場布下嚴密封鎖路障。揚恩繞路往北，從國會大廈前面騎向弗里德里街。這裡人很多，他感覺安心了一點。

那個人想要告訴他什麼？湘達爾。至少他猜出來了。可能還有一個名字。菲茲羅・皮。「『那』是個什麼樣的名字啊？」那些警察這麼問他。揚恩也想問自己。

他停下車，照例又東張西望了一陣。似乎沒有危險。

「停車！」艾爾對著耳機下令。「他停下來了！」

他們在撒馬利亞人後面約莫兩百公尺的路華車裡，前方有四輛車。「傑克，找個地方停車。」

傑克把車開進一個車道大門。艾爾看見撒馬利亞人拿出手機。

「好，繼續開，不要太快，別引起注意。一到他身邊，就把他拖進車裡。」

傑克轉動方向盤，等待空隙開進車陣裡。

「你說的是菲茲羅伊．皮爾嗎？」語音搜尋顯示。

我不知道我說的是什麼？揚恩心想。

二千三百〇七個搜尋結果。

前幾張照片都是同一個人。瘦長笨拙，揚恩估計差不多三十五歲左右，頂上頭髮已經不太多了。照片中的他總是坐在賭桌旁，手裡拿著卡片，面前堆著一疊籌碼。揚恩快速瀏覽搜尋結果。網路上還真找得到叫這名字的人。這人顯然是個職業賭徒，英國籍。揚恩又繼續刷了幾個網頁，都是這一個，沒有別人了。

但是網路找不到這個菲茲羅伊．皮爾目前人在哪裡，也搜尋不到為什麼有人死前偏偏說出這人名字的理由。如果那人指的真是他的話。還是，車子裡那個人想要講的根本就是兇手的名字呀？

揚恩努力回想那四個兇手的臉。鐵砧下巴不是菲茲羅伊．皮爾，油箱蓋也不是。另外兩個他沒有看得很清楚，不過他們沒有一個顯得瘦弱又笨拙。

搜尋「湘達爾」也沒有結果。只剩下「黃金吧」，或者是「黃金酒吧」？也可能說的是完全不一樣的東西？揚恩輸入第二個。

距離約莫百公尺前的撒馬利亞人低頭刷著手機。他們前面有輛小型車慢吞吞跟在另一輛自行車後面，而後方車輛距離他們估計還有兩百公尺。人行道上行人三三兩兩，沒有人距離他們很近，不過很可能有人站在窗邊往外看。但也無所謂，反正他們的車牌無法辨識。

艾爾對傑克說：「直接停在他旁邊，我用車門擋住他。」然後又轉向後座：「山姆、貝爾，你們把他拉進來。」

揚恩還在搜尋引擎鍵入文字，便有了初步結果。第三個是「黃金酒吧，柏林」。還真有個酒吧叫這名字，在米特區，距離這裡剛好一公里。其他百萬個針對黃金酒吧的搜尋結果沒有什麼特別的，明顯不符合現況。不過，其實根本沒有一個符合的。

揚恩還需要計畫，他想到了一個。他收起手機，再度騎上自行車。

特殊情勢中心的螢幕上，多數人的目光還是停留在發亮的巨大和平符號上。這時，符號最上方圓拱的燈光開始鬆開，彷彿被風吹散，往示威者移動，其他燈也一一跟進。

「怎麼回事？」柯斯特里茲副局長喊道，手裡還拿著助理塞過來的手機。

「他們要發動攻擊嗎？」

和平符號從上方鬆開，像被吹散的拼圖，燈光一個接一個熄滅。不到半分鐘，整件騷動便結束了。

「混蛋。」柯斯特里茲又齜牙咧嘴罵了一聲，但總算鬆了口氣。他轉向瑪亞。

「沒電了。」螢幕前有個操作人員推測說。

「或是目標達成。」另一個人說。「影像已傳到全世界。」

「帕利塔，我有個任務給妳。」柯斯特里茲對她說。

太好了，瑪亞心想。她可以離開這裡了。

柯斯特里茲壓低聲音說：「車禍事件。車子起火，車裡有三個乘客，身分尚未確認。有個目擊者失蹤得很有嫌疑。」

「是真有嫌疑或者只是消失了？還是兩者都有？」

「妳去調查看看，但要超級謹慎！」
「超級謹慎？乘客很棘手嗎？」她問。
「豪華房車是為一位高峰會開幕演講者租訂的，諾貝爾經濟學獎得主賀柏特．湯普森。」

## 12.

「我們今晚仍會再見面。」中國商務部長臉上帶著猜不透的表情說。
「當然。」美國財政部長回答。「我們還會再待一會兒。」
他們點個頭後便告別中國商務部長。法國經濟部長和一位英國外交官跟著湘恩他們離開，是方才和中國人見面時碰到的。他們慢慢走向餐桌旁，因為德國總理準備要致歡迎詞。
「確實有用。」美國財政部長說。
「太順利了。」吉倫德喃喃低語。湘恩只聽得清楚這些。這時，迎面走來一位肌膚古銅色的迷人男子，約莫四十五歲，對泰德露出燦爛笑容。
「泰德！」
「茂立齊歐！」
茂立齊歐．特里桐。湘恩知道這人，他是義大利經濟部長，右派國家主義民粹政黨主席，義大利可能退出歐盟的關鍵人物。一個小時前，她還在浴室鏡的電視新聞裡看見他。他對她綻放迷人的笑容。泰德十分圓滑，特意落後半步，義大利部長伸出的手便自然被引到湘恩方向。
「湘恩．達爾利。」泰德只這麼介紹，沒有繼續說明。

湘恩．達爾利。同事？今晚的女伴，因為她帶得出場？正式引介嫌太多了嗎？助理團隊裡的其他同事對於他們的關係一無所知，湘恩也希望如此。他們並不驚訝他邀請她陪伴參加晚宴。參加這類活動時，一定要有人待在泰德身邊，其他同事則在背後準備支援。

「茂立齊歐，陪我們一會兒。」泰德指尖輕輕碰觸他的手腕，邀請他同行。這位義大利人顯然受寵若驚。

他們趕上其他人。

「……這次要放棄通用汽車了。」美國財政部長正好說道。「經營不善並不值得酬報。」

「現在不是討論『道德風險』的時機。」他商務部的同事反駁說。「我們已經討論過潛在的後果。想想二〇〇八年的雷曼兄弟。」

湘恩想起二〇〇八年的時候，曾經討論不進行企業救助，以懲罰投機冒險的經理人。但這樣做，受到懲罰的反而是員工，因為經理人早就大撈一筆，後來也沒有任何該負責的人因此吃牢飯。

「只有最強的人才得以生存，*Survival of the fittest*……。」

「是最適合的人才得以生存。」英國外交官插嘴說。「好的開始……」

美國財政部長糾正說：「是最強者生存。」

「達爾文的 fittest，指的不是生理或心理的強健。」英國外交官解釋著。「fittest 是從 fit in（適應）來的。達爾文用來指稱最能夠適應當時環境的人。總而言之：*Survival of the fittest* 並非是最強的人才得以生存，而是指最能夠適應的人。」

湘恩從來沒這樣思考過。

「您的意思是，這一切是巨大的誤會？」她問。「在這個宴會廳裡，所有的社群領袖認為自己之所以位居社會頂端，全是因為自己最優秀、最強健、最出類拔萃，而這只不過是誤會？其實正好相反，他們只是適應力最強罷了？」

也太不圓滑了。訝然的沉默籠罩著大家好一陣子，只有英國人對她鬼黠一笑。他六十出頭，身材高大，一圈銀白髮絲。如果她沒記錯，他的名字叫做安博瑟‧皮爾。

「他說得沒錯。」泰德笑著打破沉默。「光從衣服就開始了。」這一群男子清一色吸菸裝。他們發出笑聲……掩蓋掉惱怒。

泰德對湘恩眨眨眼，好似說：「很幽默！」

美國財政部長神色一正，說：「也就是說，企業對於當前情勢全都適應不良。事情結果是一樣的。」

「就像恐龍無法適應強烈的隕石撞擊一樣。」德國經濟部長意見不同。「沒人能適應我們正又在經歷的狀況。」

「是我們剛才又造成的狀況。」皮爾回答。「隕石是自然災害，但相較之下，金融與經濟危機是人為的災禍。」

「即使如此，企業和一般人都要準備應戰，做出改變。」美國財政部長堅持不退讓。

皮爾說：「對於您這樣一位社會達爾文主義者來說，那自然會導致無法解決的衝突。在一個持續轉變的世界，所謂適應，就是必須不斷改變自己。與保守、保持不變正好截然相反。您必須自行決定要**適者生存**還是要保守，兩者不可能共存。」

「這是我為什麼非常樂意參加這類活動的原因，總是能從中獲益良多。」喬治開玩笑說。他察覺到自家財政部長火氣愈來愈大，趕快跳出來打圓場。

「達爾利女士看得十分透徹。」皮爾笑著固執說，心卻想，還真謝謝您把我變成部長的最愛呀！「如果大家都同意自己不是最強的，而是適應力最好的，就不需要再像鬥雞似的向彼此證明這種虛幻的實力，反而能泰然面對這種均一性。」

有意思的傢伙，湘恩心想，不過看來已沒有偉大的事業野心。

「太棒了。」法國人大笑，拍拍英國人的肩膀。「問題全部迎刃而解。」

除了我們剛又面臨全球經濟即將崩潰的威脅之外，湘恩心想，即使經過上次危機之後，大家堅稱目前一切更安全了。然而現在只剩不到幾個小時可以阻止了。

數十萬人的喧囂雖然在此地聽來有點沉悶，仍舊直直穿透到他們所在的橘園宮，不由得喚醒湘恩的回憶。二〇〇七年發生維吉尼亞理工大學校園槍擊案後，她和全國許許多多的青年學子走上街頭參加悼念活動，要求緊縮美國槍枝政策。那是她第一次，也是至今最後一次參與遊行。共同體、運動、覺醒、迫切等種種感受湧現，那是段內心騷動不安的日子。她父親暴跳如雷，卻更加堅定了她的信念。那是年輕人的叛逆精神。然而，他們什麼也沒有改變。二〇一一年，祖克提公園正在進行占領華爾街運動，那時候的她，正走向投資銀行上班的途中，只是同情地微微一笑。**外面的你們，什麼也改變不了**。

# 13.

黃金酒吧，位於圖霍爾斯基街，就在時髦的柏林米特區中央。揚恩對照了地址和手機上的資料。一定是這裡了！擺在人行道上的桌子旁坐著一些流連不走的人和老菸槍，桌上放著他們半滿的啤酒瓶。揚恩將自行車鎖在對街一個交通標誌牌上。巷子裡擠滿參加示威派對的民眾，其實就是一般人，在米特區這裡還算正常。酒吧的門吐出一群朗聲大笑的人。

揚恩瞪著酒吧大門，像對自己說似的：「你在這裡幹嘛呀？」

他在手機上又確認了一次菲茲羅伊．皮爾的臉，然後一鼓作氣走進去。

他花了一會兒適應酒吧裡朦朧的橘黃燈光。酒吧裡擠得滿滿的人，眾聲喧嘩，交織成一張音毯，客人飲酒作樂，興致高昂。

某處響起開心的怪聲怪叫。深色木牆直達天花板，眼前有十幾張桌子，後面是個長U型的吧台，擺滿數不清的酒瓶。吧台左邊和右邊有更多的桌子，在微光中逐漸消失於後方。服務生在喧鬧中奮戰。從托盤推斷，這裡什麼飲品都有，從果汁到加勒比雞尾酒，但主要還是啤酒。

揚恩要怎麼在這種地方找一個素未謀面的人，對方甚至很可能不在這裡？他腦海中浮現車裡那個人喃喃說著他聽不懂的話。那人或許撐到救護車抵達也說不定。

揚恩沮喪地在酒吧裡任人推著走，在眾多臉孔中尋找著。旅遊、女友、敵人、女同事、汽車等話題此起彼落；調情、打屁、笑聲、無趣等迎面而來。他擠到吧台，前面等著兩個年輕女子。音樂節奏強勁。在女子旁邊，他看到一群年輕男女，兩兩成對交談著，從肢體語言可以看出正在參加網路交友Tinder 約會。參加這種約會的人總想要展現一派輕鬆，卻往往做過了頭，反而顯得侷促不安；對面的人雖然好奇，但若不是仍有保留，就是太亢奮。這些他都十分熟悉。揚恩點了一小杯啤酒。酒保俯身汲酒時，他的目光繼續游移。在酒吧最後面，發現有一群人特別興奮活躍，正口沫橫飛，比手畫腳。他們中間有個瘦高的傢伙，頭髮剃得精光。

揚恩趕忙抽出手機，叫出有菲茲羅伊．皮爾照片的頁面。

揚恩的胃騷癢扎人。應該是他。

酒保將啤酒放在吧台上。揚恩趕緊付了錢，眼睛始終沒放過那個光頭。光頭的臉部線條比起揚恩看過的照片要來得分明，鼻子也更大。揚恩一把拿起啤酒，往他那個方向擠過去。

# 第二個決定

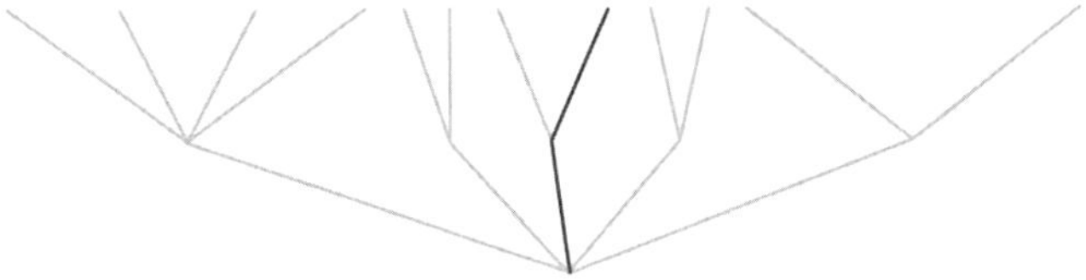

隨著演化，某些特定的化學單位會根據同一個有利的原理，
結合成我們稱之為細胞的結構。
——威爾．坎特

# 14.

「當然是我贏。」有個大腹便便的粗壯傢伙吵嚷著，印著格言的T恤被大肚腩繃得死緊。至少有一打人手裡拿著半滿的酒杯圍在一張桌子四周，沒有人坐下。

「再解釋一次。」一個個頭較小、八字鬍毛茸茸的人說。他讓揚恩想起法國漫畫《阿斯泰利克斯歷險記》（*Asterix-Comics*）裡一個高盧人。他的棕色夾克整整大了兩號。

「再說最後一次這整個機制。」看似菲茲羅伊．皮爾的人說，他有英國口音。「賭局是這樣：一開始，你的帳戶裡有一百分，接著擲銅板，擲一百次。擲到人頭的話，你便贏得帳戶分數的百分之五十；出現數字，你就輸掉帳戶分數的百分之四十。擲完一百次之後，最後分數若高於原始的一百分，我就加倍賠你。我們說好，賭注最多一百歐元，算上最後加倍，可以贏得兩百歐元。你要加入嗎？還是不玩？」

「當然要玩！」T恤男說，「穩賺不賠啊。趕快開始吧！」

揚恩考慮著，要不要也下去玩。擲一百次，人頭或數字出現的可能大概各一半。他有一半機會贏得百分之五十，另外一半的機會輸掉百分之四十，還剩下百分之十，所以最後分數一定超過一百，他就贏了。聽起來確實是穩賺不賠。但是數學不是他的強項。一般生活哪需要數學啊？他的思緒飄到那輛廢車上，手握緊了啤酒。

「為什麼穩賺不賠？」一個橘髮女生問。她嘴唇擦得大豔紅，穿著綴有亮片的緊身小可愛，外面罩著一件黑色牛仔外套。

T恤男自信滿滿說：「很簡單，只要計算平均值就好了。也就是將所有可能的結果除以這些結果的數目。就這個賭注來說，就是你本金分數的百分之一百五十或者百分之六十，加起來一共是百分之兩百一十，然後平均除以二，結果就是你本金分數的百分之一百零五。所以多了百分之五，而且是每一輪！當然啦，是平均。」

啊，和揚恩想的不一樣，贏得還更多唷！當然。每一輪，這點他倒是沒想到。

T恤男環顧現場，對自己的解釋感到得意洋洋，其他人思索著他的話。接著，有人喊道：

「我要玩！」

第二個人也要加入。

「等一下！」這時，第三個人大喊，是那個高盧人。「沒有這麼簡單！你必須用不一樣的方法計算平均值！得把機率考慮進去！」

揚恩之前也想到了。但數學，不是他的強項。

「吶，聰明鬼，你倒是說來聽聽啊！」T恤男故意激他。

高盧人解釋：「人頭的話，你贏得賭注的一點五倍；出現數字，就只剩下百分之六十，也就是零點六倍。兩者出現的機率一半一半。也就是都是零點五。」他拿一張餐巾紙，從夾克裡變出一隻筆，開始在餐巾紙上畫了起來。「根據這種計算方式，得出的總值是1.5乘以0.5加上0.6乘以0.5，也就是你本金分數的一點五倍。百分之五，而且是每一輪。」

揚恩目不轉睛地瞪著餐巾紙，腦袋嗡嗡作響，然後狠狠灌了一大口啤酒。

T恤男爆出嘹亮的笑聲。「百分之五！我不是說過了嘛！你這個聰明鬼！」

「沒錯，但是要正確計算呀。」高盧人感覺受辱，硬是堅持。

「不管哪種方法，每一輪平均有百分之五的獲利。擲出超過一百次的話……反正很多就是了。」T恤男說。

高盧人接著解釋：「一百三十一點五倍。」

「我加入！」T恤男手中揮著一百歐元。「一百分變成一萬三千一百五十分，我這一百保證翻倍！」

這些人現在要玩了嗎？丟一百次的銅板？看來會是個漫長的夜晚了。

那個可能是菲茲羅伊．皮爾的光頭佬在桌邊坐下，把桌上的杯子推到一旁，他面前放著一張餐巾紙，變魔術似的從休閒外套撈出一隻筆。揚恩疑惑，既然別人鐵定贏了，他為什麼還要開這場局？

「我先收下你們的賭注。每個人還需要一個銅板。」

七個男的、兩個女的加入，後面擠了一堆好奇的人。玩家把紙鈔放在桌面，有一百歐元，也有五十歐元，每個人手裡都有銅板，一歐元的或者兩歐元的。

「好，把銅板推給右邊的人使用，以免有人動手腳，然後我們就開始。把銅板往上丟，落在手背上，再現給大家看。我會把分數記下來。」他在餐巾紙上畫了九個欄位，最頂上註明字母A到I，底下是各自賭注，然後是數字一百，也就是本金分數。

這件事不太對勁，揚恩非常確定。否則儘管會輸，這個可能是皮爾的人為什麼仍要設下這場賭注呢？他還不知道皮爾在謀殺案裡的角色。他沒辦法在眾目睽睽之下與他攀談，一定要想辦法與他交談而不引起人注意。

「我也要！」揚恩說。

可能是皮爾的光頭往上迅速瞥了他一眼，說：「下賭注。」

揚恩撈出一張五十歐元。他就只有這些了，還有個銅板。揚恩一屁股在光頭旁邊坐下，把銅板推給他。但光頭又將銅板推給自己右邊的玩家，然後在餐巾紙上又補畫第十欄。J，正好符合揚恩（Jan）名字的第一個字母；最後寫下一百分。

「對了，我就是揚恩。」揚恩對可能是皮爾的光頭伸出手。

對方詫異看著他，然後回握他的手。「很高興認識你，揚恩。我是菲茲羅伊。」

「他在做什麼？」艾爾待在酒吧靠近門口的地方，那個撒馬利亞人不可能發現他。之前由傑克尾隨在撒馬利亞人後面，因為撒馬利亞人唯一沒在廢車旁看過的人，就是他這個路華司機。

「你不會相信的。」艾爾耳機裡響起傑克的聲音。「他在賭博。」

「賭什麼？」

「賭錢。但我不知道在玩什麼。」

有人從後面推了艾爾一下，想要擠過去。艾爾任由他去，免得引起注意。他目光在室內掃了一圈。大門口旁有人在交易，仔細一看，大概可以知道在做什麼勾當。工作人員知道嗎？艾爾看不出來是什麼毒品。那個客人似乎在找大麻。整間店的人看起來都是。

「他們在玩什麼？」山姆透過麥克風說。「玩牌？撲克牌？二十一點？」

「沒看到牌，只有錢。」

艾爾問：「其他出入口情況如何？後門與緊急出口。」

山姆說明：「有兩個緊急出口，一邊一個。此外，還有一個從後面廁所那邊出去，那兒也是廚房入口。」

「待在那裡。」艾爾下達命令。

撒馬利亞人玩了起來。他要不是比外表看起來還要冷靜，就是喪失了理智。又有人撞到艾爾，他讓到一旁。

「太詭異了。」傑克不太容易受到驚嚇，但偶爾還是會有這種時候。「他們竟然在丟銅板！」

「哈！贏了。」T恤男轟然大叫。他手背上的銅板是人頭。

揚恩的銅板出現的是數字。

菲茲羅伊動作快得讓揚恩看不出來他是怎麼在餐巾紙寫下數字的。現在他的本金分數只剩下六十。T恤男的一百變成一百五。十個玩家有四個輸了、六個贏了。整個過程持不到一分鐘。他是個高手。

「下一輪。」菲茲羅伊喊道。

啪擦，銅板紛紛往上拋，接住，手背，打開。

人頭。

贏了。多加百分之五十。揚恩的分數又從六十增加到九十。

等一下。揚恩原始分數一百的百分之五十應該是五十啊，少了百分之十。

菲茲羅伊正要宣布下一輪開始，有個女人忽然大叫。她和揚恩一樣輸了第一局，第二局贏了。

「我只拿到三十分啊。」她說。和揚恩一樣。

「沒錯。」菲茲羅伊急忙解釋。「第一次丟完之後，妳只剩下六十分。擲出人頭後，獲得其百分之五十。六十的百分之五十是三十。」

她不知所措回答：「當然，沒錯。」

當然，沒錯。

揚恩必須找到機會，不受干擾與菲茲羅伊交談。他等待下一輪開始。

T恤男心滿意足看著自己再次獲利，一百五十分增加到兩百二十五分。

但揚恩各輪贏一次後，分數比開始要少了。一百分變成了九十分。這樣他要怎麼在擲了一百

人頭。

啪擦。

「丟銅板！」菲茲羅伊重複。揚恩不是唯一需要時間復算的人。次之後得分超過一千三百啊？

「他們在丟銅板。」傑克解釋說。「有個傢伙是莊家，一打多。我覺得他是高手。我很好奇工作人員會讓他玩多久，難以想像這裡竟然允許賭博。」

傑克往桌子擠近一點，小心翼翼待在撒馬利亞人背後，必要時可以隨時閃躲。酒吧裡現在擠滿了人，工作人員只能服務兇巴巴爭著點餐的人。

「若有需要，我們可以利用這種狀況。不過，我想要先知道撒馬利亞人為什麼來這兒。他逃離警察總不會是為了要來賭一把。」

「也許他只是想藏身在人群裡。」

「要藏身，還有比非法賭博更隱匿的方式。你剛才直接跟蹤他到酒吧，他的行為如何？」

「他走進酒吧，點了杯啤酒，等著。一拿到啤酒，就走到現在這裡，和其他人一起坐著。」

「聽起來目標相當明確。有沒有可能他就是打算立刻過來這裡？」

「不無可能。」

「也許和朋友碰面。」

艾爾揉揉頸項。「經歷過那些事後，他還可以這麼冷靜，直接來赴朋友的約？我不相信。除掉目擊者是當務之急。保險起見，我們得確認他至今和誰碰過面。拿手機把所有人拍下來，別引起注意，透過人臉辨識與數據庫確認。」

# 15.

乍看之下，現場彷彿是建築工地。在探照燈刺眼的光線下，起重機的吊臂隱沒在夜空裡，陰暗中只有吊繩往下垂掛，預計要拉起不成形的灰白黑三色雕塑，彷彿那雕塑品不是撞毀的豪華房車廢鐵，彷彿停在路邊的不是法醫才剛關上車門的灰色廂型車，車廂裡還載著三具棺材。遠方傳來盤旋在示威者上空的直升機螺旋槳的達達聲。再遠一點，響起了陣陣雷聲。

瑪亞很適合這個環境。她身形健美，肌肉發達，下身牛仔褲，搭配結實耐穿的鞋子，長袖T恤外面罩著夾克，馬尾從鴨舌帽後面的開口露出來晃呀晃。她在嘴裡塞進一顆薄荷糖，但驅散不掉酒味，遑論愈來愈嚴重的頭痛。昨晚喝過頭了。又來了。她應該學聰明點。她已經老得承受不起這種宿醉了。

她目送運屍車開走，沒入黑暗，不由自主沉浸在告別的思緒中。接著，她走到方才豪華房車被抬起的地方。看來之前有人很急，所以衝向錯誤的方向，否則無法解釋樹幹上的撞擊高度與車子翻落的距離。法醫晚一點才能告訴她更具體的鑑定結果。

瑪亞走向接待她的制服警察與他的同伴，奧斯卡與雍恩，聽起來像芝麻街美語裡會出現的名字。

「所以唯一的目擊者逃跑了？」她問。

「或許因為他不只是目擊者。」

雍恩向瑪亞遞過自己的手機，螢幕上有個年輕男人的肖像。普通人，眼神溫和無害，深棕色頭髮剪成削邊油頭。

雍恩說明著：「揚恩・吳特，十八歲，即將成為護理師，犯過幾次輕微的違法行為：妨礙安寧、吸食大麻。發生事故後，立刻逃離現場，被我同事逮個正著，說了一個荒謬的故事：他正好下班經過，車裡有個講話結結巴巴的受害者，殺手拿走一個公事包後點火燒掉一切。然後，他就溜了。」

是你們讓他給跑了吧。瑪亞心裡犯著嘀咕，沒有說出口。這類評語會讓人交不到朋友，而她今晚需要這類人。

雍恩最後結論說：「對我來說，無辜的人不是長那樣。」

「我們現在彙整一下事證。」瑪亞說。「豪華房車的租車中心有什麼消息？」

「他們證實那輛車是預定給賀柏特・湯普森的。」

「那位諾貝爾經濟學獎得主。」

「是的。」雍恩滑著手機。「租車中心也傳來了行車路線。這裡。湯普森下榻波狄恩旅館，靠近亞歷山大廣場。預計要將他送到夏洛特堡，今晚有場接待晚會……」

「這我知道，繼續。」

「司機接到人後，打電話回租車中心，報告說湯普森有位同行友人。」

「誰？」

「司機沒說。湯普森要司機送他到夏洛特堡之後，再把那位友人送回米特區，那人到時候會告訴他目的地。司機回報租車中心，請求同意這趟額外路程。」

「結果同意了。」

「是的，車輛反正都要回米特區。」

「那趟額外路程要到哪裡？」

「不知道。」

「所以，這位最後成為我們車裡死者之一的神祕客，要陪湯普森從米特區到夏洛特堡，然後又一個人回米特區。為什麼？」

雍恩聳了一下肩。「或許他們有急事要談。」

「這位同行友人並未受邀參加夏洛特堡的接待晚會，所以不無可能。」

「附近有交通監視器嗎？一定有，去查看看。」

雍恩眉頭皺了一下。

「有人查證過吳特的說法了嗎？」

「妳也知道外頭發生了什麼事。」雍恩比了一個含糊的手勢。「所有可動用的人力全派出去了。」

「你和我顯然可以行動，否則我們不會在這兒。」她說。

人頭。

「我沒在這裡見過你。」揚恩對菲茲羅伊說，彷彿他自己來過這裡似的。「第一次來嗎？」

菲茲羅伊．皮爾又記下一次分數。這個人算得真快！揚恩相信這個高手不會算錯，所以自己只是約略算一下。擲銅板結果看來對他不利。

「是的。」

「你來這裡做啥？」

「高峰會。」

菲茲羅伊的手指快得不可思議。他們才短短交談幾句，他已經填好所有結果了。

「擲銅板。」他下命，大家聞言開始往上丟。

整個情況不如〇〇七情報員詹姆斯．龐德打牌迷人。揚恩之後應該不會因此遭到刑求吧。希望如此。

數字。

「我想也是。」揚恩繼續說。「你有口音，聽起來不像當地人。」

揚恩的分數又縮水了。

「英國來的。」

揚恩贏了三次，輸了四次，一百分現在只剩下四十三分，加上一個小數。菲茲羅伊把數字四捨五入。揚恩必須一直玩下去，才會有贏面，就像T恤男和高盧人說的——即使他們計算的方式不一樣。

「你德語說得很好唷。」

人頭。

「在這裡住過幾年。」

人頭。

還是有機會。

數字。

揚恩的分數一下多、一下少。菲茲羅伊記錄分數的速度，讓擲銅板變得彷若一場冥想。一時間，揚恩忘記了方才在運河旁的遭遇。

人頭。

數字。

**你的運氣可以翻轉得很快。**

貝爾步行幾分鐘就走到最近的地鐵站，然後搭車到亞歷山大廣場，前往電視塔。從電視塔再走幾分鐘到羅莎盧森堡街。他四處小心避開監視器，戴著棒球帽的頭壓得低低的。剩下的就交給專業化妝術解決了。

街上市民熙來攘往，至少看起來是一般人。偶有幾組人拿著標語經過，一邊高談闊論，一邊走向示威場所，或者正從那兒走在回家途中。

他把信封塞在襯衫裡，斜貼在肚皮上，在他發達壯碩的胸肌底下，幾乎沒人注意到微微的隆起。一棟老舊建築的拱門裡站了個年輕人，正在抽菸。他穿著輕便長褲，搭配 Polo 衫，身高正好到貝爾的鼻尖。

貝爾說：「今晚很讚，是吧？」

「就看是不是和朋友一起度過囉。」

「我是。」貝爾說著約定的暗語。

「那麼就是一個美好的夜晚了。」

通過。

貝爾解開襯衫鈕扣，拿出信封，交給年輕男人。他接過後，在手裡掂了掂，取下嘴裡的香菸，丟在地上，用腳捻熄。年輕男人將信封拿在左手，彷彿像個無關緊要的檔案夾，然後招呼也不打就閃人了。

「交出包裹。」貝爾透過耳機向艾爾報告。

「好的。到黃金酒吧來，圖霍爾斯基街。幾分鐘後，我們就要採取行動了。」

# 16.

德國總理和聯合國祕書長在前菜上來之前正在交談，前菜是法國風味的鵝肝奶油佐薰衣草波特酒凍。在德國舉辦的高峰會上竟然出現這道菜，令人十分意外。橘園宮裡一共擺了四十張圓桌，各坐十二人，座位根據賓客的重要性慎重安排，越接近講台，重要性越高。身為泰德的女伴，湘恩也坐在最前桌。這桌除了她身旁的泰德，其他還有一位女政治家、三位男政治家、一位同行的女伴、一位央行行長、一位主教與一位中國億萬富豪與其夫人。諾貝爾獎得主的空位宛如缺了一顆牙。其他人顯然對於即時新聞尚且一無所知。他們談論昨日的危機，但也聊起剛度過的假期、購物訊息，或者誇耀自己的小孩，展示手機裡的畢業照。示威遊行的喧囂和警方直升機的達達聲悶悶地穿透進來，湘恩覺得整個情況愈來愈超現實。

「我們起來走動一下。」泰德說著便站了起來。在莊重的晚宴上，這舉動並不尋常，不過此次很多人也紛紛站了起來。總歸是最近情勢太緊繃，有太多的事情需要和不同桌的人商談，所以上菜期間沒辦法靜靜留在座位上。衣物窸窸窣窣作響，大廳裡交錯著談話聲。喬治忽然出現在泰德背後，他的桌子在大廳最後面。

「我還要和幾個人談談。喬治，請你招呼一下茂立齊歐。」泰德說。

「太好了！」喬治熱切地說，他對右派民粹主義者大有好感。「義大利已有所修正了。」

「湘恩，我需要手機。」

湘恩吃了一驚，把她兩支公務手機的其中一支遞給他。一般這種情況，他通常會下指令給她，或使用自己眾多手機中的一支。

「蓋瑞，」他背過身講電話，「賣空通用汽車與其他汽車企業。」大廳裡人聲鼎沸，湘恩只能斷斷續續聽到他講的話。泰德又提了半打著名企業與名氣沒那麼響亮的公司，接下來她就聽不懂了。但顯然他正在放空股票行情。鑑於他已獲悉企業尚未公諸於世的困境，這個策略非常危險，可能會變成違法內線交易或者搶先交易。但是他應該清楚自己在做什麼。也許他透過開枝散葉、層層疊疊的企業集團裡，匿名於某些避稅天堂裡的遠方子公司進行交易。湘恩比較詫異的是，他竟然真的做了。豪賭放空企業，在市場上不可能安然躲過他人眼光，股價在這種情況會持續下探。利用那些在商定解決方案之前、事實上不應該公開的企業困境，很可能導致投機買賣，進而引發人人擔憂的連鎖效應。湘恩只有一種解釋。這時，一位戴著金框眼鏡的老先生走上講台，打斷了她的思緒。他清清嗓子，敲了敲麥克風。

「各位尊貴的女士、先生，由於我們預定的第一位演講者賀柏特・湯普森先生尚未抵達，因此現在邀請二〇一一年諾貝爾和平獎得主上台，讓我們歡迎蕾嫚・葛博維女士！」

觀眾大力鼓掌，坐在椅子上的人也紛紛起身，最後大家全部起立。泰德把手機還給湘恩，走向他們那一桌的中國億萬富豪。場內聲音喧嚷，湘恩聽不見他對他說了什麼。中國人點點頭，兩個人穿越眾人的掌聲，熱烈地聊著，一路走向後面，其他賓客紛紛再度坐下。湘恩觀察到他們在半路還和三個人攀談，她認出其中一個是瑞典億萬富翁投資者，另一個是全球最大資產管理公司的總裁，第三位同樣是個中國人。

泰德這次沒有帶上湘恩，她只好坐下，面向講台，台上的諾貝爾獎得主正要開始致詞。他們這桌少了泰德、中國人與央行行長。獨自坐在桌邊，她心裡又覺得自己像個灰姑娘。她討厭這種被動的女伴角色！她又看了一眼大廳，尋找泰德的身影。現在，多數人都已坐下，但她發現所有的國家領袖竟也全都不見蹤影。

# 17.

位於波依瑟街的六〇年代建築，似乎早已在等待更新。一樓的中國餐廳打著七歐元吃到飽的廣告，隔壁洗衣店標示著洗兩套西裝十八歐元。第三間店的櫥窗黯淡，灰塵滿布，木條歪歪斜斜，窗台上躺著死掉的蟲子。

「真潮啊！」雍恩目光輕蔑地說了一句。

瑪亞按下吳特家的電鈴。

「什麼事？」對講機嘎啦嘎啦地響。

「我是瑪亞．帕利塔。警察。您兒子揚恩在家嗎？」

「不在！他這次又幹了什麼事？」

「我們可以上去一下嗎？」

對講機傳來含糊不清的咕噥聲，接著門鎖嗡嗡作響，雍恩把門打開。

樓梯間混合著灰塵、老年與上次清掃殘留的氣味。吳特就住在二樓。

揚恩的母親年紀與瑪亞差不多，比她高半個頭，頭髮染成金色，緊身毛衣上綴著亮片，穿著牛仔褲。雖然生活和香菸在她臉龐刻下痕跡，她仍然十分迷人，瑪亞心想。

「我不知道他人在哪裡。」

「我們可以進去嗎？」

「進來吧。」

瑪亞走在前面，門留給雍恩關上。屋裡乾淨整潔，井然有序，不過裝潢風格不同於瑪亞家。

「那個白痴又被逮住了嗎？」一個尖細的女孩聲音從客廳傳來。沙發上有個青少女正在滑手機，是揚恩媽媽的年輕版。從露出肚子的小可愛和緊身牛仔短褲來看，她還有點嬰兒肥。

「雷吉娜，閉嘴！」她媽媽對她大吼。「把洗好的衣服收一下！」

通到其他房間的門全都敞開著。角落有座掛滿衣服的曬衣架。吳特母親走到燙衣板後面，繼續剛才被打斷的家務。

「你們儘管檢查。」吳特母親催促他們說。

瑪亞說：「我相信您。我們來找他是因為一樁意外，他目睹了事發經過。」

「或者……」雍恩才開口，就被瑪亞撞了一下。「安靜！」

吳特太太的臉龐瞬間好似老了十歲，聲音也顫抖著。

「意外？他被什麼撞了嗎？」

「別擔心，不是這回事。」瑪亞說。

「那是怎麼回事？」

「我們來此就是想要進一步釐清。」

吳特太太走回客廳放著手機的茶几旁。「我打電話給他。」

點擊、滑鍵、等待。

「他沒接！」

「他可能上哪兒去了嗎？找朋友？女朋友？親戚？」

「他一定不會去找他爸爸。」沙發上的雷吉娜咯咯笑說。

她母親翻白眼。「妳應該把衣服收一收！」

「不過我的也好不到哪兒去。」那女兒又繼續說，依然動也不動。

「閉嘴，妳沒聽見嗎？」母親接著對瑪亞說：「可惜她說得沒錯，我沒有挑男人的眼光。」

「妳可以說大聲一點。」雷吉娜在旁邊補註一句。

瑪亞問：「你們認識他的女朋友、朋友嗎？」

「全都是討厭鬼、魯蛇。」雷吉娜又說。

「妳知道他們的名字、電話或地址嗎？」

「沒啦。」雷吉娜眼睛抬也不抬地說，「誰要呀。」

「我這邊有兩、三個。」她母親叫出手機裡的通訊錄。

瑪亞用自己的手機拍下資料，然後把自己的名片遞給她。「揚恩若是回來，請他聯絡這個電話。」

沙發上的雷吉娜說：「要他打電話給警察，他還寧願把手機丟到施普雷河裡咧。」

數字。

他們大概擲了五十五次銅板。揚恩的分數只剩下個位數。十個玩家裡有六個這樣，包括高盧人在內。T恤男的分數還超過二十，但他的手氣也不好。

「不賭博的時候，你在高峰會幹嘛？」揚恩再度在菲茲羅伊身上嘗試他的運氣。

「賭博。」菲茲羅伊回答。

人頭。

揚恩本來兩點幾，現在變成了三點多。

「不太對勁耶。」有個玩家抱怨著。他丟出了數字，帳戶裡的分數也只有個位數出頭。

「這樣丟下去，我永遠不可能拿到一千三百分。」

人頭。

「耐心點。」T恤男說，但他口氣一點兒也沒有把握。

「我們一定要堅持得夠久。」高盧人打氣說。他也損失慘重。

「賭博？」揚恩努力和菲茲羅伊繼續對話。

數字。

只有一個女生的分數超過一千。她剛才也擲出人頭。

揚恩又丟出了數字。

擲銅板。菲茲羅伊寫下分數。照這樣下去，他最後只需要給那個女生兩倍賭注，其他人的賭金全部可以收入囊中。一切都在他腦子裡飛速運算著，快如閃電。但話說回來，也沒有人操控得了這個遊戲。

揚恩的分數只剩下小數點在變動了。

這時，人人都成了擲銅板的高手。揚恩正要丟出銅板時，菲茲羅伊驀地站起來。

「你們自己看看！」

揚恩嚇了一跳，銅板從大拇指滑下來。

「我們這裡有十個玩家，四個已經徹底破產，三個只剩下幾分，兩個和開始時差不多，唯有一個人真正贏得了分數。」

總結得很漂亮。可惜揚恩屬於第一個。

「很有意思，不是嗎？」菲茲羅伊說。「你們的分數分配就像人口中實際的財富分配。百分之四十的人吃不到蛋糕，另外百分之三十到四十的人只分到一小塊，真正拿到超大塊蛋糕的人寥寥可數，而他們不需要比其他人付出更多的努力。純粹透過擲銅板，純粹是隨機的。」

現在怎麼回事？上經濟學課嗎？

「照這樣繼續下去，我們的賭金會全被你吞掉。在你的比喻中，你的角色是什麼？銀行？瑪麗．安東妮？（譯註：據聞法國瑪麗皇后聽聞人民沒有麵包吃，便說：「那就讓他們吃蛋糕啊！」）」

菲茲羅伊哈哈大笑。

「才不是這樣。」有個玩家嘟囔著。「隨機分配的話，分數應該差不多正常分布。為何大部分的人還是赤字，只有一個人累積了分數？」

「好，我們繼續吧。」菲茲羅伊說，依然微微一笑。「我們還沒完呢。」揚恩完了，至少他沒得玩了。他的頭嗡嗡作響。是這場賭博造成的，還是因為被迫撞擊車身？差不多該和皮爾先生私下談談了。

「我把臉都拍下來了。」耳機裡傳來傑克的聲音。艾爾在酒吧裡換了好幾次位置，給自己點了杯檸檬汁。他們已經擲了三十分鐘的銅板。「就存在群組檔案夾裡。」

一款品質優秀的人臉辨識軟體、專業使用網路知識、連接大量的數據庫，加上一些懂得操作這一切的人。沒什麼大不了。

「撒馬利亞人是未來的護理師，名叫揚恩．吳特，十八歲，本地人。有過一些擾亂安寧、吸食大麻的小問題。沒有什麼嚴重的。」

艾爾查看自己的手機，把傑克拍攝的照片與相關簡介的頁面往下拉。兩個女性，七個男性，以及撒馬利亞人。

「你在這裡做什麼？」

快速瀏覽一遍後，艾爾隱隱有點困惑。他又把頁面往回拉，終於發現不對勁的地方。是那個把頭刮得精光的傢伙。如果他沒誤會山姆的意思，自己也沒看錯的話，那人是莊家。其他人都是當地常見的名字，而且全是本地人。

而那個莊家是英國佬，叫菲茲羅伊．皮爾，奇怪的名字。職業賭徒。艾爾正要繼續往下讀，耳邊這時響起聲音說：「有一個人大有問題，他是那群裡面唯一的英國人。」

「菲茲羅伊．皮爾。」

「不光如此。你看過他的資料了嗎？」

「正要看。」

「你看一下簡介最下面的照片。」

艾爾把頁面往下拉。

共有兩張照片，有兩位心情愉快的小伙子對著鏡頭微笑。一張穿著黑色畢業服披肩，戴著四方形的黑帽；另一張穿著昂貴的西裝，一副年經投資銀行家的風格。

兩人看起來年輕了十歲，但艾爾依然馬上認出那兩張臉。一張臉正和撒馬利亞人在桌邊擲銅板。另一張臉，一個小時前在幾公里外的地方，頭下腳上地倒掛在一輛壓扁的豪華房車裡，期望那個撒馬利亞人能夠救他。

# 18.

「你到高峰會來，就是為了賭博？」

菲茲羅伊從眼角打量身邊的少年。他真好奇。小伙子肢體顯然不甚靈活，但外表俊俏，只不過頭髮剪成難以形容的可怕髮型，削短到兩耳上方，頭頂上的髮是長的。菲茲羅伊不由得想到希特勒少年團成員。

「就像這個？你靠這個維生？」

少年最後一秒才加入這場賭局。

四個人頭，六個數字，菲茲羅伊記下。過半數人都已出現小數點，除了那位女士。

「這個？不算是。」

小伙子似乎不在意自己輸了。菲茲羅伊一直擺脫不掉一種感覺，這小子是為了別的事情來的。

「為什麼不行？」小伙子問，然後指著菲茲羅伊面前那堆賭金說：「不到一個小時就賺了幾百歐元啊。我還真想要有這種時薪呢。」

「等一下你就知道了。」

八個人頭，兩個數字。半數以上的人所剩無幾，包括那兩個把大家拉進來的自以為聰明的傢伙。即使是那位連連好手氣的女子，也從兩千多分掉到一千兩百分。

菲茲羅伊只納悶為什麼服務生讓他玩這麼久。

「絕對有鬼！」比較胖的自以為是的傢伙喊道。「你耍老千！」他衝著菲茲羅伊說。

「沒錯！」第二個人也跟著咆哮。

他們還真花了很久才反應過來。其他人也紛紛跳進來指控。有些賭局還更火爆。

菲茲羅伊提醒他們：「那是你們的銅板，丟的人是你們自己，也是你們自己決定**加入**，何況你們還計算過了。」

「正是，所以我的分數應該更多！」自以為是的胖子說。

「也許是你算錯了呢？」菲茲羅伊的話讓人陷入思考。「計算了錯誤的平均值？」

「錯誤的……？」他愕然語塞。

「胡說八道！」胖子忽然彈起，橫過桌面，想要抓住菲茲羅伊的衣領。菲茲羅伊早就看穿他的動作，輕輕鬆鬆閃過攻擊。胖子更加火冒三丈。他兩邊的人火氣也上來了，大聲指控菲茲羅伊，眼看就要動手。

菲茲羅伊倏地起身，免得在防禦時屈居下位。他身高和自以為是的胖子不相上下，但是體態絕對更加精壯。

「你在這裡從事非法賭博！」那傢伙大吼，再次抓向菲茲羅伊，又一次撲空。

菲茲羅伊大笑：「那你呢？」一個巴掌拍不響唷。」

「騙子，我要拿回我的錢！」胖子大喊。

果不其然，其他人現在也想拿回賭金。菲茲羅伊指著一直沒有虧損的女子。「那她也無法拿到贏得的錢囉？」

大家一時之間說不出話來。

「我們這是競賽。」菲茲羅伊提醒他們。

「我管你去死！」大肚腩胖子怒吼一聲。「騙子，我要去告發你！」他伸手去抓菲茲羅伊面前的錢。

菲茲羅伊笑著擋開他說：「好的，我們就在此結束吧！每個人可以把錢……」

胖子什麼話也聽不進去了。他的計算方式竟然出了問題，他覺得顏面掃地，因而惱羞成怒，不願意承認。他吃力地把膝蓋抬到桌上，一拳朝菲茲羅伊的頭用力揮去。菲茲羅伊閃躲，但是他背後擠滿了其他客人，無法繼續往後退，嘴唇還是被胖子掃到。其他人想要救回自己剩餘的銅板，或者奪取菲茲羅伊的錢堆，或者也想要撲向他。菲茲羅伊對這種場面早已習以為常。

艾爾又掃了一眼酒吧的天花板，檢查有沒有監視器，就如他先前一走進酒吧和之後幾次做的那樣。沒有監視器。

「好機會。」艾爾在耳機對傑克與山姆說。「我們的撒馬利亞人揚恩・吳特與菲茲羅伊・皮爾無法活過這場打鬥了。我等下會上。你們要小心，別被人拍進手機裡。」

菲茲羅伊・皮爾幾乎比撒馬利亞人和其他多數玩家高了一個頭，但現在至少有四個人衝向他，其他人在一旁蓄勢待發。皮爾舉起手防衛，笑喊說：「停手，停手呀！」彷彿剛才一切不過是個玩笑。

但他的被害者已經失去興致了。他們的指揮——一個啤酒肚相當驚人的大塊頭——一記重拳正中皮爾的臉。他踉蹌倒退，撞倒了幾個客人，杯子翻倒，許多人疊成一堆，叫痛聲此起彼落。短短幾秒，手臂、腳和頭在地板上亂成一團。沒有加入打鬥的人，或因被撞、被弄髒，同樣也在一旁罵罵咧咧。有個服務生急忙擠過來，但是已經沒辦法阻止情勢惡化。愈來愈多的手打在胸口，拳頭擊中胃部和臉龐。撒馬利亞人試圖脫身，但是現場太混亂了，他找不到縫隙離開。

艾爾下指令：「現在上！」

揚恩東閃西閃，躲避飛來飛去的拳頭，想要趕快脫離人群。酒吧後面他們先前擲銅板的地方，洶湧翻騰正打成一團。服務生乾脆放棄調解，有兩個人在吧台後方激動地講著電話，一定是打電話報警。又來了！揚恩偏偏又遇到這種倒霉事。酒吧裡人滿為患，即使沒有加入鬥毆，也沒有辦法撤退。菲茲羅伊・皮爾消失在他的視線裡，瓶瓶罐罐和杯子在大家頭上飛來飛去，接著有人丟出了第一把椅子，非戰區內的人也遭到波及，戰勢因而擴大。揚恩在靠近廁所那邊的出口，而非前方平和無波的門口。但是要擠到前面，至少得經過二十個鬥毆者，擠過昏暗光線裡的一團無名群眾。要是這麼做，絕對免不了受到夾擊。這時，他在場中央發現了菲茲羅伊的身影，他正在對抗T恤男和另外兩個人。

那一定是種本能。因為緊張情緒而深深烙印在潛意識中的景象，讓他即使在混亂中也能立刻認出那張臉，彷彿那臉受到刺眼的聚光燈照亮似的。

鐵砧下巴，就在菲茲羅伊背後！在菲茲羅伊沒有察覺的情況下，鐵砧下巴手裡拿著會傷人的尖銳破酒瓶，正準備從他頭上敲下。有個深灰衣人背對著揚恩，但揚恩從身材一眼就看出他是另一個劊子手。他同樣正要撲向菲茲羅伊，手裡忽地閃現一把刀。揚恩全力衝刺，撲上那人背部，大吼：「菲茲！你後面！快蹲下！」

揚恩身底下的軀幹感覺就像覆蓋著布的石頭。他似乎沒有感覺到背上的揚恩。

菲茲羅伊聽見揚恩的吼叫，瞬間蹲下。鐵砧下巴手一晃，破酒瓶差之毫釐飛過菲茲羅伊脖子，劃破T恤男手臂。這胖子大吼大叫，血噴濺到他們身上。揚恩的駝獸舉起拿刀的手，眼看就要刺向菲茲羅伊，沒想到卻反手一揮，朝揚恩刺來。千鈞一髮間，揚恩閃向一旁，刀子只劃到了他的外套。深灰衣男把揚恩甩下背，注意力從菲茲羅伊轉到揚恩身上。他比揚恩高一個頭，體重兩倍，全身都是肌肉，右手仍然執著刀。揚恩思索著出路，腎臟卻驀地遭到重擊，痛得他無法呼吸。揚恩跪倒在地。有什麼硬硬、冷冷的東西在臉上裂開，還是，裂開的是他的臉？揚恩想滾到旁邊，但是鬥毆者的腳擋住了他的去路。他的耳朵彷彿塞住棉花，朦朧中聽見尖叫。一個鐵球忽地撞凹他的胃，奪走他肺裡最後的空氣。眼前一片黑影，一切彷彿在水底所見似的。模糊的輪廓朝他撲來，陰影朝四面八方跳動。堅硬如鋼的手指扯住他的頭髮，把頭往後拉，他感覺刀刃冰冷的金屬抵住脖子。他的腳不住亂踢，手臂亂揮，只有思緒慢動作般煞了車。他看過無數的恐怖電影和嗜血驚悚片，但沒看過網路上恐怖分子的影片，不過讀到資訊也夠多了。噢，天啊！

揚恩的警告拯救了菲茲羅伊的脖子血管，沒被這個壯如三桅船的傢伙手中的破酒瓶割斷。這個瘋子割傷胖子的手臂，正好給菲茲羅伊機會反擊。他趁機一腳踢在對方的膝側，使他支撐不住，再拿椅子一把使勁砸在他頭上。三桅船一個踉蹌，跌了一跤，雙手還想穩住自己。菲茲羅伊沒有多做思考，他的爬蟲類大腦為了生存本能奮鬥著。他雖然經常因為這類把戲而自討苦吃，但是這次的規模前所未有。那些衣著陰森森的傢伙不是單純想打架，他們根本沒有加入賭局。菲茲羅伊差一點就被宰了。

胖子的咆哮和濺血吸引了大家的目光。揚恩從另一個攻擊者背上摔下來，被那傢伙和另一個灰衣肌肉男打得七零八落。接著，菲茲羅伊看見了揚恩脖子上的刀子。菲茲羅伊手中的椅子只壞了一半，立刻劈向刀子男頭上把它砸個稀巴爛。第二個男人顯然之前就引人不順眼，或者有人還沒打過癮，只見三個人衝過來把他圍住。那傢伙雖然沒把那些人放在眼裡，但也足以讓他暫時放掉揚恩。菲茲羅伊抓住揚恩手腕，把他拉起來。揚恩的膝蓋軟得像奶油，菲茲羅伊把他的手搭在自己肩膀上，奮勇朝廁所方向開出一條路。後面有緊急逃生口，他在賭局開始前先勘查過了。酒吧裡許多人為了躲避鬥毆，擠在通往廁所的走道。他們兩個往人群擠去，眾人露出驚嚇或是噁心的目光，紛紛讓出一條路。等他們經過，這幫人又逐漸聚攏，保護他們避開追獵者的可能目光。菲茲羅伊知道身高可能會暴露他的行蹤，所以把頭壓得很低。揚恩這時也慢慢可以走了。

緊急逃生出口是道灰色鐵門，敞開著，外面銜接一條窄巷，巷子裡都是人。有些三兩成群站著，觀察著酒吧裡的狀況，可能是剛剛才離開的人。其他是一般過夜生活的人或者示威人士。揚恩在菲茲羅伊旁邊大口喘氣，喉嚨發出呼嚕聲，接著一陣猛烈狂咳。在深深吸了口氣後，他終於可以直起身子。

揚恩望著菲茲羅伊。「那些人想殺了我。」他喘著氣說，眼神驚恐的四下張望。然後，他向菲茲羅伊道謝。

「該道謝的人是我。要不是你警告，我現在應該脖子上插著半個酒瓶躺在地上了。」菲茲羅伊回答。

揚恩抓著菲茲羅伊的手臂，沿著巷子移動。

「我們要離開這裡。」

他把菲茲羅伊推進一棟老建築的入口，大門半掩著，門後有條小巷穿過各社區間的中庭。這裡沒有人，燈光黯淡。菲茲羅伊深深吸口氣。

「見鬼了，究竟怎麼回事？」

# 19.

艾爾和山姆跟在那兩人後面擠過通往廁所的走道，經過廁所後，走出緊急逃生口到戶外。他不相信星座運勢，只相信準備不足，或者傲慢自大。他們低估了那兩人的求生本能。「是我們的失誤。」就像他們同樣也錯估酒吧鬥毆的力度：更加激烈、比預期更加擁擠密集，外加沒有陷入混戰的人偶爾踉蹌闖進他們的鬥毆中。太糟糕了。不過，執行任務時難免犯錯，只要懂得修正就行了。也不需要讓委託人知情。

後面的窄巷散布著從酒吧逃出來的人和晚上出來閒晃的人。艾爾沒有看見汽車或者自行車。距離最近的鄰巷少說也有七十公尺，那兩人不可能跑太遠。沒看見有人正在奔跑。他們這麼聰明嗎？或者速度驚人？山姆和艾爾穿梭在行人間來回搜尋，一直走到十字路口。

這裡的道路更寬、人更多，消失的機會也更大。

艾爾腦子飛快運轉著。揚恩．吳特逃離警察後，一定預料到家裡有討厭的人等著，所以現在不可能回家。艾爾快速瀏覽菲茲羅伊．皮爾的資料。缺了一項重要資訊。艾爾要傑克聯絡他們的網路調查人員。

「我需要菲茲羅伊．皮爾目前在柏林的地址！」

即使車頂上閃著警示藍光，他們幾乎還是動彈不得。或許就是因為警示藍光，所以才無法前進吧。路上的人根本沒打算讓出一條路給警車。雍恩沿著幾個讓路者的邊緣緩慢前進。廣播正在播報示威遊行的新聞，最大一場至今始終平和無事，只有外圍和十字山區有黑衣人和警方發生零星衝突，腓特烈海因區有右派激進分子丟擲磚塊，高喊納粹口號。

雍恩罵道：「他們竟然許可這次遊行示威……」

「你是說有錢人可以集會，但其他人不行？」

新聞現在正播報政府首長與專家在夏洛特堡進行協商，一群談判者將會漏夜工作。

瑪亞問：「到黃金酒吧還要多久？」

「也許還要十分鐘。」雍恩低聲咕噥。「妳竟然把那個說法當真……」

「我們已經討論過了。目前除了『那個說法』，黃金酒吧、菲茲羅伊．皮爾、湘達爾，我們沒有其他線索。」

「走路可能還比較快。」雍恩暗自罵了一聲。

瑪亞關掉廣播，啟動她的手機語音裝置。

她說：「賀柏特．湯普森。維基百科。」

手機乖乖念出這位諾貝爾獎得主在網路維基百科裡的資料。生於一九三七年，在芝加哥和哈佛研讀經濟學，後來任教芝加哥、倫敦、史丹佛與其他世界最優秀的大學。對於貨幣理論、勞工失業與經濟循環等理論有重要貢獻。曾在美國福特政府和雷根政府擔任經濟政策顧問；上世紀九〇年代也為世界銀行、蘇聯解體後的新興國家等不同政府提供大規模私有化諮詢。不過，那後來也為他招致批評，因為許多寡頭政治家因此成了億萬富豪，但廣大人口卻變得更加貧窮。接下來，他為小布希政府工作，拒絕了經濟部長的職位。是個捍衛個人自由與市場自由的自由主義者，希望盡可能降低政府的角色。一直以來，他都為政治人物、國際貨幣基金或者聯合國等國際組織提供諮詢。他擁有多本著作，本本是暢銷書。

「聽起來很了不起。」雍恩評道。

瑪亞說：「而他名列今天晚宴的開幕演講者名單上。明天也一樣。」

她把無線電轉大聲一點。

「……重複：米特區發生鬥毆事件，圖霍爾斯基街，黃金酒吧，加強……」

她乜了雍恩一眼，立刻看出這同事的想法：好吧，「那個說法」出現有趣的轉折了。酒吧附近的警察回報已經在路上了。

「或許該來點噪音了。」瑪亞說，最後一個字窒息在雍恩剛打開的磨人警笛聲中，路人被嚇得紛紛跳到旁邊。現在開車終於可以快一點了。

他們或許能比預期的更早逮到吳特。

揚恩離開對面的社區通道，把菲茲拉在身後。身為當地人，他對這些捷徑熟門熟路，所以暫時甩開了追兵。揚恩特意走在熱鬧的巷子裡，比較容易藏身。他的右眼周圍淡淡泛起瘀青，頭和身體好幾個地方疼痛不已，希望傷勢沒有太嚴重。

菲茲說：「警方應該趕到黃金酒吧了，必須有人告訴他們發生了什麼事。」

揚恩說：「你可以告訴警察，但我絕對不行。我完全不意外他們在監視酒吧。」他緊張兮兮地東張西望，沒有看見鐵砧下巴和那群同夥的蹤影。他停下來，查看菲茲的狀況。菲茲的光頭上有點點血跡，好像冒出雀斑似的。揚恩把他拉進某棟建築大門的陰影裡。

「聽著，我有事情要告訴你。今天晚上，我成了一樁三人謀殺案的目擊者。唯一的目擊者……」

「哇喔、哇喔！等等！你說什麼？」

「就是我說的那樣啦。警察懷疑我和那件事有關，想把我當成嫌疑人帶走。但在酒吧攻擊我們的那些傢伙，才是真正的兇手。」

「你得盡快和警方談談！」

「讓他們把我帶走嗎？免談，謝了！其中一個受害者據說是諾貝爾獎得主。」

「那麼警方的壓力可大了，必須設法盡快破案。」

「沒錯，例如我。」

「但這件事和我有什麼關係？」

「有個受害者在斷氣之前提到你和酒吧的名字，所以我到那裡碰碰運氣，結果真的看見你了。」

即使在微光中，揚恩也看見菲茲的臉色頓時刷白。

菲茲低聲說：「我和一個老朋友約在那裡，但是他沒有出現。他是……說出我名字的受害者是誰？」

「不知道，是個男的，年紀和你差不多。」

菲茲羅伊拿出手機，在螢幕上點著，雙手不住顫抖。他給揚恩看一張照片，是個長相不錯但沒什麼特色的男人，三十五歲左右，頭髮側分，梳理得整整齊齊；戴著眼鏡，眼神有點古怪，既傲慢卻又羞怯。

「是他嗎？」

「那個人頭上腳下地躺在翻覆的廢鐵車頂上耶。我看看。」

照片下方有個名字：威爾．坎特。

揚恩說不上來為什麼，但是他再看一眼後，威爾．坎特的臉這時顯得像個小男孩，充滿驚訝，驚訝這個世界，驚訝人類；同時揉合了好奇與謹慎。他把照片反過來。

「老朋友嗎？」

菲茲嚥口水的聲音清楚明確。「是的。」

該怎麼委婉告訴他啊？「我很遺憾。」揚恩最後輕聲說。

## 20.

花色小蛋糕和閃電泡芙組合的甜點，湘恩一口也沒動就讓人收走。服務生四處幫忙斟倒飲料，湘恩只喝水，一來保持身材，二來和自我控制有關。

賓客開始隱隱騷動，衣服窸窸窣窣。他們若不是想要回旅館或者別墅，就是必須參加晚上在柏林廣場召開的危機會議。不過，所有人仍舊在等待今晚最後一位演講者。

沒多久，先前通知大家講者湯普森遲到的主持人，又走到麥克風前。

「各位女士、先生，非常遺憾，我不得不通知各位，我們第三位演講者賀柏特・湯普森先生今晚很可惜不會出席了。」

賓客竊竊私語，紛紛起身，椅子推移聲緊接著傳來。基本上沒人因為演講取消而不開心。許多桌旁有些椅子反正早已空了。

泰德這桌，賓客也互相道別，禮貌周到，接著便單獨或成群消失在亂哄哄的人潮裡。

「你們要和中國人繼續嗎？」湘恩輕聲問泰德。

「再看看……」

「迷人的達爾利女士與護花使者。」安博瑟・皮爾洪亮的男中音打斷他們的談話。「我聽說中國人還在惺惺作態？」

「一切只是時間問題。」泰德口氣微慍答道。

他的目光這時被一個走過來的人轉移注意，那人高頭大馬，拘謹嚴肅，是固態公司的總經理華特・佛格森。固態公司是全球最重要的資產管理公司，因指數股票型基金 ETFs 得以壯大，產品多半是複製股市指數的簡單又有利的基金。那是二〇〇八年金融危機以來最受歡迎的投資形式，增長率十分可觀，貝萊德投信與先鋒集團等企業也因此變成金融體系中的巨無霸。

「華特。」泰德向他打招呼，介紹了湘恩與皮爾。

「聽說這裡會磋商特殊的紓困計畫？」佛格森壓低聲音問。

泰德快速揣度了他一眼。佛格森知悉內情。否則這樣一位舉足輕重的玩家，不會惴惴不安。他說得如此委婉，大概是不清楚皮爾是否知情。

泰德頓時明白，於是這樣回答他沒有說出口的問題：「你會在場嗎？人越多越好。」其實不然。越多人有興趣出價，價格就會拉得越高，交易也就越不吸引人。

「我們會出席。」華特說得更小聲了。

「很好！」

「但是，是另一方。」

皮爾濃密的眉毛瞬間緊皺。

「另一……」泰德估量了一下，心裡一亮。

湘恩從沒看過泰德臉色如此慘白。

但電光火石間，他又恢復了冷靜。從他的眼睛看得出他正在動腦。她自己腦子也一樣在運轉。

「你們始終堅稱事情安全無虞。」皮爾目光嚴厲瞪視佛格森。「我也是這樣理解。基本上，你們購買一種證券投資基金，而這種基金反之又擁有其所複製指數的公司的股票。一旦股價下跌，ETF當然也會往下。但等到總有一天股價再度升高，ETFs也會隨之上漲。不過，我並非金融專家……」

湘恩盯著佛格森說：「那是合成的，不是嗎？」

皮爾大吃一驚，問：「那是什麼？」

湘恩說：「您剛才所描述的，是所謂的全面複製基金。不過也有其他的，就是所謂的合成複製基金。」

「怎麼個合成法？」

「也就是不一定要擁有他們複製的指數的股票。」

「如何運作？」

「利用其他有價證券。藉助不同的衍生性金融商品，例如交換（SWAPs），他們還是能夠複製指數行情，甚至往往比全面複製 ETFs 獲利還要可觀。不過，他們需要有人在金融業裡完成這項較複雜的交易。對方當然因此需要擔保品。一般來說，就是某類有價證券。」

泰德在一旁聆聽，點點頭鼓勵她。

現在她也可以進一球了。

「我料想到結果了。」皮爾嘆了一聲。「正常情況下，一切都可行。然而一旦出現我們目前所面臨的威脅，交存的擔保品價值很有可能一瀉千里。ETF 營業員的交易夥伴就會希望要有更多的擔保品，但他們拿不到，因為市場十分低迷……」

「遑論這些擔保品經常出借、交換等等，也因此影響到其他環節。」

「但合成只占 ETF 市場一部分。」佛格森辯解著。「而衍生性商品股份也不過百分之十……」

「不過多數投資者不會加以區別，至少散戶如此，」泰德回說，「因而盲目從眾，大舉拋售 ETFs。這是湘恩想要指出的。而且她說的沒錯，那將繼續導致惡性下滑。」

「天啊！」皮爾呻吟著。「就像二〇〇八年那些鳥事？難道沒人知道哪些危險正伺機而動嗎？接下來幾天，市場一旦崩盤，你們這些人將會再彼此猜疑，而且由於沒有銀行願意再貸款，所以全球資金流也會乾涸？」

「這樣講太簡化了。」佛格森僵硬地說。「不過，大抵上沒錯。」

另外一個骨牌。

「大抵上沒錯？」皮爾滿臉漲紅齜聲道。「那麼你們打算怎麼辦？」

泰德說：「祈禱，祈求有個好的交易結果。」

# 21.

黃金酒吧前，激動的群眾吵吵嚷嚷，有打電話的，也有看著自己的手機的，他們可能才剛把今晚的冒險和短片上傳到社群媒體。兩輛警方的巡邏車停在大門旁邊，亮著會閃瞎人的警示燈，另外還有兩輛警車沿著巷子緩緩開向瑪亞與雍恩。兩位制服警察做好筆錄，記錄個人資料後，把人從酒吧裡又拖又領的帶出來。雍恩為瑪亞開路。

酒吧裡只剩下寥寥幾群人。瑪亞期待找到揚恩·吳特。酒吧前方——桌子、椅子七零八落翻倒在地，啤酒瓶、葡萄酒瓶和其他東西碎成玻璃大雜燴。往酒吧深處看去，後面左邊好像有人砍掉了大面積木板。紅色汙漬和黏狀物橫流在地板上，空氣中散發著酒精與汗水的味道。有個大啤酒肚的傢伙靠著牆坐在地上，臉上沒有血色。他旁邊蹲著一個服務生，正緊張地壓住他手臂上被血浸濕的繃帶。後面還有三個男人或靠或躺，旁邊有個制服警察。吧台旁還有幾個人正在包紮，女朋友在一旁或安慰或是斥責，那兒也有警察同仁負責處理了。瑪亞直接走到吧台。

「嗨，老闆在哪裡？」

吧台後面有個男人應聲。「我是值班店長。」

瑪亞自我介紹後，提出幾個問題。那男人知道不多，說酒吧後半部有群傢伙忽然吵成一團。

「你們有監視錄影器嗎？」

「只有出入口才設置。」

「我們需要影片。」然後她掙扎了一會兒，說：「我可以喝杯飲料嗎？有皮斯可酸酒嗎？」

「執勤中喝？」

「這點我來操心就好。」

他在調酒時，瑪亞給他看手機上揚恩．吳特的照片。

「你見過這個人嗎？今天晚上？」

「這裡有幾百個客人。沒印象。不，我想我沒看過。但不表示他今晚不在這裡。」

「這個呢？」

瑪亞在網路上碰運氣尋找菲茲羅伊．皮爾的名字，大部分的資料顯示他是個專業賭徒。

他把裝著紅棕色液體的杯子遞給瑪亞。「也沒看過。」

瑪亞一口氣灌掉半杯，甜檸檬汁的清香從她的胃擴散到全身。她拿著杯子，走向牆邊的傷者。啤酒肚的狀況看起來不太好。

「你叫救護車了嗎？」瑪亞問他旁邊的服務生。

「當然叫了。」服務生回答得很慌張。

現在瑪亞看見他按著繃帶的手指旁，血正從紗布裡湧出來，底下的傷口想必割到了大動脈。

瑪亞說：「你必須再壓緊一點。還有紗布和繃帶嗎？」

服務生搖搖頭。

瑪亞蹲下來，放下酒杯。「你可以講話嗎？」她問傷者。

「妳……誰？」他呻吟說。

「瑪亞．帕利塔警官。你知道這裡發生什麼事嗎？」她撕下啤酒肚身上的一片T恤。

「那個……騙子……」他唉聲說，「和我們打賭……拿我們的……」

「打賭？賭什麼？紙牌嗎？」

「不是，是擲……銅板……」

瑪亞將破布纏成一小圈，壓在他的傷口上。啤酒肚痛得叫出聲。

她對服務生說：「壓緊。」擲銅板？瑪亞拿起她的杯子。「他騙人了？而你無法忍受這種事。」

他沒有回答，只是不住喘氣。

「誰幹的？」瑪亞指著他的手臂。

「不知道，某個黑衣肌肉大塊頭，我想……啊、啊！」他閉起眼睛，頭靠在牆上。

瑪亞輕輕搖晃他沒有受傷的手臂。「別昏過去！」然後她低聲對服務生說：「你去看急救醫師來了嗎，這個人需要優先醫治。」她接過敷布，然後用力壓著。

服務生非常開心可以卸下責任，跳起來往出口衝去。啤酒肚睜開眼睛。

「不會有事的。」瑪亞必須讓他保持清醒，她仍可趁機進行調查工作。她空著的那隻手拿著手機給他看揚恩．吳特的照片。「你今晚在這裡見過這個人嗎？」

啤酒肚瞪大眼睛看。「有。」最後他終於吐出話來。「他和我們一起賭。」

「他不是那個騙子嗎？」

啤酒肚搖頭，十分疲憊。

「他呢？」瑪亞給他看菲茲羅伊．皮爾的照片。

他的胸腔爆出咕嚕雜音，整個人猛然往前彈。「就是他！」那個動作讓他痛苦萬分，他又砰然摔回牆上，頭歪垂到肩膀。瑪亞趕緊撐住他，探探他的脈搏。

「謝謝，妳現在可以到旁邊了。」一個溫暖但是生氣勃勃的女聲在她背後響起。「接下來由我們接手。」

是急救醫師。在瑪亞的聖人名單中，他們位於最上方。

「所以你不去警察局？」菲茲羅伊問。他毅然決然穿越米特區的狹窄道路，經過休息的商店和營業的酒吧。他的年輕同伴一路不住東張西望，害菲茲羅伊也緊張兮兮，一再確認沒有人跟著他們。

揚恩說：「先不要。他們認為我有嫌疑，而沒有人可以為我作證。」他冷不防對牆壁踢了一腳。「他媽的！衰死了！爛透了！我只不過想要安靜生活！我完成要求的一切：進修、找薪水爛死了的工作，我沒有辦法在柏林負擔一間像樣的房子，老了也拿不到幾毛退休金，而這一切我都認了！我遵守他媽的爛遊戲規則，而我得到了什麼？現在看看還有什麼？涉嫌謀殺！我操你媽的所有人！」

「那麼你應該換個規則玩。」菲茲羅伊聳聳肩說。

「哪種？」他氣哼哼地說。「那些王八蛋的規則嗎？」

這小子經歷了過去幾個小時那些事情後，難怪會失控。如果那些經歷確實發生的話。不過，他何必要編撰這樣的故事呢？但如果真是他編的怎麼辦？菲茲羅伊忽然閃現一絲希望：或許威爾還活著；或者那是某個陷阱。他心裡升起一絲懷疑，這是賭徒的老習慣。畢竟臉也會騙人的。但若非杜撰呢？如果威爾真的死了呢？被殺了？他拒絕再繼續往下想。

「不過你可以去找警察。」揚恩恢復冷靜後說。「因為鬥毆這件事。」

菲茲羅伊小心翼翼觸摸自己的臉。唉叫一聲。「那我整晚就得待在派出所了，而那個胖子還會指控我非法賭博。不可能。我晚上還有約。」

「但是那和你死掉的朋友有關耶……」

「這樣他們更需要你的供詞，不是我的。」菲茲羅伊拒絕說。

「今天晚上還有誰這麼重要啊？你看起來又不是很有魅力。」

「不是那種約會。是場嚴肅的撲克牌局，牽涉到數百萬。」發生了這一切，他今天真的還去得了嗎？

揚恩舌頭打結。「數百萬！」

「在高峰會這種活動周圍，你永遠會發現一些非常、非常有錢的人，他們不會不喜歡參加賭注高的賭局，況且是和我這樣的高手較量。」

「那合法嗎？」

「完全合法。」

「懂了。所以你不能被人舉報非法賭博。然後呢，你之後會贏幾百萬回家嗎？」

「有時候會。我可以明天再去找警察。」

「我和一個百萬富翁在街上穿梭？」

菲茲羅伊沒有回答。

「那你幹嘛要在普通酒吧裡被人痛扁啊？」

「那只是好玩。要不是那些糟糕的輸家……」

「我對好玩的想像完全不是這麼一回事。」揚恩猛然拉住他的手臂，把他推進某個大門裡，再小心翼翼探出頭偷看，最後才又放鬆下來，說：「抱歉，我以為……」

他們離開能提供保護的陰暗處，繼續快速前進。街上有許多行人。在他們面前，大教堂燈光輝煌，旁邊是幾棟博物館。有個衣衫襤褸的人在垃圾桶裡翻找著。

「其實我只是想要殺時間，等到威爾來。我本來和幾個人在聊天……不知不覺，我們就賭了起來……我必須回旅館清洗一下。」

揚恩默不作聲地走在他身邊，遠方的閃電畫亮天空。

「家裡可能有警察在等我。」揚恩說。「我可以也用一下你的浴室嗎？」

雖然他們一個小時前才認識，但這小子已經不是什麼陌生人了。遠方雷聲隆隆，菲茲羅伊在閃電之後就在心裡默數秒數。暴風雨至少還距離六公里遠。「我先說，我可沒興趣第一次約會就上床喔。」

「別擔心，你不是我的菜。你的旅館在哪裡？」

「還要幾分鐘。」

他們幾乎小跑步走到了菩提大道。寬廣的大街上有車流和人潮，菲茲羅伊感覺安心一點。有示威者在銀行前面設立小型的抗議營地，他們就著燈籠的燭光，在幾頂帳篷之間聊著天。就位於菩提樹下！

揚恩問：「他們在幹嘛？」

「複製占領華爾街運動？」菲茲推測說。

「什麼？」

「啊，對，你還太年輕，難怪不懂。二〇〇八年爆發金融危機後，全球抗議者占據銀行前的廣場，以抗議重大的經濟危機。不過這項運動持續不久，因為他們是組織不彰的無政府主義者，沒有具體目標。」

揚恩看了他們最後一眼，開口說：「那有什麼意義？」然後又問：「你為什麼和威爾約在黃金酒吧？」

「人為什麼要和老朋友碰面呢？他知道我可能會在那裡，所以聯絡了我。我們很久沒有見面了。」太久了。

瑪亞拿著第二杯皮斯可酸酒，站在惡臭和血跡中，試圖釐清啤酒肚的說詞。如果揚恩・吳特真的杜撰了故事，那麼問題是：為什麼？此外，發生蒂爾加滕的事故後，為什麼要到這裡來？他會擔心警察在哪裡搜查到他？在這件案子中，菲茲羅伊・皮爾扮演什麼角色？這個人竟然真的存在。也許這兩人以前就有聯繫？只要有時間或者有人手，這點便可以調查出來。但如果整件事情並非杜撰，瑪亞就有麻煩了。而且是真正的大麻煩。她走向同仁，他們已開始採集目擊者筆錄。

「也問問看有沒有人用手機拍了打架的經過。要是有，請他們提供影片。如果影片尚未上傳到社群媒體，暫時先扣住影片。」

有些客人自動提供影片。瑪亞瀏覽內容，但大部分不是太暗，就是模糊不清，乍看根本看不出所以然。應該有人可以進一步分析給她看，只要那些人抽得出時間。但最後很有可能她得自己來。她需要支援。雍恩若一直把揚恩・吳特當成嫌疑犯，就無法保持中立，派不上什麼用場。何況他不隸屬於謀殺案調查人員，沒有經過培訓。其他人不是支援高峰會，就是正在調查其他案件。他們自己也自顧不暇。瑪亞打電話回中心。

「我需要旅館入住房客的資料。」揚恩・吳特在事故現場逃離警方後，應該不可能犯下回家這種錯誤。事件裡還有第二個人，他們都知道他的名字。「要找某個叫做菲茲羅伊・皮爾的人。」瑪亞把名字拼給對方聽。

等候期間，她幹掉剩下的皮斯可酸酒。

菲茲羅伊・皮爾投宿在大教堂旅館。哇喔，這個人竟然負擔得起這城市最昂貴的一間旅館。他一定相當擅長他的遊戲。

瑪亞期待揚恩會出現。

# 22.

他們匆匆橫越菩提大道。菲茲羅伊腦海裡浮想連翩，想起他和威爾那些年一起求學、工作，逐漸結為摯友。後來他們各忙各的，很少碰面，偶爾打通電話，寫封電郵，一年或許見一次面。

「我能理解他們為什麼要除掉你這個目擊者。」菲茲羅伊打破沉默說。「但是為何找上我？」

「因為你賭博耍老千？」

「我沒有耍老千。是那些人不懂得計算，或者說不懂得思考，也許兩者都有。不是我的錯。」

「那兩個人先計算過了。」

「但是算錯了。他們把所有的可能性都計算進去，也就是計算了**總體**平均值。他們還以為自己在估計人口平均值呀？完全沒考慮到每擲一次銅板，賭金就會改變的事實。彷彿下決定與下了決定之後所產生的結果毫不重要，彷彿隨時間不斷變化的動態沒有任何意義，好似時間微不足道似的。」

「那他們應該怎麼算？」

「要計算**時間**平均值。存戶從利息就能了解這個原理。計算的基礎會根據成長級距產生變化。你存了一百歐元，得到百分之二的利息……」

「拜託，我從哪裡可以拿到百分之二的利息？」

「只是舉例……」

「反正我賺的錢少得可憐，什麼也存不了。真正的錢都白白送給屁孩富少、銀行流氓和政客了啦！」

「二年後，你就有一百零二歐元。」菲茲羅伊不理會他突然爆發的牢騷。「那麼下一年，百分之二有新的計算基礎，所以會拿到二歐元四分的利息。年年以此類推。金額逐漸增加，多年後差異就相當可觀。」

他們轉進一條小巷。

「那為什麼我們的分數愈來愈少？」

「天呀！因為是不同的數字！在我們玩的賭局中，時間平均值是負的。你只要玩兩局，就應該明白了。你的起始分數是一百，第一擲輸掉的話，就只剩六十分。第二次擲贏，得到六十分的百分之五十。所以那是……？」

「三十分。這點程度我還行。」揚恩回答。

「那一共是……」

「九十。」

「輸掉一次，贏了一次後，你已經失去百分之十了。」菲茲羅伊總結說。

揚恩說：「那麼我必須第一次就贏。這樣的話，擲了第一次後，一百分就變成一百五十分。如果下一次輸了百分之四十，那是……」菲茲羅伊讓他慢慢算，他得自己搞清楚。「……減少六十分！」揚恩得意地說。「一共是……等等！又是九十分！」

「正確。在這場特別的賭局中，長久下來，你平均每一輪輸掉百分之五點一。」

「那個——叫什麼的——總體平均值和時間平均值不一樣？同樣的東西竟有不同的平均值？」

「是的，數學家稱那叫**不具遍歷性**。大部分的人以為總體平均值與時間平均值得出的結果永遠一樣。用數學來講，那就是**遍歷**。」

菲茲羅伊發現路上行人變少了，於是再三轉頭查看。「所以賭徒也要懂這個喔。」

「許多人都犯了這個錯誤。這也是大部分人理財不佳，也沒辦法處理好其他事情的一個原因……」

「包括我在內。」

「……從來不了解，股票若是損失百分之十的價值，之後要獲利**超過**百分之十，才能回到同樣的水準。」

「欸？」

這傢伙真是遲鈍！「價值一百歐元的股票損失百分之十，就剩九十歐。」菲茲羅伊不耐煩地解釋著。「九十的百分之十是九。漲了百分之十的話，一共是……」

「……九十九。媽的，不是一百。」

「沒錯。九十歐元的股票不能只漲百分之一，而是要百分之十一點一，才能又回到一百。」

「你都在腦子裡算這些嗎？」

「你也辦得到，只要你願意。」

揚恩若有所思打量著他。「但這沒有辦法解答那些傢伙為什麼要你的命。」

一想到拿酒瓶攻擊他的人，菲茲羅伊又冒出一身冷汗。「不行。」天啊，威爾在最後關頭明白發生什麼事情的時候，他是什麼感受？前提是，如果揚恩講的事情是真的。那小子又急忙往後看了一眼。

「對此我只有一個解釋。」菲茲羅伊說。「那些傢伙相信威爾在死前告訴你一些不該為人所知的事情，要你轉告給我。」

「他才沒說。」

「那是你說的。」
「我們快到了嗎？」
艾爾的人兵分兩路，在黃金酒吧附近的街上或步行或開車尋找那二個人。艾爾十分納悶這裡是平時就熱鬧，還是來看高峰會和遊行的人加重他們任務的難度？旁邊的小巷子相對比較安靜。不過，如果他是撒馬利亞人和那個賭徒，也寧願混在人群中。這趟尋人簡直像大海撈針。他們查找了各個酒吧，但不抱太多希望。保險起見，他要羅伯到揚恩．吳特家守著。貝爾早就和他們會合了。吳特是本地人，如果他有朋友住附近，只要他們藏身在朋友家，想找到人就難了。
總之是個費事的工作。他們已經完成主要任務。就算有瘋子到處散播豪華房車事故是某種陰謀，最糟狀況也不過是傳統媒體會播報個一天，社群媒體分享幾個小時後，這件事故就會沉入全球廢物網路寬廣無垠的世界裡了，只剩下少數不可救藥的說謊狂可能不容易放棄。
這點艾爾可以接受，那不是什麼大問題。問題是委託人。他明確命令不可以有目擊者，否則……艾爾感覺背部流下冷汗，這時耳機響起傑克的聲音。
「我拿到菲茲羅伊．皮爾的旅館地址了。」

# 23.

揚恩吃力趕上菲茲豪邁的步伐，他們急忙往御林廣場的方向走，偶爾才有路人迎面而來。雖然他覺得鐵砧下巴沒有跟上來，但空蕩蕩的街道仍讓他很緊張。

「我和威爾差不多一年前見過面。」菲茲正在說。「那時在洛杉磯有場會議，就如同現在一樣。之後我們簡短問候過幾次，詢問對方狀況，諸如此類。上個星期，他傳了訊息過來，說他參與了一件有意思的事情。」

「什麼事？」

「他沒有透露。」

「可能和你們上次在洛杉磯的談話有關嗎？」

「沒有概念。當時他完全著迷於一種公式，也就是凱利方程式。他知道我這個賭徒一定熟悉那公式。」

「凱利方程式？」

「你可以利用這公式計算某個重複的賭局是否對你有利。例如今晚，以及必須投資多少資產，才能長期獲利最大化。」

「所以我今晚也有可能會贏？」

「幾乎沒有勝算。運用凱利公式，你馬上就知道長久下來沒人能贏得這種特殊的賭局。」

「你從哪裡知道這些啊？賭徒都要學這個嗎？」

「或是數學家或物理學家。我學過，其中兩年還是在海德堡……」

「難怪你德語說得那麼好。」

「……不過我是在美國取得博士學位。」

「數學博士？噫！」

「物理博士。數學，我只有碩士學位。」

「噢，是啦，只有……」揚恩臉上被打的地方愈來愈痛。他本能地左右張望，依然沒有人。
「我在大學時認識威爾的，後來兩人在紐約同一家投資銀行開始工作。」
「你不是賭徒嗎？」
菲茲大笑：「其實都一樣！差別在於，我賭博是自擔風險，不是拿別人的錢冒險。隨便了。我在高盛銀行很快就覺得無聊了。」
「為什麼威爾對這個凱利公式有興趣？他也是個賭徒嗎？」
菲茲冷笑說：「威爾嗎？不是，他在高盛待了幾年，然後轉換到一家精品……」
「從投資銀行轉到賣舊貨的？」揚恩不可置信問。
菲茲解釋：「那是一種更小型、更精緻的金融公司。」
「精緻與金融公司，本身就是矛盾……」
「……接著再跳到泰德・霍頓避險基金。」
「泰德・霍頓是誰？」
「泰德・霍頓是誰？世界上最有錢的人之一。」
「哦，那種人呀！我每天都在療養院擺在走廊的病床上看到那些人呢！」
「如果威爾真的和諾貝爾得主同乘一輛車，」菲茲思索著，「謀殺攻擊應該是針對那個人。警察有說那人的名字嗎？」
「什麼賀柏湯森的。」
菲茲在手機上打字、滑動，腳步沒停下。
揚恩也利用這個機會拿出手機。打從事故發生之後，他還沒確認過手機。
「要死了。」

「什麼？」

「我媽打了幾百次電話，還有郵件、訊息。要我聯絡她，說警察在找我。還有一通未顯示號碼的來電。」

「告訴她，你沒事。」菲茲建議，完全沒有抬眼看他。「否則她會很擔心。」

「我媽才不會。」

「所有母親都會，哎，幾乎啦。」

「但我才不是沒事啊。」

「難道回訊息說你被人打得半死，讓人懷疑是兇手，而且還在躲避殺手，這樣她會好過一點嗎？」

「瞭了。」揚恩心想，他只傳了最少的訊息：「我很好，晚點聯絡。」

「賀柏特．湯普森。」菲茲終於說。他把一系列照片給揚恩看。「車裡的是這個人嗎？」

揚恩停下腳步，把照片放大，仔細研究。「我完蛋了。」他唉了一聲。「就是他。」

「又不是你做的。」

「當然不是！」

「那麼現在問題是：為什麼偏偏要在今晚殺害他們？在這裡？」

菲茲又在手機上查找，短暫搜尋後他說：「湯普森明天要在高峰會的開幕式上演講。」

揚恩說：「他是諾貝爾獎得主，這種人一定有辦公室、助理、同事。或許那裡有人知道些什麼。」

「是啊，他們一定會言無不盡呢。」菲茲諷刺說，然後又邁開步子。

「你的職業不就是吹牛嘛。」

菲茲又停了下來，在手機上查找。

「不能等到了旅館再查嗎？」揚恩問得很不耐煩。

「旅館不會跑掉。」

「湯普森的資料也不會呀。」

「他任教於加州史丹福、倫敦政經學院和新加坡。」菲茲進一步搜尋後，找到這三所學院的電話，接著又說：「新加坡的時間與這裡相差六小時，現在是大半夜，可以直接放棄。倫敦也已經是傍晚。加州史丹佛比這裡晚了八個小時，所以現在是上午。」

菲茲打電話到史丹福，忙線中。再試一次，依然忙線中，表示有人上班。

「我晚點再打看看。」他說，接著抬眼一看。「我們到了。」

旅館就在他們前方一百公尺。

揚恩忽地抓住菲茲手臂。

旅館門前的車道上停了一輛警車，下來一個稍微高大的制服警察和一位四十歲中旬左右的女性。她個頭不高，結實的身材像運動選手，穿著牛仔褲，上身穿的夾克和揚恩的類似，一綹馬尾從鴨舌帽後面長出來。

「我認識那個男的！」揚恩低聲說。「就是那個警察想把我帶走！」

「他們到我下榻的旅館來做什麼？」菲茲問。

那個女子步履堅定走向前，伸手去按自動門上的觸摸開關，制服警察跟在她後面。

「別想梳洗了。」揚恩嘆氣說。

在廢車旁邊詢問揚恩．吳特的警察偏偏出在旅館前面，絕對不是偶然。

菲茲羅伊・皮爾仍舊沒有出現，吳特也不見人影。

艾爾不知道他們一起逃跑後有沒有分道揚鑣。

但讓他覺得最棘手的是，警方透過吳特追查到了英國人。

那個人和這件事有什麼關係？

傑克說：「只要警車明目張膽停在大門口，皮爾絕對不會現身。」

艾爾說：「前提是他和吳特在一起。但即使他們在此出現，也不會減輕我們的工作。用點腦子想一想！我們能在哪裡找到他們？」

「也許吳特還是回家了呢？」

「那兒一定也有警察等著他自投羅網，我們也一樣。他不會回家。威爾・坎特顯然塞了什麼東西給他，所以他才到黃金酒吧找皮爾。」

傑克說：「他媽的！但我不懂為什麼吳特要跳進去和皮爾對賭。如果只是想和他說話，直接開口就行了；或者等賭局結束也可以。」

「我也一直很納悶。」艾爾承認。「我只有一種解釋：坎特要吳特來找皮爾，是因為**皮爾**知道些什麼。」

「若是如此，當時吳特一出現，皮爾應該更快有所回應。所以我認為皮爾應該也不知情。換句話說：他們會想查出來為什麼我們要追捕他們。」

「沒錯。可是經過那場鬥毆，他們已經知道是我們了。」

「他們能去哪裡？若是你，你會去哪裡？」

好問題。

艾爾首先想到了一個地方。

# 24.

菲茲羅伊凝視著夜空。他們已退回到距離旅館大門兩條街的地方。一陣狂風捲起人行道上的沙塵，雷電暫時遠離，直升機的聲響又達達達出現。

「我還是想梳洗一番。」菲茲羅伊說，然後打量著揚恩。「你這模樣無法進去。」他遞給揚恩一條手帕。「把你的臉稍微擦乾淨點。我看起來怎麼樣？」

「弄點水不會毀壞你的肌膚。」

菲茲羅伊在手裡吐點口水，在太陽穴上抹了抹。

揚恩說：「至少沒有血跡了。」

菲茲羅伊走上街道，他發現在不遠處的路邊一側有好幾間酒吧餐廳。有個人在一家酒吧前面的垃圾桶裡翻著，旁邊帶了個孩子。

菲茲羅伊說：「又出現了，就像倫敦或紐約一樣。」

「現在這裡已經很常見了。你應該看看城裡其他區域。」

「我們走吧。」

揚恩將手帕放在舌頭上沾濕。「如果攻擊目標是威爾呢？」他邊說邊小心翼翼地輕輕塗擦著眼睛四周，但還是痛得臉都歪了。「他會不會真的研發出什麼導致他喪命的東西？某些和你們上次談話有關的？」

「凱利公式？經濟學家到諾貝爾獎得主都對它嗤之以鼻，只有金融業者漸漸當成投資策略的基礎，因為長期下來那能夠帶來最佳獲利，也能防範你破產，在最大獲利中生存下來。不過，這一切並非祕密。」

他們瞥了第一間店一眼，摩肩擦踵，燈光朦朧，門口沒有人看著。來的都是一般客人，不會太時髦。他們這副模樣在這裡不會立刻引人注意。

「進去吧。」

他們長驅直入來到廁所，天花板上無力的燈光，淡化了他們在裂痕斑斑的鏡子裡的模樣。唯一的洗手臺上方牆面貼滿好幾層各式各樣的活動海報。水、破掉的擦手紙巾黏在地板上。捐錢箱裡是空的。

「該死。」菲茲羅伊檢查鏡子裡的自己和揚恩後說。

揚恩左眼旁腫了個包，下嘴唇腫脹，裂開的地方乾涸著血。他也和菲茲一樣，把血塗得臉上都是。

「我看起來像曬傷。」

菲茲羅伊洗了把臉。

「或許威爾找到什麼新的超級大轉捩點。」揚恩一邊小心翼翼拉高T恤說。他左肋骨和上腹部傷痕累累，看起來就像長頸鹿似的。

「即使真是如此，也不需要致人於死。」菲茲羅伊臉上滴著水說。

「有些人還因更少的錢而被刺呢……」揚恩碰觸自己的肋骨，痛得呻吟。「菲茲羅伊，這是什麼樣的名字？」

菲茲回道：「我母親覺得這名字十分獨特，英國貴族稱號。大概她喜歡這名字有點怪誕吧。」

「我覺得好難唸，叫你菲茲就好。」

「別這樣叫。」

「我偏要。」
「威爾若是為泰德．霍頓培育出了一頭金驢子呢……？」
「金驢子？」
「威爾和我都這樣稱呼成功的投資策略。」他撫平身上的襯衫。這樣一整，彷彿剛才什麼也沒發生過。
「為超級富豪培育的金驢子，聽起來就不討人喜歡。」
「或許聽起來不可信，不過威爾覺得這類挑戰很有趣，他不是完全為了錢。」
「但他一定也賺進一大筆啦。」
「百萬豪宅、度假小屋、遊艇、環遊世界、名媛貴婦，威爾對這些完全提不起興趣。他是個典型的礦工。」菲茲解釋著，一邊拿濕手帕擦拭深色外套上幾乎看不清楚的血跡。一看見揚恩在鏡子裡看著他的眼光，馬上又繼續說：「指的是定量分析師，高智商，或許有點自閉，我不知道。他這類人認為模式、秩序、流程與系統至上，而其他人只看見一團混亂。他們徹底為你研發出公式和算法，那是一群天賦不高的人一輩子都算不出來的。而金融業給他們的報酬，豐厚得要命。」菲茲羅伊停頓不語，瞪大眼睛從鏡中看著揚恩清洗脖子。從外表來看，他們現在總算有點人樣了。
「我忽然想到……威爾上次和我的談話出現一些我無法解答的問題，例如在經濟上，是根據哪些原則做出決定的。我要他最好去請教經濟學家。」
「然後呢，他有嗎？」揚恩好奇地問。
「他們公司裡應該有不少經濟學家，他甚至還提過一個名字。」菲茲羅伊蹙起眉頭。「尚，或者是湘恩。有了，是湘恩．達爾利。」

這次換揚恩在鏡子裡瞪大眼睛了。

「湘達爾利。威爾．坎特提過這個名字，我還以為他在說什麼『湘達爾』咧。」

湘恩．達爾利——湘達爾。那個臨終者死前就只少吐了一個「利」字。

光是旅館那個超級巨大的花飾，至少要揮霍掉瑪亞兩個月的薪水。大廳和後頭一體成形的酒吧裡，客人來自五湖四海。即使衣著光鮮亮麗，靠著一身昂貴卻沒有品味的名牌加持，也無法忽略他們的罪犯嘴臉。他們在自己國家強取豪奪，榨乾同胞之後，自己在世界上安全的地方安享榮華富貴。這些人才是真正應該被踢出去的移民。

瑪亞請雍恩在門口候著，等她下指令。她在接待櫃檯用了個不複雜的方法。「晚安，我是瑪亞．帕利塔，與菲茲羅伊．皮爾有約。可以麻煩您通知他嗎？」

接待小姐查詢電腦，接著拿起電話，響了幾聲後，又把電話掛掉。

「很抱歉，他沒有接電話。」

「他人在嗎？」瑪亞試了一下。拜電子鑰匙房卡系統之賜，櫃檯查得到房卡什麼時候使用過。

櫃檯小姐猶豫不決，不確定能不能給她資訊，然後說：「看起來不像。」

「奇怪了。」瑪亞說，「沒問題，我再打他手機。謝謝。」

瑪亞走向門口時，打電話回中心。

「我需要取得手機定位的許可。」

揚恩和菲茲坐在酒吧後面靠牆邊的一張桌子，好不容易要了兩杯啤酒。酒吧裡人還是很滿，但人聲不算鼎沸。他們在這裡應該沒那麼容易被找到。撇開眼睛底下輕微的浮腫，菲茲已完全恢復常態；揚恩臉上的擦傷和瘀青也可以說是騎自行車摔的。菲茲又忙著使用手機，然後把手機拿到揚恩眼前。

「這裡——湘恩．達爾利。」

是個扮演成功年輕律師或銀行家也太漂亮的類型。真實生活中竟有這種人！

「她曾經在避險基金希拉布斯投資公司工作，威爾以前也在那家公司。這裡有個通知說她轉換工作，但一樣是在帝國裡。」

「什麼樣的帝國？」

「泰德．霍頓的帝國。湘恩．達爾利七個月前開始在霍頓的私人助理團隊中工作。真可憐……」

「為什麼？」揚恩想像中，身為億萬富豪的助理，一定賺很多錢，還不排除擁有嫁入豪門的燦爛未來。

「惡夢啊！二十四小時無休。況且泰德是個惡名昭彰的易怒控制狂。」

「他負擔得起呀。」

「威爾或許和她討論過某種想法。我們必須連絡她。」菲茲又滑著手機。「泰德．霍頓的總部在洛杉磯，現在那邊是上午。」

菲茲甚至找到了電話。「您好，我是詹姆斯．唐納修，坦博布利吉資產公司，請幫我轉接湘恩．達爾利。」他對揚恩露齒一笑。揚恩的英語程度還聽得懂菲茲的話。「啊，真的嗎？沒問題，謝謝。我要怎麼才能連絡上她呢？」

皺眉。「我了解，當然。不過這件事真的很重要。或許您可以告訴我旅館的名稱，我打電話過去留個訊息。湘恩可自行決定是否要與我聯絡。」

他擠著鬼臉——對方上鉤了嗎？表情又一轉，一臉他媽的。
「還是謝謝您了，再見。」他切斷通話，咕噥了幾句揚恩聽不懂的話，但聽起來不是很友善。他對揚恩說：「好消息是，泰德．霍頓來這裡參加高峰會。湘恩．達爾利陪同他一起出席。」
「有好消息，就一定也有壞消息。」
「電話那端的女士不願意說出她下榻的旅館和能夠連絡上她的電話號碼。」
「現在我們更一定要調查出威爾想告訴我們什麼。」揚恩堅持地說。「他究竟知道了什麼才導致他喪命？是超級投資策略？還是其他事？」
「前提是他並非在湯普森遭到謀殺時受到波及。」菲茲羅伊反駁說，接著眉頭一皺，「我總甩不掉一種感覺，這個案子對我們來說太龐大了。」
「我知道。我再說一次：『但是他為什麼要我來找你？』你有眉目嗎？」
「沒有！完全毫無頭緒。」
「威爾有沒有告訴你，他住在哪間旅館？」
「拉爾旅館。」
「我們必須去那兒看一看，也許能找到文件，或者有的沒的。」
「我不去！至少我不想闖入旅館房間！我唯一要做的，是兩個鐘頭後參加賭局，最好盡快梳洗一番，換件乾淨的襯衫。」
「你是不是根本不在乎誰殺了你朋友啊？你難道也不想知道又是誰想幹掉你嗎？或者再次想要幹掉你？」
菲茲嘆了口氣，悠悠說：「我的腦中也閃過這個念頭……」
「拉爾旅館在哪裡？」揚恩問。

菲茲羅伊又求助手機。「離這兒不遠。」

「我們在你的賭局開始前就可以完成了，或許能找到什麼。你也可以在那邊梳洗啊。」

# 第三個決定

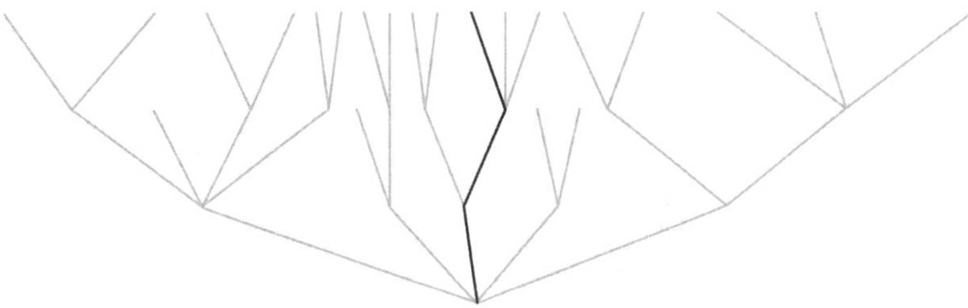

在接下來的演化階段，細胞根據這個數學原理形成合作群體。

——威爾．坎特

# 25.

「各國領袖現在又在那邊商討什麼了？」安博瑟．皮爾罵道。他和湘恩佇立在大廳邊的一道拱門旁。「他們怎麼能再度扮演救世主，世界明明被他們搞得一團混亂？」

泰德讓她留下來陪伴這個有點喝醉的英國人。他不期待有人回答他的問題。泰德和許多傍晚已談過話的人，包括企業家以及來自世界各地的政治家，正圍坐在最偏僻的角落桌旁熱烈討論。保全人員與助理暗地防止他們受到其他賓客的打擾。

皮爾一口喝光香檳，又從經過的服務人員托盤上取了一杯。「您也來一杯嗎？」

湘恩婉拒。她不為所動，堅守喝白開水。

他忽然笑了一下。「您剛才關於此地只有合適者的評論相當有意思。」他說。「而且在這個圈子裡顯得大膽。像您這樣一位敏銳又幽默的絕色美女在金融業做什麼呢？」

「賺錢？」湘恩毫不猶豫回答。她並非沒有注意到他沒有影射她的外表與性別，就像其他人在面對這種情況所做的那樣。她默想那句「像您這樣一位敏銳又幽默的絕色美女在金融業做什麼呢」。

「現在那還真無聊。」皮爾憐憫地說。

「有錢人才這麼說。」湘恩笑著說。她不是有錢人，只不過是亞利桑那州一個公車司機和老師的女兒。

「而且您反應敏捷。」他咧嘴一笑，舉杯敬她。

「我還有一堆評論可講呢。」她偏著頭說。他的語言、儀態、整體風格完全是不折不扣的英國上流階層。他想必出身富裕家族，這點他隱藏不了。或許他也不想隱瞞。

「那麼，您這樣一位憤怒的挑釁者在外交宴會中做什麼呢？」

「也許是外交宴會先讓我變成憤怒的挑釁者？」

「那您今天應該會破例取得令人欣慰的結果。」湘恩笑道。

「您讓我想起我的小兒子。」他的目光忽然黯淡。「聰穎卻吊兒郎當。」他一副若有所思的樣子。「或者正因為聰穎才吊兒郎當？」

「這您必須問他。」

「我們很少較見面。」他發楞了半晌，然後又收斂眼神，築起一道牆，再度換上迷人的笑容。

「拯救世界完成。」他朝那張桌子的方向點了個頭。果然，桌旁的人正紛紛起身，握手、拍肩。這個晚上，許多肩膀被拍了。

「吶，乾杯。」他喝光杯裡的酒。

# 26.

威爾・坎特下榻在鄰近腓特烈街的一家豪華連鎖飯店。這裡一個房間一晚八成要花掉揚恩一個月的薪水。光鮮時髦的人擠滿大廳和酒吧。這些人究竟哪來的錢？他們不可能工作得比揚恩還多吧？一天只有二十四小時，他們一定也要睡覺、拉屎，為什麼他們的時間就比他的值錢？

後方十公尺的紅棕色接待櫃台，有六個深藍色制服的男女接待人員或等候或正在服務客人。他們擬定了一個計畫，好處是由菲茲出面處理就行了。因為他是英國人，能像英國人一樣說話。揚恩的英語程度夠他看得懂英語影集和電影，但是沒辦法應付這種行動。他躲著不出面，這張臉最好也別見人。

菲茲在廁所梳洗一下後，又變得人模人樣了。他逕自走向一位沒事的接待女士。揚恩站在幾公尺外擺放旅遊景點與活動等小冊子的架子旁。

「晚安。」菲茲操著誇張的美國腔德語向那位女士打招呼。由於他好意說著德語，所以對方回給他一個超級友善的職業笑容。「我有個重要的請求。我今天下午才剛辦理入住，但我忘了我的房卡。可以再給我一張嗎？」

接待人員過分殷勤回答說：「當然沒有問題。房號是？」

「噢，這是下一個麻煩。我才到這裡沒多久，還沒記住房號，大概是三百四十五吧。坎特，威爾・坎特。」

龐德，詹姆斯・龐德。這個演得有點太過了，否則他的表現很有說服力的，揚恩這麼想。希望對方也有同感。

接待人員查詢電腦，笑容更加親切了。

「坎特先生，沒錯。您是七百五十六號房，頂樓。」

菲茲誇張地拍了一下額頭。「沒錯！我的大腦唷！我就知道大概有個五。謝謝！」

「您的房間距離天台游泳池不遠。」

「太棒了！」

她的手指飛快打著鍵盤，然後從櫃檯底下的某個盒子裡抽出一張房卡，完全沒有要求看證件。

「要一張還是兩張？」她問。

「噢，最好兩張，免得我又忘了！」
這點不誇張。揚恩這麼想。
菲茲微微傾身致意，接過兩張黑色房卡後走向大廳，看也沒看揚恩一眼。幹得漂亮！賭徒看來也必須是個好演員。揚恩往電梯慢慢晃去，高大的菲茲則邁著輕鬆的步伐走向電梯。

雍恩咒罵著交通狀況。
瑪亞不可能只和雍恩兩人就想找到揚恩．吳特和菲茲羅伊．皮爾。不過也沒那麼悲觀，外頭已經發布揚恩的照片，以便進行搜索。瑪亞或許可以再稍微推一把。她打電話給高峰會協調中心裡的一個老朋友。
「瑪亞！我能為妳做什麼？」
「誰說我想要什麼了？」
「瑪亞啊，妳什麼時候會自動打電話來了？」
瑪亞因為有事相求，所以故意忽略對方嘲諷的口氣。
「你們目前在外面有數千隻眼睛，加上直升機，加上攝影機，加上、加上……」她迫切需要喝一杯，努力抖擻精神。
「可以這麼說。」
「外頭的制服警察已經收到搜索令，你們一定也拿到了。不過，或許你們可以特別注意一下。」
「因為我們反正沒事做……說吧，名字是？」

「有兩個人，揚恩・吳特，本地人；還有菲茲羅伊・皮爾，英國人，目前投宿在大教堂旅館。你們可以找到照片，還是我傳一些過去？」

「妳以為我們是誰啊？」

「天才。」

「正是。有消息再通知妳。」

「謝謝。」

掛斷電話。接下來是賀柏特・湯普森。「你今天還做了什麼？」

在社群媒體的時代，要搜尋到消息並不難。夠多愛慕虛榮的傻瓜會利用這種機會曝光自己，一下和某某獨裁者拍照，一下和電影明星——這個人因為某種原因，經常受邀參加政治高峰會——一下又和二十多歲的網紅億萬富翁，一下和諾貝爾獎得主。她鍵入關鍵字，找遍最重要的消息：IG、YouTube，不管它們名字是什麼。她找到和預定演講有關的線索，但沒發現他過去幾個小時停留的地方。

「我們去一下賀柏特・湯普森的旅館，或許能在那裡找到什麼。」

菲茲拿到了房卡，揚恩讓他走在前面。這個賭徒把房卡拿到感應器前，輕輕喀一聲，門鎖解開了。他用手肘壓下門把。揚恩四下張望後進了房。房門後，鋪著木地板，左邊是衣帽架、行李架與衣櫃，右邊是浴室的入口，白色大理石，仿舊配飾，旁邊是一座落地鏡。寬大的臥室面對一大片落地窗，俯瞰綠意盎然的中庭。在落地窗前，有一道階梯往下通到半層樓低的起居區，附設沙發、吧台與一張書桌。上面臥室除了床之外，還有兩張單人沙發和一張小桌子。這個房間和他母親的房子一樣大，但明顯漂亮多了。

對於一個避險基金經理人，他期待什麼？

「真樸素，典型的威爾。」菲茲強調說。

不樸素看起來到底是什麼樣子？揚恩眼前只浮現車子裡起火的男子。

菲茲用鞋尖打開下方一個櫃子。他遞給揚恩一個小布袋。

「把你的手套進去，只能用這個摸東西。」他要求說，自己也把手套進有旅館標誌的空洗衣袋。「指紋。」

兩張單人沙發之間的小桌子上有幾張紙和一個文件夾，菲茲從那兒先找起。他用奇形怪狀的大塑膠手翻閱著，另一隻沒套袋子的手指關節在旁輔助。揚恩瞥了一眼紙張，都是英文。

「沒有什麼特別的，都是景點廣告。」菲茲說明著。

揚恩說：「我從衣櫃搜起。你先找臥室？」

「沒問題。」

揚恩的手套在用來擦鞋的小布袋裡，敏捷得不可思議。他在衣櫃裡找到五套灰色和深藍色西裝，以及白的、藍的、粉彩條紋的襯衫，還有領帶、皮帶、長統襪，沒有短襪。兩雙看起來很貴的皮鞋，擦得十分光亮，經典款。最後是內衣褲。所有衣服都摺疊得整整齊齊，揚恩猜應該是清潔人員整理的。有個小保險箱，沒鎖上，門只是掩著，裡面是空的。揚恩不斷回頭看菲茲。他正在查看床頭櫃，床頭櫃上擺著一包打開的紙巾，然後是床。他掀開被單，拿起枕頭，甚至還抬高厚重的床墊。

他們換到半層樓低的起居區。

書桌上有本印著旅館名稱的大筆記本和筆，一旁的文件夾裡有住房注意事項，還有客房服務的菜單，以及一個顏色和其他東西不相配的檔案夾。菲茲翻開檔案夾，揚恩看了一眼，又都是英文。但這次不是名勝古蹟的亮彩照片，而是表格、列印紙。菲茲停留在一張材質高貴的小摺疊卡片上，仔細研究。

「這是明天下午官方高峰會開幕的私人邀請函。」菲茲非常驚訝。「威爾怎麼拿得到這個？」

「你不是說他為一個超級富豪工作？也許是這個原因？」

「如果把他持有股份的公司也算進來的話，全世界數千家企業裡有成千上萬的人為他工作。不是這樣的，一定還有其他理由。」

# 27.

即使在這種日子裡，艾爾和他小隊的外表不會特別引人注意，他們還是沒有同時進入旅館。這座都市並非僅充斥著政治家和億萬富豪，也有保全人員。和其他人相較之下，艾爾和他手下的打扮反而得體。究竟是誰發明深灰與黑的統一外觀搭配太陽眼鏡？CIA？俄國人？還是電視？看一看大部分這類型的人，應該會相信是後者。那些人的行為舉止好似正在等待下一次試鏡。眼鏡、鴨舌帽與特殊化妝，至少能夠妨礙人臉辨識系統辨認艾爾和他手下的身分。他直接走向電梯。傑克這時正好踏進另一部電梯，貝爾則是保持距離跟著艾爾。

艾爾搭乘的電梯裡站了很多老人，明顯是從美國來歐洲旅行的遊客。他們規畫許久的旅程，因為高峰會封鎖了街道、博物館和其他景點而泡湯，正忿忿罵著高峰會。電梯升得越高，他們的人就越少。

艾爾是唯一走出八樓的人。走廊空空蕩蕩，亮米黃色條紋壁紙、深棕色長毛地毯，牆緣裝飾著黃色渦卷型花飾。高貴大方。但這些僅止於表面，底下只有石膏板和鋼筋混凝土。傑克已經等在那裡。下一部電梯送上來貝爾。他們轉進右邊，目標七五六號房。

幾個小時前，他們到這裡時，已經把房卡弄到手。那時坎特出發去見老人，他們潛入房間，清走所有不能留下的東西。不過，那樣的東西並不多。他們現在回到這裡並非事先計畫好的，只是打算暫時休息一下，等待那兩隻鳥兒自投羅網。

艾爾已將房卡拿在手裡，這時，他聽見裡面傳來兩個聲音。一看見他簡練的動作，傑克和貝爾瞬間化成鹽柱。他們豎耳傾聽，是兩個男的。艾爾聽不清楚他們說什麼，不過聲音和說話方式不像是房務人員。闖入者嗎？這樣應該會更小聲。警察？那麼應該有更多工作人員，外加旅館經理。因此只剩下一種可能。

比期望的來得還快。艾爾打個手勢，他們立刻退到走廊對面牆邊，迅速擬定對策。

菲茲羅伊和揚恩翻找著書桌的抽屜，什麼也沒發現。

菲茲羅伊兩手叉腰，環顧四周。「威爾，你到底在處理什麼？」

揚恩俯身在書桌上方。「菲茲。」揚恩拿起筆記本，在眼前轉來轉去，最後斜斜拿著，以便能平看著紙張表面。「這一張的上面那頁寫了一些東西。」他左右張望。「但是這裡什麼也沒有。」

菲茲羅伊研究著那張紙。「之前確實可能寫過什麼。」

揚恩拿出書桌底下的小廢紙簍。到目前為止，他們沒注意過裡頭的垃圾。他倒出好幾個紙團，攤開紙張撫平。三張紙上都是類似的塗鴉，其中兩張被繪畫者塗塗改改，幾乎看不出來是什麼。第三張圖上的畫比較容易辨認。兩個不同的圓圈群並列著，上面還安排了一些小點點。

兩個圓圈群中心，都有個小點，被看起來像尖刺的東西包圍。在兩個圓圈群之間，有個箭頭

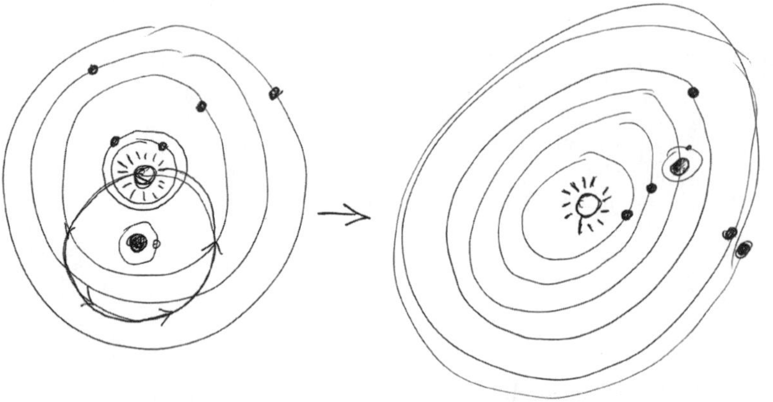

從左指向右。像是一種順序，從——到。

下方歪歪扭扭寫著兩個不太好辨認的詞：教條，典範轉移。

「這是什麼呀？」揚恩問。

好問題。

「石頭被丟到水裡？」揚恩猜著。

「威爾是數學家和物理學家。這看起來猶如被電子環繞的原子，感覺像從階段一發展到階段二……」

「右邊的圖有點像太陽系。」揚恩說。「可是另外一個呢？」

菲茲猛然拍他的肩膀。「正是它！這樣看來，底下的字也有意義了！右邊是我們的太陽系，左邊看到的是地球中心說的世界模式，這個觀點一直沿用至近代。在地球中心說裡，所有的星球和太陽圍繞著地球轉。那是短暫的過度階段。十六世紀，第谷．布拉赫的本輪模式也是如此。地球永遠位於宇宙中心，不過圍繞地球轉的是太陽，其他星球則是圍繞著太陽，但**也有**一些是繞著地球。」

「好複雜啊。」

「因為教會不允許其他說法，必須遵循托勒密的古老地球中心說世界模式是教會的教條，即使太陽中心說早已能簡單又優雅地解決問題了。」

「我還記得伽利略或者誰說……『可是它還在轉啊。』」

「沒錯！那說的是地球！哥白尼、克卜勒、伽利略，為過去幾個世紀最重要的典範轉移奠立了基石：終結教會對我們社會的支配地位與詮釋權，開啟了文藝復興。」

「可是威爾為什麼對這個有興趣呢？」

「他的興趣非常廣泛。也許我們能在筆記本上找到線索。」菲茲說。

揚恩像剛才一樣又把筆記本平擺在眼前。「除了圖之外，上面還寫了些什麼，有更多筆跡。」

他拿起鉛筆，筆尖平放在最上方，用筆心在紙上開始畫，上面幾公分慢慢轉成灰色，只有被上一張紙的字跡印凹的地方沒有變色。灰影裡的白色潦草字跡。

揚恩猛然轉身。「有人。」

菲茲似乎也聽到了。有人在門口動手動腳！

# 28.

艾爾一把駭客房卡拿到感應器前，鎖立刻變成綠燈。他緩緩打開門，幾乎沒有發出任何聲音。他面前出現套房比較狹窄的區域，有衣物架，左邊有櫃子，右邊是浴室入口。浴室門關著。艾爾先潛到臥室。沒人；接著迅速掃描起居區，也一樣沒人。他轉過身，傑克在他背後，手輕輕按下浴室門把。打不開。艾爾向他點點頭。

客房服務人員和清潔人員不會把浴室門關上，遑論還落了鎖。

傑克已經抽出瑞士刀。貝爾本來守在走廊，現在也進入房間，輕輕把門關上、鎖住。傑克把瑞士刀裡的螺絲起子插進浴室門鈕旁邊一道為了緊急狀況而設置的開口，艾爾和貝爾站在他身後。整個過程悄然無聲。若是先前沒看見他們，不會知道他們人就在現場。這是長年訓練有素的結果。

傑克緩緩轉動螺絲起子，盡可能不發出一絲聲音。不過，不管誰在浴室裡，仍舊看得見門鈕在動。傑克猛地一把推開門。艾爾從他肩膀上望去，浴室裡右邊有兩個洗手台，左邊是浴缸以及高達天花板的透明防濺板，後面是玻璃淋浴間，還有一扇窗戶敞開著。

該死！該死！該死！揚恩真想和朋友喝啤酒！要不然就躺在家裡沙發上追劇！或者打電動！但他現在手指卻攀著簷口，腳趾找著下一個支撐點。湯姆．克魯斯做起來明明很簡單啊！

「如果是服務人員怎麼辦？」他低聲對菲茲說。這樣他們就可以回去了。哎呀，其實也回不去了。若是他們人在房內，還可以假裝是房客，但從浴室窗戶爬進去，就不是這麼回事了。菲茲又沿著中庭牆壁立面走了兩步，文件和筆記本藏在他的襯衫裡。

「沒有敲門詢問一下？而且動作還特別輕？」

完全沒話講。

「媽的。」

他聽見菲茲咒罵一聲，但不是對他而發。菲茲的目光經過揚恩往後看。有個影子正從他們剛才辛苦爬過的浴室窗戶蜷縮著擠出來。那影子身形高大，距離他們不到五公尺。

「前面那邊。」揚恩嘶聲說。

大約七公尺遠，立面就到了邊緣。那兒突出著交疊而上的裝飾方石，每塊約莫三十分寬。方石之間隔著一公分寬的縫隙。他們沿著建築邊緣在高空走著，距離地面十五公公尺，往上兩公尺到旅館天台。他們必須抵達那裡。

揚恩發現自己具有飛簷走壁的平衡技巧。他也不得不會，因為那影子從窗戶爬出來後，在立面移動的速度比他們還快。揚恩的心跳若是再劇烈一點，可能就會掉下去了。

菲茲先抵達方石。他果斷地踩上第一個縫隙，抓住邊角，把自己往上拉。他必須動作快，唯有沿著邊緣才能往上爬。而他必須升到一定高度後，揚恩才有辦法開始爬。游泳池的濺水聲和各種聲音朝他湧來。即使已經傍晚，直升機仍在都市上空監控示威遊行的狀況。

他們後面的追兵在說話。對誰說？還有其他人嗎？他愈來愈近。揚恩緊張得手都濕了。等他終於開始往上爬時，那個傢伙距離他大概只有兩公尺。他沒有多加思考，抓住最靠近自己的方石，右腳踩在邊緣，身體貼著石頭往上爬。再一抓，手指抽筋，然後再一步。揚恩大汗淋漓、全身劇烈抖動。但是他的意識似乎與身體分離，而理智與感受與——與什麼？就在他的身體不住顫抖，但人像個機器自動往上爬時，思緒忽然瞬間翻轉，下一秒，他彷彿已是個陌生人，正從外冷靜觀看著自己，對這項會跌斷脖子的行動頂多只是感到驚訝罷了。就像是看外國電影裡的演員。他底下的追兵幾乎已經到了，對方看起來就和其他人類似：訓練有素、肌肉健壯、頭髮削得很短，一身深色衣著。揚恩認出他的臉，在黃金酒吧看過，但沒在事故現場看見他。所以他們還有其他人！他們果然在跟蹤他！

就在這個時候，那個人到達揚恩腳邊了。

「那兩個人試圖爬上立面，從上面逃掉。」艾爾的耳機裡傳來傑克喘氣聲。「我到了。」

貝爾和艾爾守在電梯和逃生梯出口旁。

「山姆，到中庭露台去！」艾爾命令等在大廳裡的山姆。

「正走過去……我看見他們了。幹！他們會摔下來。」

「那我們的麻煩就解決了。」艾爾喘著氣說，他和貝爾正從樓梯往頂樓走。

他們穿過走廊，盡量不引人注意，冷靜經過接待人員，走向游泳池酒吧，最後來到露台。游泳池旁大概有四十個客人手拿飲料，正在欣賞夜景。準確說，是幾分鐘前在欣賞夜景，因為愈來愈多人把頭轉向露台邊。只見菲茲羅伊・皮爾正彎向欄杆外，猛然把揚恩・吳特往上一拉。眾人的注意力全在這兩人身上。吧台後面有個人抓起電話，另外兩個職員急忙跑向可疑的客人。艾爾和貝爾沒受到任何阻礙，便在漸漸騷動不安的人群中——「闖空門的？」、「恐怖分子？」——迅速開出一條路。熒亮的手機螢幕紛紛高高舉起。

揚恩雙手抵著膝蓋，不住大口喘氣，平復著驚嚇與緊繃的情緒。菲茲扶著揚恩，緊張地四處張望，然後扶直他的上身，拉他往前走。接著，他發現了他們。

艾爾與貝爾加快腳步，但是沒有拔腿奔跑。艾爾不想引起太多注意。如果別人心生疑惑，他們可以假裝是保全人員。他們原本就是保全人員，只不過並非服務於這家旅館。他透過耳機指示傑克先待在欄杆外面，等他們把大家的注意力從那個地方移開。

菲茲和揚恩沿著欄杆跑，一邊拉開與他們之間的距離，一邊尋找出口。愈來愈多手機加入錄影的行列。露台底有道約莫兩公尺高的牆，是隔壁大樓的牆壁。在白天遮陰用的金屬架底下，擺著幾張小餐桌和椅子。他們跑過時，揚恩抓住一張小桌子和一把椅子，菲茲也順手抄起一張椅子。他們把桌子靠在牆邊，一張椅子放旁邊，另一張疊在桌上。

部分客人以防萬一往後退，其他人認為這兩人沒有什麼危險性，所以拿著手機靠得更近，尋找著最佳的拍攝角度。四周陸續響起說話聲，為未來的或正在收看直播的觀眾評論講解。現在沒人注意另一邊傑克正在攀爬的欄杆。

揚恩先跳上椅子，敏捷得像隻岩羚羊，然後一個引體向上，翻到隔壁大樓屋頂。他們早就從酒吧鬥毆中知道那個撒馬利亞人不是軟腳蝦。菲茲身手也同樣靈活，修長的身材讓他更容易爬上去。這兩人慢慢讓艾爾覺得煩躁。

「引開其他人的注意力。」艾爾透過耳機對傑克下達命令。

「小心，有武器！」上到天台的傑克在眾人後面大叫。驚恐的臉孔、慌亂的目光，人們和手機全部轉向游泳池。大家混亂逃跑，蹲低身子，撲倒在地上。傑克也跟著一起做，所以沒人知道是誰在喊叫。貝爾和艾爾趕緊利用機會。艾爾幾個跨步也躍上椅子，攀到隔壁屋頂。貝爾緊跟在後。

太超現實了。菲茲覺得當時應該立刻找警察，這個時候就不會跑在黑漆漆的屋頂上。屋頂大概長三十公尺，兩邊微微下傾幾公尺，後面更陡。煙囪擋著去路，不過他們可以從旁繞過。夜空上方一道光照亮他們前面的區域，但看不清楚這道屋頂結束後會接著什麼。不遠處，這座都市在夜空下蒼白閃耀著光。他們沒有其他選擇。後面有兩道影子追過來，至少兩道。

菲茲已經將賭局拋到腦後。

也許他們應該待在天台上，向人尋求保護。但這樣一來，就得近距離面對追兵。他體內每條纖維都在吶喊，不要。即使是眾目睽睽，誰知道那些傢伙會做出什麼，或者準備做什麼？這種時候你不會進行思考，只想趕快遠離危險。跑、爬、跳。

直升機的達達聲愈來愈大。揚恩和菲茲這時跑到屋頂終點，直升機的噪音現在震耳欲聾。示威者這麼近嗎？菲茲周邊陷入一片亮白。他嚇得往上看，用手遮住眼前眩目的光源。

直升機瞄準的竟然是他們！一道直徑約十公尺的刺眼白光，在屋頂的灰色金屬上搖晃著。

他感覺到螺旋槳刮來的風。

菲茲差點啞然失笑——真詭異。警方的探照燈照亮他們前面建築物的樓頂。那裡只比他們腳下矮了一公尺，是片瀝青地，高聳的煙囪從瀝青伸出，彷彿一片石化森林，樓頂四周圍著及膝的矮牆。他身邊的揚恩也同樣目瞪口呆。驚魂甫定後，他們跳下建築，繼續拔腿狂奔。光圈一直照著他們，和煙囪交織出一場異樣的影子遊戲。

跑過半個屋頂後，菲茲回頭一看。警方的燈光除了幫忙照亮逃跑的路之外，還有另一個正面作用：那些殺手不能暴露在燈光下！菲茲看到他們特意尋找煙囪遮掩。所以只要警方的燈照著揚恩和菲茲，他們就不會發動攻擊！這樣一來，他們何不乾脆站在原地，向警方招手，表示要自首，然後等待警方到來，事情就結束了。若非揚恩出現，菲茲本來和整件事也就沒有關係。警察要調查威爾之死，這是他們的工作。而菲茲還趕得上他的賭局。

# 29.

前往諾貝爾獎得主在柏林米特區下榻旅館的路上，瑪亞掃描網路找到的橘園宮晚宴的消息。起碼有十位來自七個國家的億萬富翁出席，至少二十幾個即將躋身億萬富豪的人、高層或者超高層政治和國際組織的最高發言人。還有很多人，但她瀏覽得很快，所以一下子認不出來。有幾個直接被稱為「商人」，也有說客、外交官、公關人員、投資大亨、銀行家，或者乾脆就叫「贊助者」。一通來電打斷了她，是行動中心裡一個熟人。他打的是視訊電話，臉浸淫在螢幕的蒼白光線裡，就像個白色幽靈。

他說：「妳應該看一下這個。」

瑪亞的螢幕閃現黑褐色的昏暗，中間夾雜著燈光與閃光，接著又亮得刺眼。對方的手機鏡頭正對準一個畫面，是電視螢幕。他拍攝了行動中心的螢幕，即時將畫面傳送到瑪亞的手機上。合不合法另當別論。

影片裡，有個白色光圈落在一棟建築的某部分。瑪亞現在認出了煙囪、天窗。這些畫面一定是空拍機或直升機拍下的。光圈中心有兩個人在奔跑。瑪亞聽見行動中心傳來的聲音。攝影機現在把鏡頭拉近，但畫面依然模糊。

電話那端的人說：「我們還有更清楚的畫面。」他的手機轉到另一個螢幕。畫面上有兩個臉部定格，模糊、曝光過度。是急切看向天空的男人臉孔。她立刻認出揚恩・吳特與菲茲羅伊・皮爾。他們可以省了接下來的路程。

「是他們！那裡發生什麼事了？」

「我們還不清楚。幾分鐘前，米特區的拉爾旅館打了一通電話過來。說有兩個陌生人爬過立面，闖進屋頂天台，不過馬上又跑到隔壁屋頂，彷彿他們在追人，或是要逃離什麼似的。」

「或是要逃離什麼人？直升機沒有拍到其他人嗎？」

「沒有通報。」

「直升機要飛到哪裡？」

「主要的遊行隊伍往十字山區移動，所以我們派直升機過去。這家旅館投宿了高峰會各國與會者，但是他們住在三樓或四樓。不過，那兩人幾乎已經快到住宅區另一邊了。」

「我需要詳細地址。你們可以繼續監視他們嗎？」

「要看真正示威遊行的發展。此外，他們也快沒地方去了，因為又出現了另一棟建築物的屋頂。」

揚恩在刺眼的光球奔馳，跳過牆簷，平衡著重心，沿著斜屋頂穿梭在煙囪之間的障礙跑道上，同時尋求掩護，躲避可能的子彈。外面的世界消失在愈來愈深沉的黑暗中。幹！他根本是自己的電玩遊戲角色！不過他腳下的屋瓦和瀝青氈，真實得就如外面黑暗中的街道深淵，也如直升機螺旋槳的達達咆哮一樣真實，螺旋槳揚起的灰塵跑進眼睛裡、讓肺部喘不過氣來。斜前方是菲茲高大的身影，是他正在之字形前進的遊戲夥伴。他們跑過多少屋頂了？完全沒有概念！住宅區早晚會到盡頭的。

然後呢？

揚恩忽地一頭撞上菲茲的背。他竟就這樣停住！對面建築物樓頂出乎意料出現了揮手的人影。光圈愈來愈大，人愈聚愈多，紛紛抬頭往上瞪著直升機，有些人還揮舞拳頭、比中指，其他人對他們招手。他們？揚恩和菲茲？過來這裡！倒底怎麼樣的人會忽然出現在屋頂上？

這時，有幅標語對著直升機舉高——這棟房子解放了！

我的媽呀！先是殺手，現在又是無政府主義者。愈來愈糟。好吧，還是不一樣。至少目前是這樣。愈來愈多人聚集在燈光下。

「警察！」

「滾蛋！」

那個屋頂比這邊高一公尺，有人伸出手要幫助揚恩和菲茲。

「過來這裡！」

「來吧！」

揚恩抓住兩隻手腕，手指緊纏著對方手指，然後被拉了過去。

「他們要對你們做什麼？」

「你們在這裡很安全！」

希望如此！揚恩上氣不接下氣，手臂支著膝蓋，緊張兮兮四下張望。追兵在哪裡？他們鐵定不想被探照燈照到。菲茲就在他旁邊，呼吸急促指著後面。

「說不定還會有更多人追來！」

一個聲音問：「哪裡？」

菲茲說：「從屋頂過來！」

聲音：「他們試試看。」爆出笑聲。

笑聲？竟有人在笑！這傢伙完全沒有概念發生了什麼事！不過，笑聲融化了揚恩體內某種東西。發自內心的笑聲助益良多，這是亙古不變的道理。

那群人把揚恩和菲茲拉入人群裡，周遭至少聚了幾十個人，啤酒罐、香腸。這裡在幹嘛？直升機的吵雜聲愈來愈輕，光線也柔和許多。直升機騰空飛起，它在這裡再也不能做什麼。揚恩瞟了他們一路跑過來的陽台一眼，煙囪後面是不是有陰影？

「我們要從哪裡下去？」揚恩問最靠近自己的人，聲音透露出驚慌失措，他努力讓自己鎮靜下來。

「謝謝。」菲茲對著一個和他差不多高的男子說。那人蓄鬍，黑色卷髮長到下巴。

「不客氣。」

「我是菲茲羅伊。」

「菲茲羅伊，我是克里斯托。你們為什麼不是從下面大門上來？」

「說來話長。」菲茲說，然後轉頭往後看。

直升機調頭離開，吵雜的人聲取代螺旋槳聲。都市燈光和手機螢幕光線拿來照明相當足夠。揚恩搜尋隔壁屋頂是否有殺手的蹤影。沒發現任何人。

克里斯托注意到他的目光。「別擔心。高峰會期間，警察不會干涉這裡，太棘手了，何況也會絆住太多警力。就算他們敢嘗試，」他露齒一笑，「我們也有辦法阻止。」

「也許能阻止警察，但是擋不了那些人。」不過揚恩很難說出口。

「警察走了。」艾爾對著耳機說。「山姆，底下狀況如何？」

「派對、窗戶張貼標語。沒有警察，只有占屋者。」

應該成不了阻礙。這些左翼無政府主義者明明認為戰爭是資本主義、帝國主義，而且是愚蠢的行為，卻有為數不少的人穿著戰鬥褲、軍用襯衫與其他軍事相關服裝，實在不可思議。一些個頭不高的男人走路就像大猩猩，或者像看完動作片後學傑森．史塔森走得晃來晃去的傢伙。這些傢伙雖然進行過交叉訓練鍛鍊肌肉，仍不是艾爾和他手下的對手。

「我們過去。」他說。

然後他們便往前衝。

# 30.

「那裡！那——裡！」

揚恩看見那些凶惡的傢伙從隔壁大樓屋頂的陰影底下向他們衝過來。他還來不及反應，二十幾個男男女女占屋者即已在與隔壁屋頂的交界處建立起防線。他們高舉手機，螢幕在夜晚閃閃發亮。

「你們是誰？」

「警察嗎？」

「你們有搜索令嗎？」

殺手斷然煞住，手臂倏地遮住臉，背過身去。

「嘿，怎麼回事？」揚恩這邊屋頂有個人叫道。

手電筒照射深灰色的人影，至少有十二支手機在拍照攝影中，有如螢火蟲一般。

殺手連忙撤退，藏身在煙囪後面，潛入昏暗中。

「那些究竟是什麼人？」站在揚恩旁邊的克里斯托大笑。「吸血鬼嗎？」

哇，酷喔！揚恩只有一個念頭：手機竟能對抗手槍，而且還贏了！

克里斯托拍拍揚恩和菲茲的肩膀。

「你們看，未經許可的人進不來。」

瑪亞對著電話咆哮：「聽著，我們對外已經發布這人的搜捕令！現在米特區發現了他的蹤跡！就在拉爾旅館附近！」

雍恩從旁觀察著她。

電話另一方感到遺憾，幫不上忙，所有警力目前都派駐到其他地方。狗屎！中心裡，她的名字旁邊說不定閃著一個警示大紅燈了。都是藉口！

她怒氣沖沖掛掉電話，看著城市的景致從旁飛逝。

廣播裡，評論家正在辯論義大利脫歐的可能結果：退出歐元、新貨幣狂貶值、銀行與企業倒閉，大量人口失業。而且會引起骨牌效應，一起拖下西班牙、葡萄牙與希臘。他們的貸款利息反正已經創下歷史新高。剩下的歐元區若不是爆掉就是大量升值。對於德國這樣因為貿易戰而陷入危機的出口國家來說是場災難。一年前誰料想得到呢？當時的經濟還像隻心滿意足的貓，而現在呢！德國和其他國家面臨更加嚴峻的出口衰退，銀行倒閉，企業破產，造成大量失業人口。很快所有人都會受到危機波及。若是有更多人流離失所，掙不到滿足基本需求的金錢，她不敢想像到時候街頭會是什麼景象。根據最新的民調，另類選擇黨與左翼黨目前已經成為最強的政黨。瑪亞煩躁地別過頭。

她到現在還沒收到黃金酒吧的審問結果。等到同事寫完報告給她，高峰會早就閉幕了。在這新媒體時代，誰還需要報告啊？

瑪亞又在YouTube、IG和其他社群媒體搜尋關鍵字，首先是「黃金酒吧」。瞧吧！最前面幾部影片就可以看到鬥毆現場。瑪亞一部看過一部，尋找揚恩・吳特和菲茲羅伊・皮爾的臉。第六部影片裡，吳特在騷亂之中短暫出現了一會兒，然後又一次。從畫面細部至少可以辨認出十三個參加鬥毆的年輕人。有些只是推撞，有些人則是握緊了拳頭，甚至是酒瓶。吳特一對二，對方都比他高一個頭，體重一定超過兩倍。說得仔細一點，他根本是被那兩人狠狠壓著痛打。瑪亞暫停影片：皮爾在那兩個肌肉大塊頭之間急速轉身。所以他們兩人果然在酒吧裡。她繼續播放影片，但螢幕被陰影遮蔽接下來發生的事，畫面接著變得模糊。拍片的人手動來動去。

她又看了一次連續畫面。無論如何，吳特撐過來了。她絕對不羨慕他那張臉。他和皮爾怎麼會從黃金酒吧跑到萊哈德街上的屋頂？為什麼？

「這裡在做什麼？」

「接下來兩天的總部。」克里斯托解釋說。他旁邊有個嬌小卻結實的深色肌膚女子，一頭爆炸頭，眼睛晶亮閃耀。

「我是金。」

揚恩嚥下一大口唾沫。

屋頂上的小屋是裝置電梯馬達的機房，電梯井周圍的螺旋梯被人用啤酒和塑膠杯堵住。眾人熱烈討論著，或是在打情罵俏。安裝於水泥牆面的工業用燈刺眼眩目，毫不浪漫，卻沒有破壞大家的興致。

克里斯托到處打招呼，幫揚恩和菲茲找地方休息。

「克里斯托，太好了，你在這裡！」說話的是個女子，約莫克里斯托的年紀，矮而粗壯，深色皮膚，穿著牛仔褲，搭配米色襯衫。活力十足，蠢蠢欲動，又是一聲：哇噢！「我正想找你。」

揚恩曾經在哪裡見過她。

「你把誰拖來了？」

「藏身在我們這裡的人。」克里斯托解釋說，然後介紹女士說：「這是阿蜜絲塔・薩嘎多。」

「好樣的。」菲茲把手伸向她。「幹得好！」

「謝謝。」

她把克里斯托拉到一旁，低聲私語。克里斯托凝神傾聽、點頭、回答。

菲茲一看到揚恩的目光，翻了一下白眼。

「她是重要的國際人權與公平正義的活躍分子，」他向揚恩解釋，「阿根廷農夫、工人與學生領袖。」

「她在柏林做什麼？」

菲茲微皺眉頭。「組織變革？」

「為什麼不是在阿根廷？」

「因為這裡的人經驗不夠？此外，她在阿根廷的確也做了這些事。」菲茲靠近揚恩耳邊說：「她的父母是窮農夫，和整村的人被大地主雇用的一群殺手屠殺了，因為地主想要他們的土地。阿蜜絲塔當時還年幼，是唯一存活下來的人。」

「那些人受到懲罰了嗎？」揚恩問。

「就我所知沒有。不過你可以問問阿蜜絲塔。」

「或許下次吧。」揚恩沉重地低喃。

阿蜜絲塔斜眼瞥了他們一眼，點個頭，說聲「再見」，就消失在隔壁房間了。

揚恩在二樓看見好幾間房，就像是電腦工作室。電腦螢幕前綣窩著穿著連帽衫的人，四周是機架伺服器和塔式伺服器、閃爍的小燈、纜線纏繞，就像他還沒出生前的電影中的太空船內部那樣。

「這是其中一個 IT 與溝通中心。」克里斯托看見他的目光後解釋說。

「什麼樣的 IT 與溝通中心？」揚恩愕然問。

「我們可不是一群毫無計畫的瘋子。」金說。

她滿滿的自信讓揚恩微微不快，但同時也十分欣賞。「外面有上百萬人正在遊行，他們必須能夠了解彼此狀況、交換訊息、協調配合。全世界超過三十個大都市，目前也舉行類似的示威活動。我們同樣和他們交流、互通有無、發布新聞、協調溝通與照片，共同思考能夠呈現出——和挑動起——什麼樣的內容與形象，避免依賴傳統媒體與網路。」

「全都透過這樣的中心進行？」揚恩一副不可置信的模樣。

「不是的。中心只提供技術基礎設施，多半是透過區塊鏈為基礎的應用程式運作。只要願意，所有人都可以下載相關應用程式，處理各式各樣的事情，商談、投票等等。每個人都可以參與。」

「最後不會亂成一團？」菲茲問。

「『我們不相信任何組織，連自己的也不信。』這是引用自阿拉伯之春。」克里斯托說。

「抗議人士的長期成果往往因此失敗。」金補充說。「但長期抗爭需要組織，所以透過設計正確的區塊鏈應用程式，將信任類制度化，讓信任擴及至應用程式中和所有參與者身上。到目前為止，運作得非常好。」

克里斯托對他們眨眨眼，說：「何況我們還有好幾個高手，能夠幫我們取得一般不容易拿到的資訊，譬如警方、軍隊的部署計畫、公關策略……」

揚恩聽得十分入迷，注意到一共有四個房間構成示威活動的神經中樞。

「你剛才說是**其中一個** IT 與溝通中心？」

「當然還有更多。」金解釋說。「以防其中一個退出，或者被抄。誰知道呢，說不定你們是臥底的條子？若有需要，其他都市的團隊會接手。更別提應用程式了，程式透過區塊鏈和網狀網路運作，不容易被關掉或者操縱。」

「他們會取得一般不容易拿到的資訊？」菲茲問。

「你需要什麼？」

「只要一個地址，以及／或者電話號碼。」

克里斯托和一個連帽衫男簡短說了一下話。

「名字？」

「湘恩・達爾利。」菲茲說，還給了其他信息。

「需要一點時間。」連帽衫男說。「我到時候去找你們。」

菲茲道謝，那個年輕人眼睛又緊盯著他的螢幕了。他們離開IT區，遇上一個自行車快遞員。菲茲攔下他。「你想賺點外快嗎？」

「看狀況。」

菲茲在他手裡塞進五十歐元。五十歐元！這麼容易就給？

「你身上會不會剛好有信封？」菲茲問那人。

年輕人找了一下，找到一個折疊過的小紙盒。

菲茲把手伸向揚恩，說：「手機。」

揚恩一臉不解。

菲茲說：「警察可能會定位你的手機。」

揚恩猶豫不定。

「之後會再還你的。」

「我得再確認一下。」

「你媽嗎？」

「對啊。老兄，她火冒三丈了！」

手機各種管道至少都收到二十幾個通知。菲茲瞟一眼簡訊螢幕。

「在我看來她很擔心，至少有幾則如此。」

也許吧。

「再給她傳個簡訊，然後放在這裡。」

「我很好，會再聯絡。」揚恩送出訊息，不甘不願把手機交給菲茲。

菲茲把手機裝進小紙箱，封上。他對快遞說：「請借我筆。」

菲茲總是彬彬有禮，一定是教養的關係。他在小紙盒上寫下他自己旅館的地址與房號。「請送到這裡，晚上送。謝謝。」

「好，沒問題。」年輕人說完就騎走了。

「現在我們沒有聯絡的可能性了。」揚恩說。

菲茲從夾克內袋變出兩支簡易手機，竟還有鍵盤！「我們有。職業關係，我都會隨身準備一些拋棄式手機。」

「拋棄式手機？奇怪的職業。」

「拋棄式號碼，無需登記姓名，使用的是預付卡。需要的時候永遠買得到。只把號碼給真正應該知道的人，例如你的中間人。」

「這合法嗎？」

「合法，隨便。」菲茲遞給揚恩一支電話。「我的電話號碼已經儲存在裡面，以防萬一。沒有別的號碼，就只有這個了。」

# 31.

他們走進莊園旅館時，並非所有人都累了。一家國際建築集團董事長，正眉飛色舞向總部位於日內瓦的大型援助組織主席，講述他去年穿越東亞的摩托車之旅。他拿出手機，展示自己全身騎士服，跨坐在濺滿泥巴的摩托車上的照片。看見他一身與現在眾人身上的吸菸服截然不同的裝扮，大家全都呵呵大笑。援助組織主席是祕魯人，也抽出手機說明：「這是我送給自己五十歲的禮物。」他展示一輛粗壯的摩托車，手指在螢幕上滑動，引來更多笑聲。精神上的弟兄，偉大男人的小小樂趣。

湘恩對汽車和摩托車沒有興趣。她只是納悶：一旦粗重的摩托車翻倒時，這些體能不足的男人怎麼辦？

泰德和坎普・吉倫德與世界銀行一個高階經理湊著頭在說話，西班牙部長和一位中國女企業家——十之八九也是個億萬富豪，在中國人身上很難看出來這點——與她先生也正交談中。湘恩遇見黎巴嫩商人和一位被視為未來藝術界超級明星的甘比亞概念藝術家。喬治正在取悅義大利經濟部長茂立齊歐・特里桐，他們周圍多少有保鏢悄悄守衛著。黎巴嫩人和甘比亞人仍競相討湘恩歡心，但是她的心思全放在特里桐和喬治斷斷續續傳來的對話上。

「……作為諮詢的報酬。」湘恩聽見義大利人說。「給付某個島嶼上匿名公司持有的企業。」

黎巴嫩人又在說廢話。湘恩面帶微笑。

喬治拍了義大利人肩膀一下，說：「……我們無疑會找到一個模式。在您離開政壇後，我們會提供關係企業的支薪董監職位……」

一個身穿黑色制服、戴白套的人，帶領他們經過其他賓客，走向半獨立的區域。他們在那裡仍舊可以感受酒吧裡的氣氛，卻不會被其他人看見或者打擾。

「……或許我們可以特價賣給您幾處地產，在法蘭克福、巴黎、倫敦，您再以市價銷售……」

情況很明顯了。有些人可能會說那是酬謝特里桐的幫忙，其他人則會說賄賂、腐敗與洗錢。喬治希望從這個義大利人身上得到什麼？

湘恩感覺到泰德的手搭在她背部。這種本應混合著關心與幫助的典型男性姿勢，其實不過是操控，暗示占有與控制。直到手滑到下背部，來到灰色地帶，那可以是騷擾也可以是親密，視狀況而定。就像泰德現在的手。

「……或是有價證券……」喬治說。

「現階段最好不要。」特里桐笑道，然後他們走得更遠了。

湘恩驀然察覺泰德現在的手不是騷擾。她和泰德的關係仍然曖昧不清。他們睡過幾次，但湘恩不覺得那有什麼約束力。

泰德也喜歡她挑逗他的姿態。他自認是傳奇的結婚對象，全世界身價最高的單身漢之一，女人怎麼可能不迷戀他？拭目以待了。

她任他的手予取予求，可以想見今晚可能怎麼結束了。

可能，不是一定。

酒保端著放滿香檳杯的托盤經過。泰德鬆開手，取了兩杯，微笑遞給湘恩一杯。

她的追求者當中，就屬他最富有。中國有句俗語說：「有錢人不可能長得醜。」湘恩不認同這句話。她坦承自己很重視外表，但外表不是關鍵。泰德一表人才，注重形象，精心保養，這點很重要。他風趣又殷勤，而且關心她。

事實上，他好得簡直不像真的。

但也有一句處世之道是這麼說：「好得不像真的，就不是真的，否則就是沒有那麼好。」隨便了。

茂立齊歐．特里桐舉起杯子。「祝會議成功。」他說。

「對你來說，會議顯然已經成功了。」湘恩憶起剛才聽到的片段對話，心想。

# 32.

克里斯托把他們安置在四樓一間公寓的廚房餐桌旁。

「我要先離開，等你們決定要融入此處還是離開之前，金會招呼你們。」

金指著揚恩和菲茲的臉。「警察造成的嗎？」

「對。」菲茲立刻回答。

金指向冰箱說：「裡面有果汁、啤酒、三明治，不過你們最好別喝醉。」

揚恩超想的，但是他必須保持頭腦清醒。「別擔心。你們在這裡做什麼？」揚恩給自己倒了杯水，偷偷從眼角觀察她，高聳的鼻子很適合她。

「共同組織。」

「平常呢？」

「念社會學，海德堡大學。」

揚恩很想繼續問下去，可惜他對社會學一點兒概念也沒有。那倒底是什麼？他可不想被看出弱點。「要不要來杯水？」他換個話題問。

她微笑看著他。「好的，謝謝。」

他們身邊的菲茲在手機上點著。「我的賭局結束了。」他嘆了口氣。「都快午夜了。」

「你們呢？」金問。

揚恩：「我在當實習護理師，而菲茲……」

「菲茲羅伊。」被講到名字的他堅持說。

「……是賭徒。以前念的是物理、前投資銀行家，現在是專業撲克牌玩家。」

「不只撲克牌。」菲茲咕噥說。

「你們真是奇怪的組合。」金觀察菲茲的行動說，然後把水喝光，站了起來。「我得稍微巡個一圈，待會兒見。」

竟然要走了！她身材修長，頭髮卷曲得快成爆炸頭，舉止輕鬆泰然，卻穩定堅毅。棒透了！

「你的眼睛可以看一下這裡嗎？」菲茲嘲諷說。他已經攤開從威爾旅館房間取來的筆記本和畫著太陽系的紙張。

「典範轉移。」他開始把筆記本最上面的那張紙圖塗黑。

「這對我們有用嗎？」揚恩問。

「你有更好的主意嗎？是**你**覺得這筆記本有點意思的。」

「是、是。」揚恩嘟囔著。對了，紙張！他手裡轉動菲茲的拋棄式手機。「這玩意要怎麼上網？」

「小老鼠鍵可以開啟網路。」菲茲看也沒看他說，集中心思從那張紙最上面開始塗黑。

揚恩這時在搜尋引擎中打字。「你看。」他把手機放在菲茲面前那張紙上。

「緊急新聞：諾貝爾經濟學得主賀柏特・湯普森在柏林發生車禍。」

在一個奇怪的小螢幕上有張照片出現燃燒中的車子，十之八九是好奇圍觀者拍攝的畫面。報導底下扼要寫著這是一場事故，受害者身分尚未釐清。不過……

「看來你似乎沒有誤會警方。」菲茲說。他拿起畫著太陽系的紙張。**典範轉移**。他若有所思盯著紙看，喃喃說：「你和一個諾貝爾經濟學得主究竟有什麼關連？」

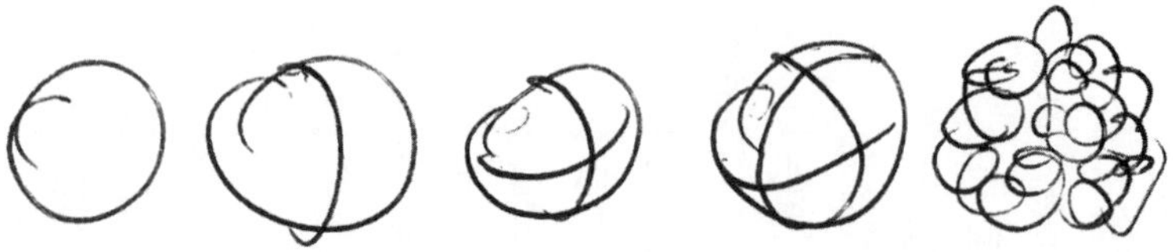

兩個年輕人進屋來，逕自走到隔壁房間，毫不關心揚恩和菲茲的存在。

揚恩收起手機，菲茲繼續畫著。在一片塗黑的區域中，左上方有些塗鴉。又是圓形，這次並排畫了五個。

第一個是簡單的圓形；第二個中間有條垂直線隔開；第三個一直線一橫線切割成四部分；第四個一直一橫外，又加上一條直線，揚恩覺得很像法式滾球；第五個的結構讓揚恩想起黑莓，許多小球組成的大球。

「你看得出旁邊的潦草字跡嗎？」菲茲問。

「The……」揚恩推測著。

「下一個字可能是formula，也就是公式。」菲茲說。

「Of life。」揚恩解出最後兩個字，這種程度的英文他還行。「生命的公式？」

萊哈德街上就數這棟房子最醒目，十九世紀的住宅建築雖然沒落，卻依然華麗體面。窗戶上掛著布條和旗幟：

「只要我們允許他們為所欲為，他們就會為所欲為！」

「不是我們反抗體制，而是體制反抗我們！」

「這棟房子已被解放！」

多數窗戶依舊燈火通明，屋前路邊聚集了一大堆人正在聊天，某處傳來音樂聲。

「了不起。」雍恩挖苦說。「一定很有意思。」

瑪亞說：「你這身打扮進不去，尤其是今天晚上。」

「在這個國家，我絕對不允許這些反社會主義者創造一個沒有法紀的空間！我可是個警察啊！」

「你明知道這樣做的結果。即使他們讓你進去，我們什麼也找不到。我自己進去。」

「這樣妳要花很久時間。妳待在某間房子裡時，我們的犯人早就從樓梯間跑了。」

「犯人？你還這樣想？那個人頂多是目擊者。我看那個沒有法紀的空間是在你腦袋裡！」

雍恩發著牢騷：「犯人、嫌疑者、目擊者，現在都一樣。我們需要那個人就對了。」

「你有什麼建議？」瑪亞努力保持口氣冷靜。她竟然要費勁降溫與同事的緊張關係。

雍恩說：「我們得到消息已是半個多小時前了，他們現在可能已去了其他地方。」

「我若是他們，反而會先在這裡喘口氣。除非他們有急事要趕去其他地方。你想想，他們待在這裡，完全不需要擔心警察。就在一公里遠的地方，數十萬人為了爭取負擔得起的房租正在示威遊行，所以不會有人來清空這棟房子。何況那需要上百名警力，而現在所有人力全派去示威現場維持秩序了。他們兩個待在這裡很安全。」

「那麼就不能這副樣子進去。」雍恩在抵達那棟房子前踩下煞車，掉頭開往腓特烈宮方向。

「我的更衣櫃裡有套運動服。」

「什麼，你現在該不會想當占屋者的健身教練吧？」

「細胞。」菲茲喃喃自語。

在五個圓圈和「生命的公式」那行字旁邊，又出現了一個新詞：「Cell（細胞）。」

「開始分裂的受精卵。」金在他們兩人之間俯下身，看著那張紙說。

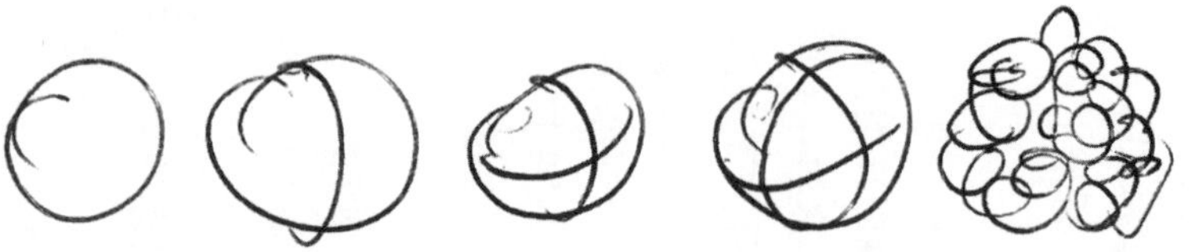

揚恩沒聽到她進來的聲音。她身上好香！

「細胞分裂時，細胞一開始會先在中心纏緊，然後再分裂成兩個細胞。接下來，兩細胞又再度橫向纏緊，就像我們這裡看到的，然後再分裂成四個，接著四個再分裂成八個。以此類推，最後抵達所謂的桑椹胚期。」

這完全不是揚恩插得上的話題。又來了。

菲茲訝異望著她。「嘿，妳說得很有道理！」

「妳剛才說什麼，妳念什麼？」揚恩問。「生物學？」

「是社會學。」

「桑椹胚……？」

金回答：「因為細胞堆看起來有點像桑椹。」

他以黑莓類比也沒有錯得離譜。

「你們在玩什麼？冒險尋寶遊戲，還是什麼？」金十分好奇。

菲茲答：「希望我們也知道。」

揚恩把宇宙觀那張紙給她看。

「教條，典範轉移。」她大聲念出來。

揚恩問：「這兩張紙彼此有關連嗎？若是有，會是什麼？」

「這是謎語嗎？」

「可以這麼說。我們也沒解開。」

「誰畫的？」

「一個……」揚恩目露詢問眼光看著菲茲。「礦工？」菲茲點點頭。「……

他和一個諾貝爾獎得主有關。」

「礦工？」金問，「定量分析師？」

揚恩慢慢覺得她教人害怕。他點點頭。

菲茲說：「再看看接下來還有什麼。我們才剛開始而已。」他愈塗愈熟練了。在他們交談的時候，他已經塗了半張A4紙，出現更多的潦草字跡、小字，一行又一行相互重疊。菲茲罵道：「真是鬼畫符呀。鍵盤就是為威爾這種人發明的……」

揚恩嘗試解讀潦草的字跡。

「無法辨讀。」揚恩自言自語。

菲茲幾乎整張紙快塗滿了，這時揚恩認出了一個字。Picture，圖畫。整張紙全是英文。這也理所當然了。

菲茲把筆放在旁邊，打量著他的作品。「好的，這真是一團亂。給我幾分鐘。」

「太放肆了，我竟然得變裝才能進去。」雍恩大發牢騷。「我根本不可以這麼做的。」他穿著黑色運動褲、深綠色T恤，外面套了一件藍色運動夾克。他們盡可能一派輕鬆向那棟房子慢慢晃過去。沒人注意他們。

「穿著慢跑褲的人，無法掌控自己的生活。」瑪亞笑說。「卡爾・拉格斐說的，但他自己也賣這種服裝。慢跑褲能讓你在街頭受人認同，你進去裡面會需要的。」

「我需要的是一車子的手銬。這些人竟然光明正大闖進別人的房子裡。」

「這樣的房租，不意外。」

「他們應該工作。」

「大部分的人都有，要不要打賭？」
「什麼？摸雞巴的、大學讀不完的、領救濟金的。」
「你可以民調一下。」
「我才不幹。」
「這些人純粹是受夠了。都說現在經濟有多好，但是他們一週工作四十小時，卻還是要申請國家補助，就因為薪資不夠。他們找不到負擔得起的房子、學校逐漸縮編、缺乏教師、關閉浴場，若沒有私人保險，得等上好幾個月才能預約到醫師……」
「毫不意外，因為都是難民的……」
「哎，別扯到這邊……」
「正是如此呀。他們沒有向這個體制支付一毛錢，卻能拿到數十億……」
她整晚都得和他一起工作嗎？「按照這個邏輯，你就不能資助任何一個本地的孩童，他們有十五年到二十五年的時間沒向這個體制支付過半毛！卻還能享有健保、育兒補助、教育……」
「但是父母……」
「許多並沒有。透過減稅、兒童津貼與其他款項，他們最後拿到的比支付的還多。」
「就算是這樣……」
「什麼？」
「我沒有辦法和妳討論。」
「因為我都說對了？」
雍恩擺擺手。「我們現在要怎麼進去。」
他們距離大門約莫十公尺。房子前，聚著大大小小的團體，天南地北聊著。

「就這樣走進去，假裝我們也是這裡的人。」

「拭目以待。」

「張大眼睛學著。」瑪亞笑道。「在裡面要裝得酷一點。」

「我一直都很酷。」

一個年約二十五歲左右的帥氣年輕人倚在門框，臉上掛著猛獸般的笑容，那副笑容或許嚇唬得了他同輩的人。

「嘿，沒在這裡見過你們。否則我會注意到妳。」

有人對自己的外表真的太自信了。

他打量雍恩，說：「這位體育老師也一樣。」

「冷靜一點，雍恩！」瑪亞用眼神示意他。

「我叫梭倫。」他自我介紹說。「你們想要找誰呢？」

「你是社區管理員嗎？」

「不是，好奇而已。」

或許他知道點什麼。「找揚恩和菲茲羅伊。」

「菲……什麼？」

「菲茲羅伊，還有揚恩。」

「不認識。」

「不可能所有人都認識，是吧？」瑪亞邊說邊從他身旁走過，雍恩跟在她後面。走廊在他們面前分成左右兩邊，每邊各有六到八間公寓，正前方是樓梯間。到處都是人，走動、靠著牆、談話、喝東西。

瑪亞拿出手機。「你手機號碼幾號？」
雍恩念出號碼，然後拿出自己的手機。瑪亞撥號給他。
「你負責左邊，我右邊。我們保持聯繫，免得……一定有人守在樓梯間，所以我們輪流檢查左右兩邊。
「這要耗掉很久時間耶。」
「別抱怨了。我們去逮住他們吧！」

# 33.

「好的、好的。」菲茲埋首在黑紙白字的紙張上低聲說。「好了。」
「現在怎麼樣了？」揚恩催促著。
菲茲說：「我還沒完成。」
「那到底寫了什麼？對我們有幫助嗎？」
「嗯……」
「說呀！」
「好了。威爾寫了半部小說。」菲茲說。「不過，只寫下了關鍵字，有些地方註記著：『圖片』。」
菲茲又拿起鉛筆，從筆記本撕下灰撲撲的紙，開始將白色的地方描黑。出現一個四方形，分成四等分。揚恩覺得切割的線看起來像街道。四等分各寫上一個名字：安、妲娜、比爾、卡爾，

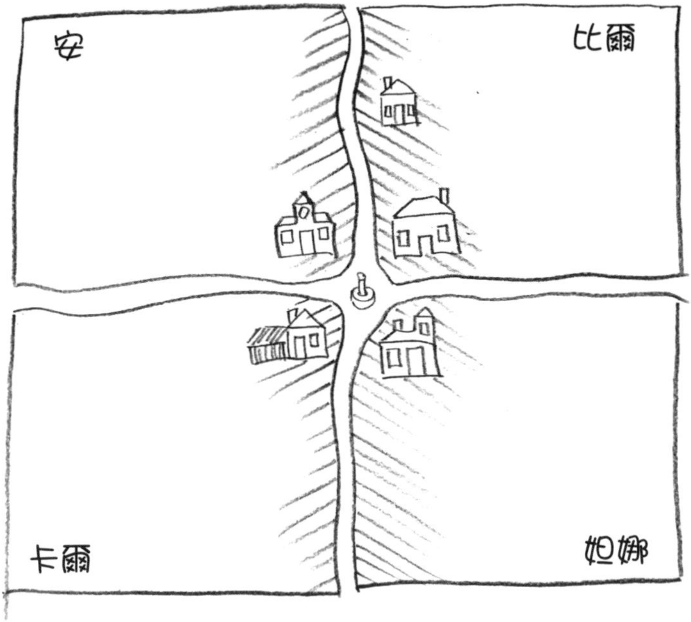


還有一些小房子。

「這是什麼？一座村子嗎？」

「沒錯。兩個農婦、兩個農夫。安和卡爾的田地位於西邊，在村子下方的平原區。兩人田地的生長條件一模一樣。

「比爾和妲娜的田地位於東方，在村子上方的丘陵地。這裡的生長條件和下村稍有不同。比爾和妲娜田地裡的穀物在相同條件下生長，但有別於在安和卡爾田地的生長條件。影響的因素是各區的水利、天氣，或者不同的害蟲的侵襲。」

「鬼畫符寫這麼多？」揚恩問。

「剛才說過了，只是些關鍵字。威爾這麼形容四個人：安勤勞、井然有序，而且節儉，奉行：『人人若能勤奮持家，眾人就能富裕幸福。』」

金說：「德國人說這種是典型的『施瓦本家庭主婦』。」

「沒錯。第二個是比爾，競爭型的人，永遠想當第一，到處為自己謀取好

處。他奉行：『人人只要顧好自己，自然等於顧好他人。』」

「真討人喜歡。」金嘲弄說。

「安和比爾自然播下了數百萬的種子。不過為了簡單起見，威爾從安與一顆種子開始。」

「那是什麼？」揚恩煩躁地問，「遊戲指南嗎？」

「不清楚，你讓我念完。」菲茲說。「由於土壤肥沃、天氣良好，所以安的一顆種子長成了一串麥穗，一串麥穗又發出十顆新種子。一樣是為了簡單計算，所以如此設定。」他迅速畫出一個農婦、一串麥穗和十顆種子。

「你真的本來可以成為藝術家的。」揚恩譏笑說。

「我知道。但做計算時不要弄得太複雜。因此我們假設，安收成後的穀物並非想自用，也沒有賣掉。下一年，她能種植的種子就不是一顆，而是十顆了。」

菲茲蹙起眉頭，嘗試解碼白色部分密密麻麻的小字創作。

「第二年，收成不佳。晚霜凍死了十株秧苗中的三株，害蟲吃掉兩株，夏季乾旱時又枯萎了三株。」

金說：「最後只剩下兩株麥穗了，一共是二十顆種子。」

「Picture，」揚恩說，「那個……那個我也能看懂。」

菲茲約略描出圖畫：農婦、毀壞的植物、二十顆種子。他繼續說：「即使如此，下一年的收成仍舊比去年豐富，她現在

手邊有二十顆種子可播種。就這樣不斷持續，年年的情況都稍有變化。」

揚恩抱怨說：「我還是不懂這要幹嘛。」

「有點耐性好嗎？」金要求說。

揚恩臉倏地漲紅，不敢說話，只希望金沒有發現。

金敦促菲茲說：「繼續，上面還有一些數字……」

「是的。威爾假設安的田地在接下來四年的收成如下：第一年，一株麥穗變成兩株，第二年長成六株，第三年依然只有六株，但第四年六株長成十二株。」

他把所有內容寫下來。

「所以四年後，安從一株麥穗種出十二株麥穗。」金總結說。

「村子東邊比爾的田地，這幾年的情況又不一樣。」菲茲繼續說。「第一年，他的一株麥穗種出了四株，明顯比安豐收。但第二年也只種出了四株，和前一年一樣。第三年種出八株，第四年甚至成長到十六株。」

又畫出另一幅草圖。

揚恩插在口袋裡的手握成了拳頭，忍住不開口評論。這些數字遊戲到底要說什麼？

菲茲說：「比爾在四年後甚至種出了十六株麥穗。有些年，安的收成較好，有些年是比爾較好。四年後，這兩人的收穫總數從兩

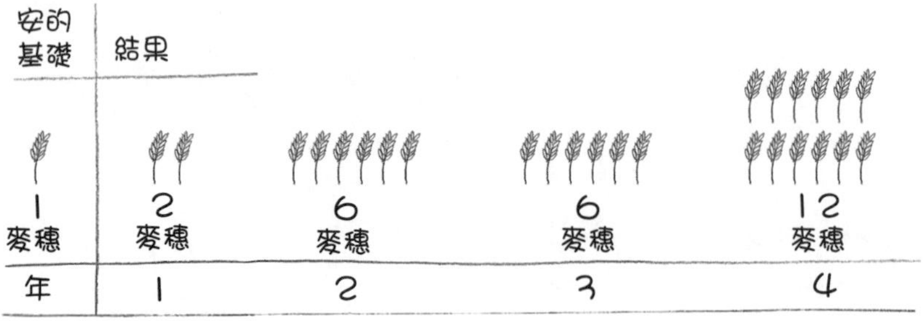


株變成二十八株。」

「然後呢？」揚恩說。「接下來我們要算一次卡爾和妲娜的嗎？我們已經知道會有什麼結果了。」

菲茲沒有搭理他，鼻子幾乎快貼到紙張。「沒錯。但是這裡的數字又不一樣。安四年後種出十二株，卡爾卻收穫了十八株！在村子另一邊，比爾四年後收穫了十六株，但是妲娜卻和卡爾一樣獲得了十八株！卡爾和妲娜在同樣的時間內從兩株種出了三十六株！遠遠超過安和比爾。」

菲茲將數字分別寫在四等分的圖畫裡。

「他們的肥料比較好。」揚恩插嘴說。「要不然就是農藥比較棒，要不然就種子品質佳，要不然……」

「不是，威爾明確排除了那些。」

「明確。」揚恩這個詞說得噗噗哧哧的。

「……所有條件都一樣。所有一切，**清楚明確**。」

「我懂了啦。」

金問：「那他怎麼解釋卡爾和妲娜的收成為什麼比較好？」

「好問題。」菲茲指著紙張下面說：「這裡，最後這裡有段比爾和妲娜的簡短對話。」他大聲念出：

「比爾：『你們怎麼辦到的？』

「妲娜：『**精明**經營。你還記得五年前，我的收成爛透了，但你

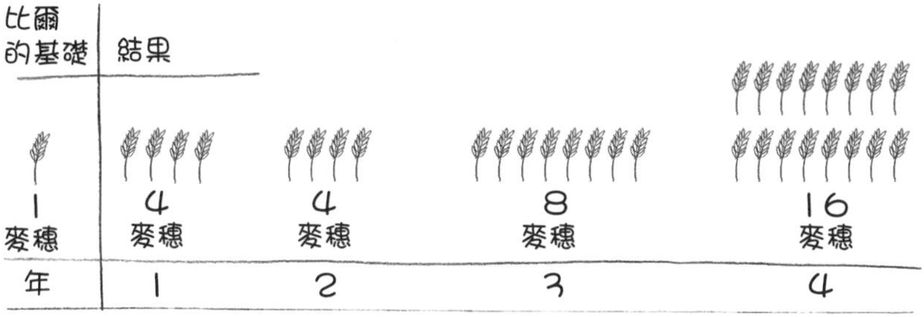
比爾的基礎
結果
1
麥穗
4
麥穗
4
麥穗
8
麥穗
16
麥穗
年
1
2
3
4

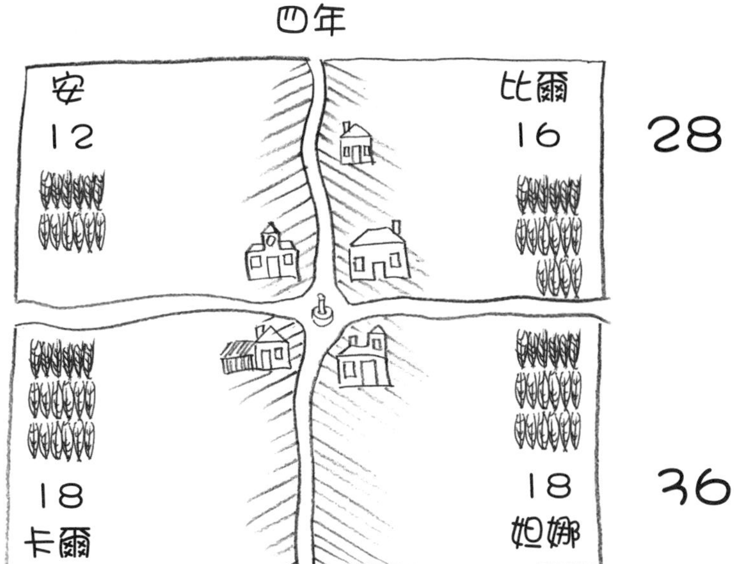
四年
安
12
比爾
16
28
18
卡爾
18
妲娜
36

收穫豐富。』

「比爾：『總是這樣。收成有好有壞。』

「妲娜：『那時候我問過你，是否……』」

菲茲抬起眼，眼神無辜看著揚恩。「沒了。」

「怎麼個——沒了？」

「沒了，完結。故事在此結尾。」

# 34.

「就這樣？」揚恩聲音沙啞。

「就這樣。」菲茲說。

「這是什麼東西？媽的狗屎蛋！我們就為了這個被打得半死？千鈞一髮間，差點從建築立面和屋頂掉下去？為了這個還得躲警察？就為了幹他的農夫故事？他媽的！他媽的狗屎！一切都白費了！」

「揚恩，」菲茲的聲音宛如穿越棉絮而來，「揚恩！」菲茲搖晃他的肩膀，但揚恩眼裡的他只是模糊不清的影子。

過了一會兒，揚恩才意識到自己爆炸了。金和其他兩個剛走進來人瞪著他的表情從入迷轉成不解。他不管了。

「揚恩，」菲茲又叫了一次。「我們必須試試看才行，嘗試一下總比什麼都不做好。」

不用來這套！「我就是這個態度，才會搞得一身腥！我應該騎著自行車繼續往前，現在我就舒服得像神仙一樣在自己的床上睡覺了！」

「你們在說什麼呀？」金眉頭緊蹙問。皺眉不適合她。

菲茲說：「算了，說來話長。」他倒在椅子上，失神發呆。

沉默籠罩，忽然之間，揚恩覺得疲憊不堪。其他人不知所措來回看著菲茲和他。他的目光迎上金的眼神時，尷尬地咬咬嘴唇，坐了下來。「抱歉。」他說。

菲茲回答：「不必要。你只是動作快了點。」然後對揚恩促狹一笑。賭徒的笑容，意思是：當然，贏家是他菲茲囉。或更完美的是：讓別人這樣相信。而他達到目的了。

揚恩問：「重頭再來一次：這一切是怎麼回事？」

菲茲說：「你問我的話，我覺得那是種寓言。我猜與經濟主題有關，因為湯普森這個人的關係。威爾很喜歡經濟。他應該是因此想要解釋什麼。」他忽然哈哈大笑。「可惜缺了結局。」

金問：「你們的故事是誰寫的？為什麼不直接問他就好了？」

菲茲躊躇不定，揚恩猶豫不決。

最後，菲茲開口說：「作者死了。」

「噢。」金震驚地在兩人之間看來看去。「朋友嗎？」

菲茲說：「是的。」

「我很遺憾。」她把手分別放在揚恩和菲茲肩膀上。

揚恩全身一陣哆嗦，很舒服。今晚第一個愉快的感受！

瑪亞人到了四樓，仍舊沒有發現那兩人。每一層樓，以樓梯間為中心，左右各有一條走廊。

每條走廊有好幾間公寓，其中有些沒了門，有些掛著門簾，有些則裝著臨時門。瑪亞推測應該是屋主把所有能讓建築住人的東西都清走了。她納悶這些人怎麼弄來水電的，因為天花板亮著燈泡，廁所顯然能用，不過就她至今為止的經驗，大部分到最後沒人會認真清掃了。

她剛離開這層一間公寓，正要進入下一間，就在門口遇見一個老熟人。梭倫靠在門口和一個迷人金髮女子說話。完全不浪費時間。

「怎麼樣？找到妳要找的人了嗎？」他問。

瑪亞充耳不聞，走進他站的那間公寓。沒人注意她。但廚房和相鄰的三個房間裡，她沒有發現她要的人。這間大部分的人都在睡覺，不是睡在床墊上，就是睡袋裡。許多人今晚或許曾站在和平符號底下，驚嘆又興奮地往上看。明天他們應該都會參加主要遊行。有那麼一會兒，她真心羨慕這些年輕人的單純、他們的熱情和天真。

二十歲若不是共產主義者，就沒有心。四十歲若還是共產主義者，就沒有腦。如果兩者皆有呢？

走廊也沒有那麼熱鬧了。她離開公寓時，梭倫依然和他的金髮美女靠在牆邊。一個螺旋卷髮的女生和一位醒目黑色鮑伯髮型的女生經過，此外沒有其他人了。

「我在外面了。」瑪亞說著手機，看了一眼在樓梯間那邊走廊的梭倫。「現在該你了。」

梭倫消失在門裡。瑪亞站在下一間公寓前，還有三間要查。她心不在焉目視剛才那兩個女生，看著她們進入最後一間公寓裡。

「這是妮達。」金介紹一位高䠷的年輕女子，臉白如雪，戴著黑框眼鏡，剪著黑色鮑伯頭；連帽衫、膝蓋破洞的緊身牛仔褲。「妮達是經濟學家，我想或許她能夠幫你們理解故事。」

「一個……什麼？經濟學家？真的假的？這些人要怎麼幫我們？」揚恩在心裡吶喊。金真的很好心，但是她不可能知道他們真正的問題不是經濟數字遊戲，而是一群殺人狂和警察。

妮達向大家點頭致意，揚恩和菲茲簡短介紹了一下自己。接著，菲茲把故事解釋了一遍，把他畫的圖給她看。

「嗯。」這是妮達唯一說的話。

「你們在這裡呀！」門口響起嘹亮的聲音。

是克里斯托，他帶來IT中心裡的連帽衫小子。

「這些是湘恩．達爾利的手機號碼。」他邊說邊遞給菲茲一張紙。「第一個號碼是私人手機，第二個和第三個是公務用的號碼。」

「謝謝你！」

「不客氣。」

菲茲還沒來得及再說什麼，那小子已經離開了。

「揚恩和菲茲，對吧？」克里斯托問。

「沒錯。」菲茲說。拿到手機號碼後，他的心情一振。

「小道消息說，有個女的和一個傢伙在這棟建築裡，到處找一個揚恩和一個菲茲羅伊。」

揚恩剛下肚的水頓時變成胃酸。

「我以為沒有人能隨便進來這裡。」菲茲口氣尖銳。

「哎呀，屋頂那樣的傢伙確實進不來，但兩個看起來很普通的人就沒問題了。」

「你們怎麼知道的？」

「內部溝通系統。」克里斯托解釋。「這裡事情又多又雜，但不表示我們什麼都不知道。」

「他們會不會是那群人派來的？」揚恩對菲茲耳語說。
「一個女的、一個男的？」菲茲低聲回道。「聽起來像我旅館前那兩個人，警察。」
「他們怎麼會知道我們在這裡？」揚恩用氣音小聲說話。他咬動著下巴肌肉。
「直升機！」菲茲挖苦地提醒他。
金問：「你們幹了什麼嚴重的事嗎？」比起擔憂，她更多是好奇和覺得有趣。
菲茲回問：「我們看起來像什麼謎語王嗎？」
揚恩問：「那女的現在人在哪裡？」
克里斯托目光飄向走廊，說：「正往這兒來，差不多還有十公尺。」
揚恩大喊：「不可以讓他們發現我們！」
克里斯托說：「中庭有道防火梯，從隔壁的窗戶……」
話還沒聽完，揚恩已經衝過去了。隔壁像是某種起居室，有五個人躺在沙發上閒聊。揚恩只對窗戶有興趣。果然有道防火梯！他打開窗戶往下看。
或者應該說，某種以前像是防火梯的東西。
中庭裡，零星窗戶亮著燈，燈光灑落在生鏽的彎曲鐵架上。鐵架較高處距離牆面已有半公尺遠，並沒有固定在牆壁上。一樓層低的地方，距離鐵架有一公尺。越往下，差距越大。揚恩看不見最底下的狀況。這個骷髏鐵架真的直達地面嗎？他抓住一個支架，搖晃一下。鐵架像鏽蝕的風車一樣嘰嘰嘎嘎作響，一路晃動到幽暗之中。這東西真的可以承受一個人的重量嗎？
「揚恩！」菲茲跟上來，緊抓住他。「若是警察……或許我們應該結束這整件事了。事情會得到澄清的。」
「如果是那個想要帶走我的傢伙……」

揚恩掙脫開他，一隻腳跨上窗台，腳尖試探著鐵架。

廚房門口站著金和克里斯托。

他們背後出現了那個女子——

出現在菲茲旅館前面的那個女人。

# 第四個決定

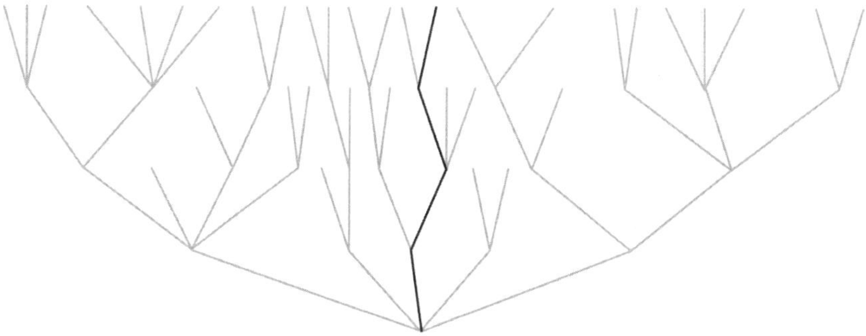

最後形成多細胞生物與複雜的有機體——
生命本身就是這個數學原理的體現。
——威爾・坎特

# 35.

瑪亞東張西望看著廚房，裡頭有剛才在走廊看見的黑色鮑伯頭女子，以及桌子、椅子。椅子上是空的，好像有人急忙起身，將椅子猛地往後推。通往隔壁房間的門口站著一對男女，是剛才和鮑伯頭一起的女生。那兩人瞪大眼睛緊張看著她。彷彿他們知道瑪亞會來似的。

她的目光移到兩人後面的房間，想要瞥一眼裡面。

他們就在房間裡！

是那個賭徒，明確無誤。窗邊那個伸出一半身子的，正是揚恩・吳特！

瑪亞把手機壓在耳朵低聲說：「雍恩，他們在這裡！左邊最後一間公寓！」

「妳是誰？」門口那個男的問。「妳想做什麼？」

「抱歉，我是瑪亞。你呢？」

「克里斯托。」

「揚恩和菲茲羅伊在這裡嗎？」

克里斯托默不作聲。

「我想要和他們談一下。」瑪亞邊說邊伸直身子往他肩膀後面看去。「我看見他們在裡面了。揚恩！菲茲羅伊！你們有時間嗎？」

克里斯托倉皇轉頭看著他們。

菲茲羅伊・皮爾走到克里斯托後面，在他耳邊低語。

克里斯托眼神變得冷酷。「你們是警察嗎？」

要命！遊戲規則變了。瑪亞正要開口說話，克里斯托即說：「你們有搜索令嗎？」

「認真嗎？」後面忽然有人大吼。是雍恩。「你在愚弄我們嗎？你們非法侵入這棟建築，還想禁止我們……」

「雍恩！」瑪亞想阻止他。

「……進來？那些傢伙在哪裡？讓我們過去！」

「你也是警察嗎？」克里斯托想要知道。

黑色鮑伯頭站在餐桌旁開始錄影，螺旋卷也一樣拿出手機，把他們包圍起來。克里斯托後面房間出現其他人，手機螢幕也正亮著。

「雍恩。」瑪亞試著讓她的同事平靜下來，往手機方向點了個頭，在他要推開克里斯托的時候，及時把他攔下來。「你會被拍下來。」

「所以呢？」雍恩吼道。「媽的！我才不在乎！」

「雍恩……」瑪亞推開他，但白費力氣。

「你在妨礙警察執行公務！你們正在幫助殺人犯！」

「我才不是！」揚恩在窗邊吼道。「正好相反！是我打電話報警的！你們想要誣賴我！」

「老套了。」有個在場者齜聲說。

「我要把你們全部關進牢裡，全都是從犯！」雍恩咆哮著。他又推了克里斯托一把，這次動作更激烈。

「事情一發不可收拾了。雍恩，你這個白痴！」瑪亞沒罵出聲，但大喊：「揚恩．吳特！我們只想以目擊者的身分請教你！」

有個錄影者喊說：「妳同事說的聽起來完全不是這麼回事。」

「你們可以出示證件嗎？」黑色鮑伯頭的年輕女孩問。

雍恩目瞪口呆看著她。瑪亞抓住他的手臂。「雍恩！」

「我受夠了！我要臨檢！」雍恩摸著運動夾克口袋，然後是褲子口袋。

瑪亞立刻理解了。這個愚蠢的白痴！他把證件放在制服裡了！他們可不能丟人現眼。瑪亞立刻拿出自己的證件。

雍恩惱羞成怒，掩飾自己的失誤。他怒吼：「你們的證件！動作快！全部的人都要！」

瑪亞閉上眼睛，嘆了口氣。她痛恨和笨蛋一起工作。菲茲羅伊沒有打算逃走，克里斯托似乎也能講理，結果殺出這個藍波雍恩，破壞了一切。

克里斯托回答：「先讓我們看你的。目前我們只看到你同事的證件。」

雍恩的咀嚼肌隱隱咬動，但是瑪亞緊抿的嘴唇讓他縮了回去。她的目光越過克里斯托的肩膀，發現窗戶敞開著。

「揚恩和菲茲羅伊在哪裡？還有女孩呢？」她大喊。

螺旋卷女孩不見了，黑色鮑伯頭也消失了。

瑪亞衝到廚房窗邊。黑暗的中庭裡，一道生鏽鬆垮的防火梯殘骸擺晃著。搖搖晃晃、嘎吱作響的鐵架上，兩道影子正往下爬。

該死，他們活膩了嗎？寧可從這廢墟逃走，也不願和他們交談？好吧，打從雍恩出現後……或者，他們並非像自己宣稱的那樣無害？忽然一陣爆裂聲，幾根支架從上面掉了下來，哐噹哐噹敲了梯子好幾次，最後幾聲彈撞，吵鬧地消失在深處。

接著，整個防火梯結構往下掉。

「噢，天啊！」

揚恩被晃得腳底失去支撐。他緊緊攀著，鐵鏽割破他的手掌，雙腳晃來晃去。金屬刺耳的吱嘎聲掩蓋了他的尖叫。鐵條從上面往他們旋打下來，撞到梯子，再彈向牆壁，最後掉到中庭底。幾扇窗戶亮起燈光。菲茲也失去重心，只剩一隻手拉著，整個人在旋轉，另一隻手最後好不容易抓到了梯子。

防火梯猛然停止掉落。揚恩差點又抓不住，在最後一刻終於穩住自己。鐵架大概往下墜了一公尺。吱嘎、怒吼、擺晃、顫動。

一樓的燈光灑進中庭。防火梯往下墜了一些，但反而幫助了他們。梯子最後離地約莫三公尺。揚恩乾脆讓自己滑下去，最後抵達搖晃的梯子終點，兩腳懸空。然後他繼續往下抓住最後一道支架，快速看一眼地面後，便鬆手了。他重重摔在地上，滾到一邊，然後穩住。他摸摸身體，骨頭、膝蓋、手腕關節、手臂、肩膀，一切正常。然後他彈了起來。

菲茲落在他旁邊。揚恩扶他站起來。

「瘋了！」菲茲上氣不接下氣說。

「趕快離開，免得那東西掉下來壓碎我們！」揚恩把他拉離中庭，走進樓梯間。

金站在那裡，披頭散髮，眼神粗野。她後面是妮達。

金大喊：「快來！那兩個警察馬上就到了！」

貝爾站在建築物入口左邊三十公尺的地方，艾爾站在右邊同樣的距離處，山姆等在入口對面，傑克開著路華車，停在建築物後面與之平行的街上。

已經過了午夜。

那個女便衣和她打扮可笑的夥伴還在房子裡。他們的出現，讓事件有了新的轉折。艾爾先前已經在菲茲羅伊的旅館看見他們，現在他們又出現在此，絕對不是偶然。他們和艾爾一樣也在追那兩人。這是場他不需要的競賽，但是比賽已經開始了。

他的顎骨一咬一動著。他們的機會不多。他們該不會想在房子裡坐等事情結束，在裡面過夜吧？否則他們一定會出來。艾爾和他的小隊早就為這種狀況做好準備了。他們每個人都習慣等待。在阿富汗，或是伊拉克、蘇丹，以及其他無人知曉的地方夜間執勤。他們在服役的時候，這裡的人大概在週日漫步。

房子裡有些窗戶裡的燈還亮著。

「我想我看見他們了。」傑克的聲音在艾爾耳機裡響起。「沒錯，他們正從某棟房子走出來。這些建築物應該是相通的。有人陪著，他們一共是四個人。」

「收到。馬上過去。隨時通報狀況。」

看來他們沒有坐等。那樣或許更明智。

## 36.

菲茲羅伊和金並肩奔向腓特烈街，另外兩人緊跟在後。粗大的雨滴從威嚇的雷雨天空開始零星落下。

「我希望幫助你們不是個錯誤。」金氣喘吁吁說。

菲茲羅伊說：「不是。我們什麼也沒做。」除了闖入旅館房間之外。但純就技術面來看，也不算闖入，畢竟他們有房卡。「晚點我再說給妳聽。現在往哪邊走？」

「跟著我。」

抵達腓特烈街，金在往來車輛中尋找著。這個時候還有些車輛，尤其是計程車。揚恩緊張地東張西望，沒有看到女警和她同事的蹤影。金招手攔下一輛車。上車前菲茲羅伊最後再往回看一眼。接著他整個人僵住了。從萊哈德街衝過來三個壯碩的深衣人影，不是警察。

「快開車！」菲茲跳入車子裡說。

「怎麼了？」金問。

菲茲趕快關上車門。「晚點再解釋！」菲茲對司機說：「請你趕快開車！」

那些人停下來，盯著計程車不放。一輛深色越野車在他們旁邊煞車。

「他……」菲茲羅伊齜聲說，他頭轉向後面。

揚恩也發現他們了。

菲茲羅伊把兩百歐元塞到司機面前。「這是兩百，如果你能擺脫那輛深色越野車，還能再拿到兩百。」

「什麼，這也太……」金結巴了。

「擺脫？」司機問。「你是說甩掉嗎？」

「是的。」

「我是追過車啦，但是甩掉……」他踩下油門。

「請解釋。」金堅決要求。「現在！」

菲茲羅伊和揚恩互看一眼。菲伊羅伊點頭：我來。

他解釋：「我有個朋友今晚被謀殺了，揚恩是目擊者。但就像你們已經知道的，警察懷疑是他幹的。」

金目瞪口呆看著他。雨越下越大。司機啟動雨刷。

「抱歉，把你們給扯進來。」揚恩覺得不好意思，聲音很輕。

金氣憤說：「後面那些人呢？他們並不是警察！」

要是說明更多內容，金可能會嚇瘋掉。現在他們最不需要這個。

揚恩說：「那是另一個故事了。我欠那些傢伙錢。」

「你們真的是……」金說不出話來。

外面下起傾盆大雨。司機駛上公車專用道，經過大排長龍的車。路華車照規定不可以行駛這條車道，但還是開上來，甚至快要追上他們。

「他們更近了！」菲茲羅伊說。他努力保持鎮靜。

司機說：「我有看見，再忍耐一下。」他駛過綠燈。

路華車現在直接貼在他們後面，車燈在淅瀝瀝的雨中噴射光線。

一道藍光閃爍，繼而警笛嚎叫。只見越野車後面，一輛警車從某個出口切出來，緊咬著他們的追兵不放。

揚恩哀號一聲：「現在又加上警察，我完了。」

「如果你什麼都沒做……」金說。和其他人一樣，她也把頭轉向後面。藍光就貼著路華車。

「妳也看見那個傢伙了，他什麼都不在乎，根本在心裡早已做出判決。我才不想牽連在這堆爛汙裡。」

「有了。」司機開心宣布。

只見路華車開始落後，接著停在入口車道的路旁，警車在它旁邊停下。

「他們不可以使用公車和計程車專用道。」司機解釋說。「我知道警察就在那裡，故意從那邊駛過。他們專門在等這類車。」他轉彎。「你們想去哪裡？」

菲茲羅伊說：「請再多轉幾個彎，然後到最近的計程車招呼站。」

菲茲遞給司機說好的紙鈔。

金詢問地瞥了揚恩一眼。

揚恩聳聳肩。「他賺很多。」

「那他應該幫你還錢。」

菲茲莞爾一笑。他喜歡這個瀟脫的帥妹。

「該死！」瑪亞在那棟被占領的房子前咒罵，目光來回巡視著街道兩邊。「他們不見了。」她往一邊走了幾步，然後又往另一邊。「你剛才在裡面的表現非常不專業。」她喝斥雍恩，腦子裡飛快想著有沒有落了東西在他車裡。「我寧可不要搭檔，也不要你這樣的人。開車回家去吧！晚安！」

「呃，聽著……」

她逕自轉身，邁步走向揚恩和菲茲從屋頂跑過來的那家旅館，再也沒有回頭看雍恩一眼。雨水浸透了她的牛仔褲。

司機讓他們在最近的計程車招呼站下車。暴雨已經過去，落下綿綿細雨。

金說：「我要去奶奶家。每次來柏林，我都住在那兒。如果你們願意，也可以一起來，想想接下來怎麼辦。你們現在不能去旅館，也沒辦法回家。」

「真的嗎？」揚恩愕然發問。

「我沒辦法把你們丟給那些瘋牛。」

揚恩不知所措地扒著自己的頭髮。「是的，當然，很樂意，非常……」

「謝謝。」菲茲說。他們也可以請某個年輕人出借證件，找家旅館過夜。不過，最好還是別冒險。

金問妮達：「妳還要一起來嗎？經過這些事情後，我可以理解……」

「你們的謎團……」妮達說，「有點意思。可以的話，我想靜下心好好再瞧一瞧。」

金聳聳肩。「我沒問題，奶奶也沒問題。」

「只有一件事：我到時候要怎麼回萊哈德街？」

「搭計程車。」金指著菲茲說：「他付錢。」她對他賊笑。「去奶奶家的車錢也一樣。」

菲茲回以微笑。「沒問題。」

他們坐進計程車，金告訴司機地址。

金問：「你們對這個故事的興趣為什麼這麼大？」

「那是從我死去朋友身上找到的最後遺物。」菲茲解釋說。「我們期望能得到線索。」

「找到兇手的線索？從一則寓言當中？」

「從紙張上，妳剛也看到了。我們一開始不知道上面有些什麼。」

金承認：「沒錯，不過現在知道了。但我看不出有什麼線索。」

「或許有一些隱藏在裡頭。這故事還有歷史，現在說來太複雜了。也許故事的答案給了動機。」

「謀殺的動機？」

「誰知道呢？」

「這真是挑戰。」金轉頭問妮達：「妳呢，對於答案有想法了嗎？」

雨又變大了。

妮達說：「最經典的是賽局理論。」

「你們現在想賭博嗎？」揚恩不可置信地問。

妮達說：「那與賭博關連不大。賽局理論說的是：當許多人參與其中時，應該如何做出決定。在可能的決策過程與衝突局勢中，它是解決策略的基礎，包括經濟、社會發展，到社會不安與戰爭。」

「為什麼叫做賽局理論？」

「因為它的源起圍繞在賭博問題上。即使到了今天，也經常以賭博來建立模式。不過，那事實上與數學模式有關。」

「又來了！」

妮達說：「也許你聽過囚徒困境了，那是最著名的例子。」

揚恩搖頭。

「想像有兩個犯人受到警方審訊，正面臨一個棘手的情境。警方能證明他們偷竊，不過也可以懷疑他們搶劫。如果他們閉嘴不承認，兩人將因偷竊各坐牢兩年。如果坦承搶劫，兩人將入獄四年。但是，倘若其中一人招認搶劫，另外一個沉默不說，招認者將轉為污點證人，只要服刑一年，另外那個最高會被判六年刑期。」

揚恩問：「他們不能講好嗎？」

「這是個很重要的好問題。不行。他們個別接受審問，所以不知道另外一人講了什麼。」

妮達雙手抱胸，靠在椅背上，微笑看著大家。

「你們會怎麼做？」

大家安靜不語一會兒，最後揚恩打破沉默：「我們鐵定完蛋。」

妮達問：「為什麼？」

「如果我開口，只要坐牢一年就好了，那樣對我是最好的。但愚蠢的是，另外那個人自然也有同樣心思，所以我們兩個最後都會開口。一旦兩人都承認，警方就會把我們關四年。」

妮達說：「正是如此。所以哪種策略對兩人最合適？」

揚恩說：「閉嘴不講。這樣兩人只會因為偷竊坐牢兩年。」

妮達說：「一共是四年。吶，那麼……」

「但那也要另外一個閉上狗嘴才行得通！否則他若承認，就像剛才提到的，他將適用污點證人保護法，那我就得蹲六年苦窯！」

「這個例子，完美說明兩個人想要最大化自身利益，而非共同合作。」

揚恩說：「最後讓自己倒大霉。」

菲茲說：「只要一再重複，賭局就會改變。」

「你也懂？」

「一點點……」

揚恩說：「也就是說，他們從傷害中記取教訓了。」

「不是。」妮達說。「而是根據這個原則：只要懲罰破壞賭局者，他們下次就會遵守規則。最遲在羅伯特・阿克塞爾羅於七〇年代發表論文後，大家就知道了這個道理，如以牙還牙等等。」

「這要怎麼幫助我們理解那些農夫的故事？」揚恩不耐煩打斷話。「尤其是，為什麼卡爾和妲娜四年後收穫比較多？」

# 37.

拉爾旅館的工作人員不樂意見到瑪亞上門，因為保密問題。既然沒有客人發生事情，他們也就希望盡快回歸日常，或者說回歸日常的夜晚。

五顆星，與瑪亞剛才離開的占屋截然不同。經理帶她到七五六號房，解釋說那些人應該是從這裡離開的。對面房客從他們房間看見攀爬者後，趕緊通報櫃檯。浴室的窗戶依然敞開。

「誰租下這個房間？」

「某個叫做威爾．坎特的人，根據護照所載，他是美國公民。」

「從什麼時候開始的？」

「美國公民還是旅館房客？」

瑪亞累得沒有心情聽冷笑話。她的目光告訴了他。

「今天。」

「住多久？」

「兩晚。」

「高峰會期間。」

瑪亞檢查房間，沒發現什麼有趣的。但是，她沒找到的東西卻引人注意：筆電、平板的充電器仍插在插座裡，但兩者都不見蹤影。此外還有工作檔案。

瑪亞問經理：「你們會提供房客信紙、筆記本、文具嗎？」

經理說：「通常都放在書桌上，也許房務人員忘記擺放了。」他查看抽屜。

「麻煩你詢問一下。」瑪亞說。任何蛛絲馬跡都很重要。

「你剛才提到的房客還醒著嗎？」

「我想應該沒有。」

「他們大概看見幾個攀爬者？」

「有個房客說兩個，其他人說有三個。」

浴室窗戶開著。光往下看一眼，她就已經頭暈目眩。竟有人從那裡爬出去？在與浴室地面高度一樣的室外處，沿著立面有道約莫二十公分寬、有點傾斜的簷口。立面裝飾著假砂岩方石，方石間約莫一指寬的縫隙，或許能讓攀爬者有點支撐。要從那裡爬上去，若不是徒手攀爬高手，就是非常、非常絕望。

接下來，她到天台查看，詢問工作人員。經理跟在她身邊。少數尚未離開的客人，跑到遮蔽處躲雨。

瑪亞點了一杯白色佳人，問酒保：「他們有多少人？」

他說：「從欄杆爬上來的有兩個，爬到隔壁屋頂的有四個。先是兩個爬過去，接著又有兩個。我不知道他們是不是蜘蛛大盜。」

瑪亞問經理：「是旅館保全人員嗎？」

「不是我們的人。也許是客人自己帶來的。」

「他們會跑到別人的房間嗎？」

「說不定坎特先生有自己的保鑣？」

「他有通知嗎？」

「沒有。但那不能說明什麼。」

瑪亞檢查據說是那些人爬上來的角落。他們一定有壁虎手。午夜已過，這裡不像幾個小時前那麼多人。瑪亞讓人帶她去播放音樂的地方。接著，她關掉音樂，拿起麥克風。

「晚安，各位女士、先生，我是警察。如果你們有人看見約莫兩個小時前發生的事件，我需要各位的協助。我必須知道你們看見了什麼，或許還有人錄下了過程。請到吧台來找我。謝謝。」

瑪亞又播放起音樂。

陰暗的街道，他們停在一棟五〇年代的建築物前。雨已經停了。

計程車司機說：「我們到了。」

揚恩下車前先神經兮兮偵查了四周環境，沒有認真在聽兩個女生講話。討論中的大學女生呀，完全沉浸在自己的話題中，就這麼大喇喇下車，嘴裡還不停講著！菲茲則是爽快付了車錢。

金說：「也許卡爾和妲娜不是彼此競爭，而是某種互助合作？」

「一個收成不好時，另一個接濟他種子？」妮達說。「休戚與共，利他主義？」

「應該說是重新分配。」菲茲說。「富人幫助窮人。雖然立意良善，但是不會讓兩方都得到更多的收穫，只有窮人會受益。」

金嘲弄說：「有錢的男人……」

「這人剛才付了計程車費……」

妮達說：「他說得沒錯，這是傳統經濟學的論點。經濟體系致力於尋求平衡，是一種均衡理論。意思是：要給某人東西，不可能不拿走另一人的東西。」

「通常都是相反。」金忿忿不平說。「是由窮流向富的重新分配，所以財富不均愈來愈嚴重。」

揚恩的注意力放在沒有燈光的街上與陰暗的人行道。這個時間，此處沒有一扇窗戶透出光亮。

「至少公平分配能促進社會和平。」金繼續憤怒反駁。「何況合作確實有用，例子多得數不清……」

「譬如？」菲茲問。「數數看。」

「我數不出來。」金氣呼呼說。「但是從合作社到……你才是算數的人。」

「這個體制叫做共產主義，而且失敗了。」

「我說的不是共產主義……」

菲茲說：「我希望有數學模式能夠預先向我呈現妳的合作系統將更成功，而不是一廂情願和混淆命題。」

「我記得你是物理學家……」

「也就是說這種公式並不是真的存在。」菲茲繼續說，「雖然聽來很極端，但是至今仍沒人真正知道成長的運作模式。哲學家與社會學家不行，即使是生物學家也沒辦法。」

他們走到建築物入口，金打開門鎖。

金氣沖沖說：「當然是透過資本主義了。要不然呢？」

「這就和馬克思主義和其他主義一樣，是種意識型態。」妮達開口說。「妳去看 YouTube 上資本主義著名代表的幾場辯論，如海耶克、傅利曼和其他人，主要是『我相信』、主張與謊語症等。」

「資本主義煙霧彈！」金喊道，終於進入大門。「不過有一點我不得不承認菲茲說得對……」

「謝謝！」

「無論如何，你們的賽局理論練習，無法解決為什麼卡爾和妲娜的收穫比安和比爾還要多的謎團。」

更無助於找到凶殘的追兵，揚恩心想。這才是他整個心思真正關注的。他再一次左顧右盼後，才走進房子裡。街上夜色黑暗，空無一人。

# 38.

電梯單獨載送他們兩個直達泰德的套房。門已經開啟，露出閣樓空間，湘恩從落地窗望出去，柏林這整座都市盡收眼底。

將近午夜了，湘恩等待著接下來幾分鐘怎麼發展，再決定如何結束今晚。她的目光飄移過室內裝潢，昂貴的家飾風格對她來說太耀眼、太擺闊，這是為了來自前蘇聯國家、阿拉伯地區、中國與東南亞的多數富裕房客設計的，或許還有美國或拉丁美洲的不動產億萬富翁、賭博大亨、電信巨擘，也可能還包括非洲獨裁者。需求始終不虞匱乏。

「啊！」泰德站在她背後，從大餐具櫃上拿起一個又厚又大的信封，看了一眼，便塞進抽屜。接著，他又把心思放回湘恩身上。房間裡，在不同的空間各有兩組沙發區，其中一區的茶几上，擺著冰桶和一瓶冰涼香檳，彷彿泰德今晚仍在等候客人。

她問：「你要慶祝什麼嗎？」

他微笑答說：「慶祝妳在這裡？妳要喝點什麼嗎？」

她說：「就這香檳好了。」

泰德熟練打開香檳，沒有啵一大聲，然後在兩個杯子中都斟了半滿。他遞給她一杯，舉杯敬她。

他說：「謝謝妳今晚愉快有趣的陪伴。」

他們啜了口酒。

「開啟露台。」他下指令說，宛如變魔術似的，落地窗自動向旁滑開，露出一座寬廣巨大的露台。露台邊的光帶雖黯淡，卻也灑下足夠的光亮，讓人看得清路。清涼的晚風輕輕拂來，雨水把夜色洗得清新舒暢。

他們步出室外，微風嬉戲著湘恩的秀髮，揚起晚禮服輕柔的布料。

泰德說：「妳今晚美得出塵脫俗。」

「謝謝。」湘恩不由自主暈紅了臉。夜色昏暗，所以泰德看不見。

他垂下目光凝視她的雙眼，平時的藍色眼眸這時變得深灰。他只比她高幾公分，無須俯身太多。他們目光交纏，緊緊不放。

如果事情要成，她不可以表現得像個潛在的尋寶家或花瓶嬌妻，但也不是天真無邪。她記得在橘園宮的那一刻。灰姑娘，她不是。她對泰德燦然一笑。他的嘴唇印上她的。

# 39.

金小心翼翼轉動插在鎖孔裡的鑰匙，然後溜進房子裡，打開電燈。她手指放在唇上，揮手要其他人進來，然後一邊把鞋脫掉。外頭響起雷聲，彷彿嘲弄他們似的。菲茲與妮達跟著金走進狹小的玄關。她指指他們的鞋。這味道可有得受了！兩雙布鞋和兩雙躲過多次追逐的腳。

就在大門旁邊，有一道門通往迷你廚房。廚房裡，左邊是工作台和吊櫃，距離對面牆壁還不到一公尺，牆壁上掛著花卉月曆。底部窗戶下面有張搭配兩張椅子的小餐桌，四個人幾乎擠不下去。揚恩根本沒看見洗衣機。

金小聲說：「要上廁所的，就在對面那道門。」

菲茲立刻不見。

她又說：「我需要吃點東西，有人要嗎？」

「我也要。」揚恩說。

金在麵包片塗上從冰箱拿出來的抹醬，然後從水龍頭接了四杯水。她問：「現在呢？我沒辦法撐太久，明天我一早要出門。」

「我也一樣。」揚恩咕噥說，然後狼吞虎嚥把麵包吞進肚裡，喝光自來水。

「那我根本不需要跟來啊。」妮達說。

「不是，不是。」金安撫她說。「經過剛才的冒險活動後，我得先冷靜一下才睡得著。不過，我們速戰速決吧。有什麼想法嗎？」

菲茲從夾克掏出皺巴巴的紙張，把它們攤平，放在爐盤上。

「會不會是比較優勢的變型？」妮達問。

菲茲說：「我看不是，畢竟是同樣的商品。」

他們在講什麼啊？

金問：「比較優勢？」

啊！謝謝妳，金！不是只有我一片空白！

「是國際自由貿易的主要觀點。」

「我只知道一種觀點。」金說。「自由貿易能增加財富。但是，這個財富在哪裡？不在我領取最低養老金的奶奶身上，也不在我這裡。你們呢？」

揚恩說：「我也沒有。」

金說：「資本主義的剝削教條。」

妮達回說：「不是，有個簡單的計算，是英國經濟學家大衛．李嘉圖在一八一七年發展出來的。假設有兩個國家，都生產特定的商品。在李嘉圖的例子中，分別是英國和葡萄牙。兩者皆生產毛呢和葡萄酒。」

「英國葡萄酒？」金問道。「噁噫！」

妮達說：「我懂，但那時代不同。對了，妳這裡有什麼可以喝的嗎？」

「只有水。還有便宜的蘭姆酒，不過那是奶奶的寶貝。」

妮達扮了個鬼臉。「那就別動酒。我們把李嘉圖現代化一點，以中國和美國為例，生產程式和鋼鐵。在中國，這兩者的生產成本較低。即使如此，每個國家若能專注在自家生產**更有效率**的商品上，國與國之間的貿易才有意義。你們有筆嗎？」

金在某個抽屜裡找到一隻。

妮達把菲茲畫圖的紙翻過來，開始在空白的背面畫圖。

「在中國，九個程式設計師可以設計一百種電腦程式，美國要設計同樣數量的程式需要十個程式設計師。所以中國一個程式設計師可以創造十一點一一種程式，美國是十種。因此中國人生產力比較高。」她在圖畫中寫下數字。

「八個中國煉鋼工人冶煉一百個鋼樑，美國就需要十二個煉鋼工人。因此，十二個美國工人生產一百個鋼樑，一個美國人平均是八點三三，一個中國人是十二點五，明顯高於老美！所以兩個國家一共生產兩百種程式和兩百個鋼樑。」

「哇喔、哇喔，等等。」金打斷她。「我得先消化一下。」

揚恩早就放空了。他沒有看著妮達的圖畫，而是凝視著金，看著她把臉上的髮絲撥到一邊，以及她專心注視妮達的圖畫時，眉間擠出的小細紋。

「妳得先消化什麼？」廚房門邊傳來沙啞的聲音。

「妳吃太少了！」老婦人說。她不比金高多少，卻剛好塞滿門框；一頭灰髮七豎八翹，睡衣外面披了件老舊浴袍，腳上套著布拖鞋。

「這些人是誰？」

「奶奶，是我朋友。妮達、揚恩、菲茲。」

奶奶從頭到尾打量他們，目光嚴厲。「妳和妳的朋友，你們知道現在幾點了嗎？你們在這裡做什麼？」

「在討論事情，等下就會安靜去睡覺了。」

「但我現在睡不著了！去客廳，這裡沒地方。快去！我還要上廁所。」

金比了個手勢，要大家照著奶奶的話做。於是他們轉到客廳。

客廳不比廚房大多少，一套至少超過三十年的老轉角沙發和樸素的茶几，幾乎就塞滿整個空間。牆壁上還真的掛了一幅咆叫的鹿畫，另一幅是大眼男孩正在小便的卡通風格畫。一只便宜的時鐘，一個堆滿餐具和桌遊的簡單玻璃櫃。

他們在沙發上坐下，再度把紙張攤開。妮達正要繼續講時，奶奶從廁所出來了。

「讓一讓，我也要聽。」

「奶奶！」金想要阻止，但被瞪一眼後就不敢講話了。

菲茲讓出自己的位置。

「真是位紳士呀！」

菲茲直接坐在地板上。

奶奶聲音嘶啞說：「好了，你們可以繼續了。」

金說：「各位先生、女士，這是我奶奶齊葛琳！」

奶奶尖聲說：「就和馬鈴薯品種的名字一樣。」

妮達不知所措地清清嗓子，才又繼續說下去：「然後……我們說到哪裡了？對，中國的生產力。中國的鋼鐵產量高於程式設計，因此專攻鋼鐵生產。那些成為自由身的程式設計師……」

「是九個失業的程式設計師。」金打斷她的話。

「……成為鋼鐵工人後，生產力就和其他工人一樣……」

「胡說什麼啊？」奶奶插嘴說。「程式設計師究竟要怎麼變成鋼鐵工人呢？」

揚恩忍住不敢笑。

「……中國就能額外製造一百一十二點五的鋼樑了。」妮達不為所動繼續說。「所以現在中國有的不是一百種程式與一百個鋼樑，而是二百一十二點五的鋼樑，比之前中國和美國加總起來還多。其中一部分鋼樑送到美國，這就是貿易。」

奶奶嘟囔著：「倒底有誰想要程式設計師製造的鋼樑啊？」

妮達忍住不要被干擾。「而美國則是設計更多軟體。現在那些自由的……」

金說：「失業的……」

「……十二個鋼鐵工人寫出一百二十種程式。」

「寫程式的鋼鐵工人！」奶奶挑剔著。「這下可愈來愈好了！」

別笑，揚恩！不可以！

「我們在討論一種簡化的模式，可以解釋原理。」妮達耐著性子說。「沒人主張真實生活中鋼鐵工人一定要在一夜之間變成軟體程式設計師。在職業別眾多的現代經濟中，鋼鐵工人可以學習不同的工作。」

奶奶反駁說：「他們做牛做馬一周工作十個小時後，哪來時間教育孩子、照顧父母、購物……？」

「您說的當然沒錯。這些改變需要時間。因此卡爾．波蘭尼等經濟學家建議延緩這種不受操縱的變化的過程。」

奶奶譏笑說：「顯然沒人聽他的話。」

「但就算如此，也沒有改變比較優勢的基本好處。」妮達嘆了一聲。「我們在這裡談的是種簡化的模式。現在，美國不再設計一百種程式、製造一百個鋼樑，而是設計二百二十種程式。這也比之前美國和中國的總和還多。同樣的，其中一部分會銷售到中國。」

揚恩插嘴說：「如果程式之前沒有先被中國人剽竊的話。」

妮達對他的話充耳不聞。

「透過貿易，美國與中國的產量提高了，共增加二十個程式與十二點五個鋼樑。總體財富成長了。」

「一旦這種效益受到破壞，例如因為貿易戰，兩方的財富就會再度降低。」

「現在妳只能尋找更多的客戶，來買這麼多的電腦程式與鋼樑了。」奶奶話說得辛辣。「我兩者都不需要。」

揚恩發現，金只要一生氣，眼睛就會晶晶閃亮。她幾歲了？大學生的話，可能和他一樣大，或者二十五歲左右，也可能介於兩者之間。她做什麼事情都像對占屋和奇怪的農夫故事一樣積極投入嗎？為什麼她聽得這麼專心，該專心的人明明應該是他才對？他的目光又回到金正凝神細聽的妮達身上。

妮達說：「實際操作上，通常要複雜許多。所以奧林、斯托普爾與薩繆爾森等經濟學家在上世紀三〇年代和四〇年代指出，按照趨勢，全球化在富裕國家會使富者更富，窮者更窮。我們已經在這幾十年得知了！此外，相反的是，在貧窮國家卻能使窮者變富。例如可從近幾十年中國和印度的發展清楚觀察到。一旦各自社會蠢得沒有合理分配這額外的總體財富，比較優勢理論就完全無濟於事。」

金說：「我父親在汽車業工作，但是他並非被中國工人取代，而是德國的機器人。」她拿走妮達手中的筆，刪掉兩個國家的工人，在旁邊畫上一個機器人手臂。

「這一點很重要。」妮達說。「程式設計師也被部分取代了。」她把筆拿回來，劃掉程式設計師。「醫生和其他高門檻職業也一樣。但他們不是被外國的廉價程式設計師或醫師取代，而是人工智慧。」她在被劃掉的程式設計師旁邊畫上一個機器人頭。「機器人取代了勞工，人工智慧取代了專家學者。」

# 40.

艾爾恨不得一拳打碎車門把。但他只是恭順且理解地對警察點頭，等傑克拿回行照和駕照，還彬彬有禮說了聲「謝謝」。還有罰單。

證件沒有問題，全都製作得天衣無縫。計程車司機故意引他們從巡邏車旁邊經過嗎？不無可能。反正他們記下車牌了。不過賭徒和撒馬利亞人沒這麼蠢，一定會在某個地方下車，再搭上另一輛計程車，前往最終目的地。如果他們有目的地的話。

艾爾和他手下已經在城裡漫無目標繞了一個小時。就在他正要聯絡委託人時，對方彷彿有所預料似的打了電話過來。

「小事解決了嗎？」他劈頭就問。

艾爾說：「目標人物的事故現場有個目擊者。他逃掉了，跑去接觸了第二個人。我們追蹤他們到被占領的房子，之後沒多久就追丟了。」

電話另一端短暫沉默。

「你把事情搞砸了。」委託人說。「那兩個人知道什麼？」

「知道事故不是意外。他們後來想辦法進入了威爾．坎特的旅館房間。」

「他們去那兒做什麼？」

「我們不清楚。」

「專家嗎？」

「不是。」

「和你們一樣。知道他們身分嗎？」

艾爾控制自己的怒氣，告訴了對方。

委託人說：「好好完成你們的工作，否則可以把第二筆報酬給忘了。我等你們消息。」

艾爾咬牙切齒。要怎麼在三百五十萬人口的都市中找到兩個人？

「我真是白痴。」菲茲氣得小聲罵著。

妮達和揚恩嚇了一跳。

菲茲激動地掏著夾克口袋，然後得意洋洋把紙條給揚恩看。「湘恩・達爾利的手機號碼！混亂中我都忘了這件事了！」他拿出拋棄式手機。

「現在是半夜耶。」揚恩提醒他。

「她一定還在安排事情，要不就是打報告或寫新聞稿，甚至是參加派對。**努力工作、努力玩樂**。相信我，我懂這種人。以前的我就是這樣。」

振鈴音。如果湘恩・達爾利還醒著，一定會看到是陌生號碼。三更半夜的，換做菲茲一定不會接。湘恩・達爾利也沒接。

「請留下您的訊息。」他沒有留。感謝占屋裡的資訊科技高手，他還有另外兩個號碼。

菲茲羅伊和湘恩・達爾利這種人一起工作過，都是年輕、高學歷、有抱負的金融人才，所以他知道他們怎麼安排自己，知道他們腦子裡想什麼。如果陌生號碼出現在第一個公務手機，接著又立刻打到他第二支公務手機的話，他會開始有點擔心。因為他不會同時把兩個號碼給太多人。

但即使如此，始終還是個未知號碼。

假設菲茲羅伊有兩支公務手機，一支私人手機，而有人在柏林時間的大半夜，美國時間下午到傍晚，連續打三支手機想要找到他，那麼只有少數幾種可能：一，他少數三個號碼都給的其中一人想要找他，這表示事情很重要**而且**非常緊急；或者，她公司出了安全問題——不過達爾利八成不會想到這方面。

湘恩・達爾利似乎什麼都沒想到。要不然就是三個手機鈴聲都沒聽見；對此，可能的解釋並不多。

## 41.

湘恩驚醒過來，四下幾乎一片漆黑。半夢半醒間，她慢慢意識到自己身在何處。泰德躺在她身旁，呼吸沉穩規律。她之前套上他的一件襯衫當做睡衣，現在已經拉高到臀部。她的晚禮服落在客廳某個地方，內衣褲也在散落在那兒。他們還沒有走進臥室，這不是第一次了。窗戶隔音良好，都市的聲音彷彿來自遙遠的地方。湘恩聽著黑暗中的動靜，除了泰德的呼吸和自己輕微的心跳，什麼也沒聽見。襯衫皺巴巴壓在背部，她把襯衫拉直，闔上眼睛。再一次傾聽黑暗，然後是自己的內心，最後帶著微笑又進入了夢鄉。

## 42.

「我們卡在死巷了。」揚恩打哈欠說，然後又喝了一口蘭姆酒。菲茲之前在茶几上放了一百歐元，對奶奶說：「請您給自己買瓶新的。」

「你想害我變成酒鬼嗎？」奶奶喊了起來。「這我都可以買十瓶了！」

於是金把酒拿過來。揚恩又走神了。

「你在擲銅板時說的是真的嗎？那個什麼財富分配的？」揚恩問菲茲。

菲茲說：「那叫做帕雷托分布，根據十九世紀晚期、二十世紀初期的義大利經濟學家命名。主要重點講的是多數人幾乎什麼也沒有，少數人卻擁有一切。不管過去還是現在，在大部分社會都是這樣。」

「我們之前擲銅板，賭局中的分配是偶然的。」

「是的。」

「但是真實生活中，財富卻不是仰賴偶然，而是勤奮、努力、才能與知識。」

「胡說八道。」奶奶大喊一聲。「真實生活中，靠的只有你生下來是誰，你又認識什麼人。」

金問：「你們在講什麼啊？」

菲茲拿出銅板，三言兩語解釋了遊戲規則。

金拿走菲茲手中的銅板，若有所思地彈著錢幣。最後她終於說：「成功的基礎是勤奮、努力、才能與知識，是我們這個功績社會最受歡迎的神話。但是想想看：勤奮、努力、才能與知識也大大取決於偶然。我們都知道，人類百分之五十或者更多的智商是天生遺傳的。許多才能也類似。」金將銅板彈起，然後抓住。「所以說是偶然。另一方面：如果你今天是南蘇丹自耕農的孩子，再高的智商對你也沒用。」

奶奶喃喃說：「或者是大字不識一個的酒鬼的女兒也一樣。」

金再度彈起銅板。「光是要活過出生前幾年的機會就不高了，所以你的成就也取決於出生在什麼樣的家庭。」金屬硬幣在空中翻轉，最後落在金的手臂上。「如果你的家庭不重視知識，不認為需要接受更高教育，你日後大有可能會屬於教育程度低下的低薪族。」

「沒錯。」奶奶支持她的說法。

銅板再次彈起。「基因、家庭、社會環境、地點、時間，全都是偶然。」她抓住銅板，啪地壓在手腕上。數字。「有些人在出生的時候就已經輸了。」

奶奶獨自苦笑。

揚恩問：「妳想說明成功純粹是偶然嗎？」

「至少比我們想像的和許多成功者願意承認的還要重要，重要到我們這時代最重要的一位哲學家約翰．羅爾斯因此建立他的『正義論』：如果不知道出生的偶然把我們扔在社會哪個位置，我們要怎麼塑造一個社會？」

「那他得出什麼結論？」揚恩說完又吞下一口蘭姆酒。

「他用一整本書來說明，也就是《正義論》。比爾．克林頓會固定和他一起用餐。」

「那也沒什麼幫助。」奶奶說著便吃力站起來，蹣跚走向玻璃櫃，回來時手中多了一個桌遊。是大富翁。

金叫道：「奶，現在不是時候啦！」

「你們剛才講的，和大富翁是一樣的。」奶奶邊說邊拿出遊戲圖版攤開。「最後永遠只有一個人贏走所有的東西。這裡也有你說的財富分配。如果精明機伶差不多的人常玩這遊戲，贏家多半是不同的人。」她擲出骰子，骰子在遊戲圖版上彈跳。「關鍵在於，骰子讓你快速取得幾處好地產，一切都是運氣和偶然。」

「奶奶說的不無道理。」金環顧一眼逼仄的房間。「真實生活中，有些人根本不需要辛辛苦苦買地造屋，而是一開始立刻就擁有最具價值的都市地段。」

妮達說：「妳的意思是他們繼承了龐大財產？」

「連根手指都不必動。而其他人打從一出生就沒有什麼機會。」

「這是偶然性的累積動態。」妮達說。「馬克思稱之為『積累論』，認為是資本主義的錯。但這種現象比資本主義還要古老，幾千年前就已經知道了！財富正是藉由這種動態，才增加得更強勁。」她拿起骰子丟向圖版，骰子往菲茲滾去。

菲茲說：「沒錯。就像近來的亞馬遜、臉書與谷歌之類的數位巨獸。他們占據了新型的油源，也就是我們的數據資料。十九世紀美國那些強盜男爵，也沒人有辦法這麼快速累積財富。」他若有所思拿起骰子把玩著。

妮達說：「所以早在近代資本主義出現之前，律法書和聖經就已經規定禧年這個制度了。這也是週年紀念這個說法的由來。每四十九年或者五十年，必須免除所有債務，釋放奴隸。」

「古老的巴比倫人也有類似的觀點。」菲茲補充說。「讓社會再度達到某種程度的均衡穩定。」

「但是沒人知道是否真正實行。」妮達說。「不過，那些都是為了抑制動態的早期觀點。」

「凡有的，還要加給他。」奶奶說。「耶穌老早就知道了。」

妮達贊同說：「馬太效應。」

骰子現在彷彿像聊天似的，在遊戲圖版的地產上從一方滾到另一方。揚恩擲出骰子，說：「就是『魔鬼都在最大坨的那堆上拉屎』，有錢人更有錢啦。」

妮達大笑：「沒錯，就連俗語也懂這個道理。」

菲茲轉動著手指間的骰子，然後讓骰子滾下。

「即使是捍衛自由市場最力的經濟學家奧古斯特．海耶克也承認：市場的遊戲並不公平。」

骰子停下後，兩點朝上。

妮達說：「齊葛琳，您真是天才耶！您知道大富翁原來正是為此研發的嗎？」

「您也是位賭博高手？」菲茲笑問。

「在這個例子上沒錯。」妮達也回他一個微笑。「二十世紀初期，美國一個女速記打字員伊莉莎白．馬吉設計出『地主遊戲』，靈感來自同時代的社會改革家亨利．喬治的理念。她希望藉此展現不工作而從土地獲取的收入，如何導致不均衡的財富分配。」

奶奶說：「但那是另外一個遊戲。」

「對，我們多半忘記伊莉莎白．馬吉制定了遊戲中的『繁榮』規則，也就是一種由亨利．喬治建議對地產徵收的『單一稅』。這個規定完全改變遊戲的進程。到最後，贏家不是只有一個人，而是大多數玩家都會愈來愈富裕。」

已經躺在沙發上的菲茲聽到這裡，立刻坐起來。「怎麼玩？」

揚恩說：「聽起來有點像我們的農夫故事。」

菲茲低聲說：「我得好好了解一下。」

揚恩問：「但是現在沒有人玩她那個版本了嗎？」

妮達說：「沒有。我們頂多只玩由偶然支配的遊戲，而非理性支配的了。」

金心事重重地擲出骰子。「有許多贏家的遊戲應該不適合我們這個世界。」

奶奶的評論在哪裡？

老太太頭已經垂到胸部了，滿是皺紋的手放在浴袍上，底下細瘦的大腿若隱若現。

「奶奶？奶奶！」

老太太倏地抬起頭，一臉驚訝左右張望。「誰……什麼……？」她恢復鎮定。

「去睡覺吧，奶奶。」金伸手把她扶起來。

菲茲打哈欠，伸了個大懶腰。「我想大家都該睡了。」

其他人都同意。

金說：「我帶她上床，馬上回來，再告訴你們哪裡能睡。」

奶奶說：「晚安，各位先生女士！」

晚安。

她們肩並肩走向玻璃櫃旁的門，奶奶拖著腳走，金小心翼翼護著她，兩人的背影形成一副美好的畫面。揚恩心想。

瑪亞在旅館前面又打了一次電話回中心。

沒有，沒有支援。就連雍恩的同伴也派出去了。

鑑識、法醫、燒毀車子裡的受害者身分仍舊沒有結果。沒有黃金酒吧的筆錄報告。也沒有其他人看見揚恩和菲茲羅伊。

瑪亞決定走一下路，打算看見第一輛計程車就跳上去。路上萬籟俱寂，愈來愈冷冽的空氣預示秋天即將來臨。她的手機震動。有封電郵，主旨寫著：「影片」。

瑪亞認出寄件者是天台上兩個目擊者之一。

畫面模糊不清，音樂非常大聲，叫喊聲此起彼落。有兩個人從眾人後面走到隔壁大樓屋頂。高大、幽暗的人影。揚恩和菲茲羅伊沒有那麼壯碩。一定是其他人。接著，那兩人也不見了。

瑪亞又播放一次片段。畫面太遠、太不清晰、太短，很難看出什麼。不過也可能是她眼睛的問題。現在是深夜兩點，她已經在外奔波十六個小時，之前只睡了三個小時，體內有幾杯雞尾酒，後來還又喝了一些。

一個閃著黃光的車頂招牌駛近。

她揮揮手。

瑪亞癱在計程車後座，告訴司機在腓特烈海因區的地址，然後閉了一下眼睛。瑪亞完全不記得自己怎麼睡著的。

# 43.

噴射機轟隆隆在暗藍色清晨天空緩緩升起，飛機跑道上還有一排亮如珍珠的飛機等候著，機型從里爾噴射機到七四七都有。

梅蘭妮．阿馬杜拿著麥克風已經在看臺上站好位置。強風揚起她的秀髮，飛機引擎的吵雜聲形成一個非常戲劇的背景。

「在柏林，每一分鐘都有一架參加高峰會的超級富豪的私人飛機升空，其中大部分昨天才抵達這裡。據聞有些人希望直接飛往他們在紐西蘭的末日度假村。以下是義大利經濟部長的說法……」

電視螢幕上插入茂立齊歐．特里桐的臉。「若有必要，我們會照顧義大利企業和勞工。但是通用汽車的人不必期待我們的支援……」

梅蘭妮．阿馬杜說：「……大規模出現汽車製造商即將面臨破產的猜測，不過通用汽車與美國政府全予以否認。即使如此，亞洲股市今天一開盤仍舊隨即重挫，由汽車商與供應商領跌。尤其是特里桐堅持……」

特里桐：「……義大利不僅會退出歐元區，也會退出歐盟，如果……」

「這些人都失去理智了嗎？」湘恩撲坐在泰德旁邊的客廳沙發上，盯著巨大的電視螢幕說。電視前面的泰德正一邊滑著手機打字。他只穿著短褲，她身上仍舊套著他一件襯衫。

「回到床上來吧。」她說。現在幾點了？電視螢幕顯示剛過清晨五點。

他說：「外頭天空十分忙碌。」

湘恩拿出皮包裡的手機。半夜有人打電話找她。

「特里桐知道自己引發的結果。」

「他當然知道……」

所有手機都有來電。湘恩只把三個聯絡號碼給了少數幾個人。沒有顯示來電號碼。

湘恩說：「昨晚我無意中聽見他和喬治的談話。聽起來喬治答應提供特里桐金錢與職位，答謝他的幫忙。大概是在正確的時間點發表一些簡單的談話？」

來電者沒有留下訊息，看來應該就不重要了。她打開股票應用程式。

亞洲陷入一片血海，歐洲與其他股市應該也會跟進。若是如此，接下來幾個星期、幾個月，將會有許多公司採取殘酷的節約策略或者宣布破產。數百萬人失去工作，再也付不出貸款和房貸，憤怒將會進一步蔓延。

「沒錯，和茂立齊歐那種人可以做成不錯的生意。」泰德獨自笑道，螢幕畫面將他的臉浸淫在藍白光線中。「而且便宜！」

「你該不會……？」

泰德現在才正眼看她。「什麼？」

「和茂立齊歐做生意。」

「我不和茂立齊歐這類人做生意，只有喬治那種人才會。」

「喬治為你做很多事。」

「喬治不是為我辦事，而是為了他自己。他想要賺錢，就像我們所有人一樣。只要他為我解決問題，就會賺很多錢。他在我和茂立齊歐這類人之間保持必要的官方距離，同時又協調我們所有人的共同利益，也就是賺進大筆財富時，他也一樣收入豐厚。不過我完全不想知道他是怎麼辦到的。」

「你不需要向我解釋『合理的否認』這個概念。」他以為她是笨蛋嗎？「那麼說，喬治為你解決過『問題』囉？」

泰德哈哈大笑：「沒有！妳這個問題的其他答案都不可能是合理的否認。」

她依偎著他。「我又不是記者，也不是律師啊。」

「但妳對這件事還真好奇。」

「既然同床共枕，或許也該一起分享內心想法，不是嗎？」她說。

泰德臉色一正，凝視著湘恩的目光忽然透出擔憂。他問：「妳有沒有想過我這樣做也是為了保護妳？只要妳不清楚我的生意，萬一出了狀況時，別人就無法譴責妳。」

湘恩被他的擔憂觸動，但同時也發現自己並不是真的買單，不由得感到困惑。

他把自己的手機螢幕轉到她面前，說：「妳看，通用汽車和其他汽車製造商的行情一路下滑……」

太多要否認的，太多要擔憂的。但她很高興得知，未來若和泰德發展更正式的關係，會建立在什麼樣基礎上。不過，她真的期待會有不同嗎？

「妳昨天聽到的話，以及若沒有特里桐的發言不會如此崩跌的……」

**今晚要大賺一筆了**。

他肯定會因為賭價格下跌而賺進一小筆財富。就他標準來看不過是小菜一盤。

泰德說：「我的感覺很靈。如果喬治真的同意特里桐什麼，那麼一定花得非常值得。」

「肯定是。你也放空義大利、其他歐洲國家與新興工業化國家的公債嗎？」又是那抹笑容。

「等到市場跌入谷底，你、坎普．吉倫德和其他人就儼然以救世主的身分出手？」

他說：「多多少少，但我們沒有辦法拯救全世界。」

湘恩懂了。「你們等到企業和國家破產，再從破產者和壞帳銀行身上釣取大魚。」

**今晚要大賺一筆了**。

很大一筆財富。就泰德的標準而言也是。他坐直身子，轉向落地窗，夜空中，最後的星光被逐漸泛起的藍色所吞沒。外頭某處，太陽應該即將升起。

「市場上漲，市場下跌。」

「與之同進的是企業和數百萬的工作。」

「我第一次聽到妳這種語氣。」他說。「本來有升就有跌，就像人生一樣。暴風雨過後，隨之而來的是晴朗陽光。」

湘恩說：「但真正暴風雨尚未到來。情況會比二〇〇八年還要嚴峻。你也要飛到紐西蘭嗎？」

他和其他億萬富翁一樣，幾年前除了取得紐西蘭國籍之外，也祕密購置一處防衛嚴密的超大莊園，有地堡、機場跑道、可使用數年的儲備品、隨時待命的保全人員，以及其他必要的世界末日豪華設施。他們最大的擔憂是末日來臨時，那些保全人員是否值得信任。

「妳不一起來嗎？」他朗聲大笑。「開玩笑！我相信還不致於要這樣做，頂多去度個假。」

# 44.

菲茲羅伊感覺眼皮重得像沙包。在金的奶奶的客廳裡，揚恩在L形沙發另一邊睡得很不安穩；茶几上還擺著大富翁和空的蘭姆酒瓶。奶奶仍舊在自己的臥室裡不見人影，金和妮達睡在旁邊的小房間。菲茲羅伊費力坐直僵硬的身體。夜晚的暴風雨洗淨一片晴空，窗外樹冠上，低垂的晨露晶瑩閃亮。菲茲揉揉眼睛，悄悄走進沒有窗戶的迷你浴室。

十分鐘後，沖了澡的他神清氣爽站在廚房裡，尋找義式咖啡機。他只發現老式咖啡濾杯、濾紙與咖啡。他開始煮水，一邊滑著手機，上網尋找湯普森與威爾的新聞。還沒有六點，他大概睡了三個小時。雖然警方尚未做最後確認，但湯普森的死亡目前已經肯定。但第二位死者的身分始終沒有任何說明。

接著，他嘗試打電話到新加坡。那邊差不多中午。有個女聲忽然響起。但他因為太累，還有猛然間嚇了一跳，所以只發得出一聲嘶啞。他清了清喉嚨，又試了一次。

「我是艾希頓．庫柏，《華爾街日報》記者——」就在此時，模樣相當狼狽的妮達悄悄經過廚房，正好聽見他的話，吃驚地瞥了他一眼後，消失在廚房對面的浴室裡。「——希望了解一下貴單位對於賀柏特．湯普森過世的看法。」

對方制式回覆他：「您可以在大學網站的公告上找到學校的看法。」

「由於他已無法在高峰會上發表演說，可否拿到他的演講稿呢？」

「這個我不清楚。您是？」

「艾希頓．庫柏，《華爾街日報》。」

「請稍候。」

菲茲聽到手機傳來敲擊鍵盤的打字聲。

她說：「我沒有在《華爾街日報》中找到艾希頓．庫柏這個名字。」

他回答：「我是獨立記者，不會一直放在日報的網站裡。」

她躊躇了一會兒，然後說：「我為您轉接研究所。」

幾聲鈴響後，傳來另一個女生的聲音。菲茲羅伊重複了一遍要求。

「很抱歉，我不知道有什麼演講稿。即使有，我也無法任意告訴您。」

「所以您有了？」

「沒有。湯普森教授一個月只在這裡停留幾天。一個星期以前，他才受邀演講的。」

「您知道大概的演講內容嗎？」

「可惜不知道，他受邀後就沒來了。」

「但是您知道他受邀演講。」

「研究所的通訊報裡有。」

「誰會有演講的底稿……」

「聽著，我明白這是您的工作，但我沒辦法再多說什麼，我們這裡真的什麼都沒有。日安。」

手機裡傳來嘟嘟嘟聲。

他可以相信她；或者不能。菲茲羅伊凝視著咖啡一滴滴落下。

妮達走出浴室，穿著牛仔褲和T恤，整個人清醒一點，也清新多了。

「《華爾街日報》記者？」妮達臉上掛著狡黠的笑容問。「我以為是前銀行員和現任賭徒咧。」

「我多才多藝。」

「或者人格分裂。我也可以來杯咖啡嗎？」

泰德打了快一個小時的電話沒停過。湘恩只能從片段猜測談話內容。泰德要希拉布斯總部多個團隊進行企業分析與風險分析。湘恩完全進入工作狀況。現在總部那邊已經很晚了，不過他們早已習慣。

泰德與喬治、億萬富翁同僚、投資人、銀行家、避險基金經紀人等計畫一起接收企業的人通電話。接下來幾個小時，許多事情將會迅速發展，他們必須做好準備。巨型跨國企業總裁將會大方是釋出持股。但在這種姿態背後，其實聞到的是恐懼的汗味，傲慢自大的言語後面，掩藏著尋求援助的殷切哀求。但他們大部分不是為了公司與數百萬勞工與員工著想，而是想保持菁英同事圈中超級經理人的決策者地位。中央銀行行長與政界人士將提出解決方式，但也不會忘記這些協商對象可能是未來潛在的老闆。

電視仍在播放彭博新聞，不過他們兩人誰也沒在看了。東京、上海、香港多次暫停交易，因為多數股票下跌得太劇烈。義大利公債趨近於垃圾債。義大利政府若還不趕快清醒，今天結束時，這個國家就沒有償債能力了，不管是留在歐元區或退出都一樣。屆時養老金和公務員薪水付不出來，領養老金的人只能在垃圾桶翻找東西充飢或者自殺；銀行倒閉，銀行帳戶凍結，並引入資本管制，人民只能提取小額金錢，通貨膨脹將會摧毀不多的存款；失業率暴增、健保系統崩潰，病人的藥物和飲食只能由家人自理，就像在希臘或發展中國家一樣。其他歐洲國家與新興工業國家也會隨之跟進。

泰德把其中一支手機丟到沙發上，喊道：「我需要運動！平常這個時候我在慢跑。」

「我也是。」湘恩說。

泰德說：「我們一起跑吧。我去換個衣服，十分鐘後就可以出發了。」

他走進與衣帽間相連的臥室。湘恩很快套上晚禮服，一隻手拿著內衣褲，一手拿著皮包，準備回自己房間。就在要走出套房時，她發現餐具櫃上有一個 A4 大小的信封，開口處露出幾張紙的邊緣。她想起來了。昨晚他們進來時，泰德發現了這個信封，後來放進餐具櫃某個抽屜裡。

湘恩猶豫不決，但終究輸給了好奇心。她看見信封上沒有寄信人，也沒有收件者。信封厚度有兩指粗，很沉。泰德很少使用紙本文件，頂多用在合約上。這份合約牽涉的內容一定特別廣泛。她用指尖將上面幾張紙稍微從信封裡抽出來一點。那是份厚實的資料，上面的字母至少高約一公分，紙面有六行字：

「敬愛的女士與先生……」

接著是一連串的頭銜，例如總統、大使、部長與其他，一直持續到第二頁，最後結束於今晚的問候語。湘恩沒聽說泰德今晚或之後某個晚上要發表演說。若非要介紹新企業或營運數字，他通常會避免公開露面。她又抽出另一張紙：

「長久以來，我們一直走在一條路上，這條路帶領我們站在今日的位置。我本人長期協助發展這條道路，加以大力推崇，堅定不移支持，為其辯護，也因此多次獲獎，甚至得到諾貝爾獎。我們……」

諾貝爾獎！湘恩瞬間明白自己手中拿的是什麼。賀柏特．湯普森的開幕演講筆記，怎麼會跑到泰德套房餐具櫃上的信封裡？她急切地把其他紙張拉出信封，她在沒有釘起來的A5卡片下底下，發現一疊釘在一起的A4紙，至少有一百張。

「財富經濟。作者：賀柏特．湯普森與威爾．坎特。」

威爾．坎特？幾個月前她在希拉布斯投資公司和一個叫威爾．坎特的人共事過。他當時問了她幾個奇怪的經濟問題。後來他宣稱和某個享譽國際的人共事。湯普森嗎？她連忙往下翻。最後發現一張單獨的A4紙，是旅館的筆記紙，上面密密麻麻寫滿難以閱讀的小字，還有一些塗鴉。湘恩嘗試解讀上面的文字，但是了解不多。內容和農夫有關。

她聽見泰德在臥室裡打電話了，聲音愈來愈近。她迅速把文件推回信封，按照原來的樣子放好；然後縱身一轉，擺出看起來正要離開套房的樣子。

「妳還在呀？」泰德發現她說。他已經一身慢跑裝，手裡拿著電話。

湘恩把內衣舉高。「我得先收齊這些。」她燦然笑說。「我希望都找到了。」她沒漏掉他眼睛往信封方向抽動一下。

他走過來，快速往她臉上一親，伸手拿起信封。「待會兒見。」

泰德掀開餐具櫃上方的畫，後面出現一個室內保險箱。

「我的內褲還沒拿。」她又跑回房間。

泰德輸入密碼。湘恩在場並未讓他有所顧忌。他把信封放進去，關上保險箱的門，又把畫推回原處。

「有了！」湘恩喊道。「我五分鐘後下去大廳。」

# 45.

揚恩嚇得彈起來。黑色巨人正追殺著他！還把他給抓住了！他被什麼給吵醒，身體立刻進入緊急狀態。一切都和平常不一樣！味道、光線、空氣。他心跳加速、太陽穴突突跳動。咖啡的香氣飄進他的鼻子裡。

菲茲坐在他那邊的沙發上。揚恩頭暈目眩，不停眨著眼。菲茲旁邊──是妮達。他的記憶慢慢回來了：昨天晚上的事情，還有最後沉入黑暗的睡夢裡。揚恩的脈搏逐漸穩定下來。妮達何時從小房間出來的？揚恩沒有聽到她一絲聲音。他們兩人正在研究一張紙。他們怎麼能已經清醒了？菲茲這賭徒一定是夜貓子，但是妮達呢？

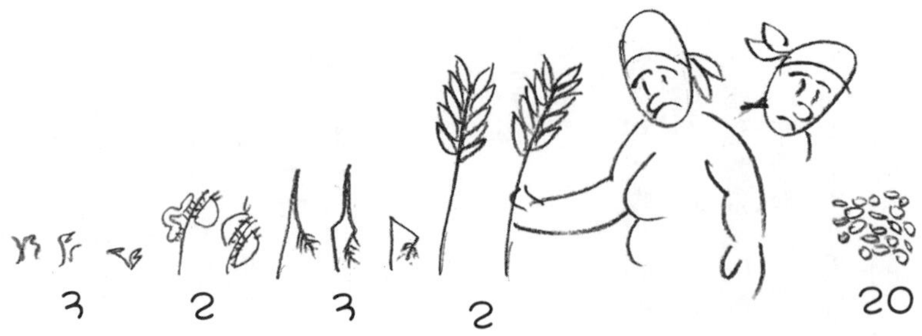


揚恩知道自己別想再睡了。那兩人眼前擺著大富翁的茶几上，放著他們的記錄和旅館筆記本，最上面是那張塗黑的紙。旁邊有兩杯咖啡熱氣蒸騰。揚恩抹抹臉，試圖清醒一點。

菲茲沒有看他，直接指著杯子說：「廚房裡還有。」

揚恩在浴室裡檢查身上的瘀青，情況還是很糟，更別說舒服了一點。但至少臉沒有那麼悲慘了，還有些擦傷，可以說有點瀟灑呢。沖完澡後，他拿著一杯咖啡回到客廳。奶奶的臥室和小房間仍舊沒有動靜。金一定還在睡。他走到窗邊，在厚重窗簾的掩護下，冒險偷看一眼街道。柏油路還因昨晚的雨而晶晶亮亮。暴雨打落了一些葉子和枝椏，掉在人行道上。街上沒有人，也不見那幾個彪形大漢的蹤影。不過他們大概也不會公開露臉。

「老兄，你們瘋了。真是夠了喔。」揚恩低聲說。他很想繼續和菲茲討論後續措施，但又不想在妮達面前提到謀殺案。

菲茲喝了口咖啡當做回答，然後又埋首在紙張上。

「一個細胞、兩個細胞、四個細胞、八個細胞，很多細胞。這讓我想到棋盤與麥粒的故事。」

菲茲第一次抬眼看他。「沒那麼笨嘛。」他喃喃說。

「什麼？」

「細胞和麥粒，兩者都是從一個單位開始的，然後是兩個，接著是四個、八個。一個步驟就加一倍。那叫做指數型成長。」

連揚恩都知道那是什麼。他問：「但是，為什麼那是生命方程式？」

「指數型成長……不是線性。」菲茲喃喃說著。「也有可能是這樣。算法不同。」

「嘿！你們數學家每個問題都有算式嗎？」

「線性增長說的是，你永遠**加上**同一個常數。就我們的細胞而言，就是一個細胞加上另一個細胞，等於兩個細胞。再加一個，等於三個。但是我們有四個。所以你必須用乘法。這個例子的常數是二。那就像……或許我可以用農夫的例子來說明，這樣我們也能釐清他們與什麼有關。」

菲茲拿起農夫寓言的第二張紙。

揚恩說：「有趣死了。我肚子餓了。」

「你經常都在肚子餓。就拿安的故事來說。她第二年投入十顆種子，因為冰霜、害蟲與乾旱，最後只收成兩株麥穗，一共有二十顆種子。」

「我要吃掉你的紙種子！」

「原本栽種了十顆種子，最後變成二十顆。她這一年的財富成長多少？」

「低血糖的時候，我什麼也算不出來。」

菲茲說：「她的財富加倍了。」然後從小碟子上拿了兩顆方糖，

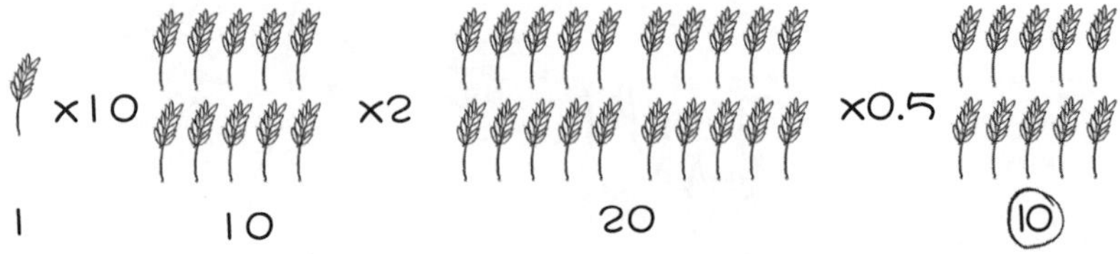


丟進揚恩的咖啡裡。揚恩先前沒看到那個小碟子。

「不！我痛恨……」

「因此她這一年的增長係數是二。你算十乘以二是二十，二十個種子。」

「我什麼也算不出來。」

「我們暫時離開一下威爾的故事。」

「例如回到這個問題：**我們**要吃什麼？」

揚恩發現菲茲只要一提到數字就很興奮，既讓人覺得煩，卻又很吸引人。他很少看見完全一頭栽入某件事的人，除了電腦遊戲玩家，還有小孩，他們也有這種本能。

「我們假定第三年因為冰霜和乾旱，所以安本來的二十顆種子只剩下一株麥穗。」菲茲似乎沒聽到他的話。「也就是十顆種子。」

又畫了一幅小圖。他還真會畫。

「那麼這一年她的財富增加多少？」

「完全沒有，反而萎縮了。我的胃也一樣！」

「成長率多高？二十顆種子乘以多少，才能得到十？」

「這個連我都會：乘以一半，或者說〇．五。」

「數學天才呀！」

妮達說：「政治人物很喜歡稱之為『負成長』。」

「胡說八道。」揚恩不屑說。「就像明明是解雇，卻說『釋出』一樣。」

菲茲問：「那麼這兩年要怎麼計算？」

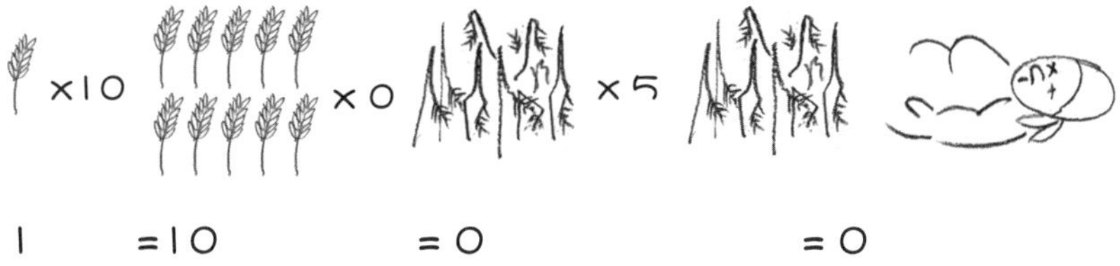


「十乘以二乘以〇・五，一共是十。這樣。」

「還是行嘛！這個故事當然簡化許多，但是能把基本原則解釋清楚。也就是說，靠自己努力得到的成長，是原本既有之物的**倍數**。多數人以加法計算成長，是錯誤的。」

揚恩察覺到妮達也聽得津津有味。

「等到安失去所有植物，很快就會了解那樣計算往往錯了。即使她的田地能提供成長率，但是種子為零，長出的麥穗就是零。與零相乘，永遠只會得出零。安再也無法靠自己的力量成長，她會餓死。」

「就像我馬上要餓死一樣。」揚恩插話說。

「如果使用加法——這是錯誤的——安就會忽然有了十顆種子。但是那應該從哪裡來呢？不可能從天上掉下來。」

「從廚房來的。所以我現在要過去了。」揚恩站起來。

妮達說：「也可能是比爾、卡爾或妲娜給了她什麼。」

「那會是加法成長。就像中樂透一樣。」

揚恩說：「我只要一塊麵包就可以了。」

菲茲和妮達跟著他。

揚恩說：「我靠自己努力能賺取的東西取決於我擁有什麼，這點很合理。當我什麼都沒有時那就傻了。我想起你說的時間平均、股票和利息。這些也是倍數增加嗎？」

「沒錯！你**真的**理解了！」菲茲說。

這時妮達又去了浴室。

不過，趁著妮達不在場，他還必須回答揚恩關鍵問題：「這些倍數增長能夠幫我們找到殺害威爾的兇手嗎？」

# 46.

菲茲羅伊付錢買了麵包與果醬，說了聲再見後，離開金要他來的麵包店。他在街上撥了湘恩・達爾利的一支手機號碼。

「我是湘恩・達爾利。」有個女聲應答。

清新的早晨空氣頓時不再那麼冷冽。他之前已在腦中大概想過要說什麼了。

「我的名字叫菲茲羅伊・皮爾，是妳前同事威爾・坎特的朋友。」菲茲只聽到電話另一端的呼吸聲，頻率有點快。是跑步機？還是在某個公園裡？菲茲羅伊搶在她可能掛斷電話前說：「威爾死了。」

「威爾？威爾……？我已經很……你怎麼會有這個號碼？」

他說：「若非事情緊急，我不會在這個時間打擾妳。威爾昨晚死於車禍，就在柏林這裡。」

「天呀。」她驚呼一聲。「但是你為什麼打電話……」

「他死前只來得及說出幾個字，其中包括妳的名字。」

「我的天！這是我知道昨晚第二個死於車禍的人。」

現在換菲茲羅伊驚訝了，或者說假裝驚訝。「第二個？另外一個是誰？」

「諾貝爾獎得主，賀柏特．湯普森。」

菲茲羅伊聽見她的呼吸更加粗重，顯然沒有停下來，甚至可能跑得更快了。菲茲羅伊決定暫時假裝不知道兩樁死亡之間的關聯，也許他還需要利用這一點。

他說：「我很遺憾。妳和賀柏特．湯普森很熟嗎？」

「多是公務上的接觸。我見過他幾次。」

「妳上次見到威爾是什麼時候呢？」

「我完全不知道他在柏林。」她問：「你怎麼會知道這些事？」

「我和他有約，但是他沒有出現。」

菲茲羅伊彎進金奶奶住的街道，不由自主注意有沒有前一晚追兵的行蹤。沒發現任何人。

她說：「你是英國人。」

菲茲羅伊說沒錯。

「為什麼威爾會說出我的名字？」

「這正是問題所在。」

「這很重要嗎？」

「我想是的。那場車禍不是意外，威爾是被謀殺的。」

湘恩這時亂了腳步，隨即穩住，但愈跑愈慢。「財富經濟。作者：賀柏特．湯普森與威爾．坎特。」幸好她跑得全身發熱，否則身邊的人會發現她滿臉通紅。那一定是巧合！泰德配合調整速度，但跑在他們後面的米契差點撞上她。

「什麼？」

「那不是車禍意外，只是裝成如此。而我必須知道為什麼。」

湘恩問他：「你為什麼不報警？」

泰德困惑地看了她一眼。

菲茲羅伊說：「警方不相信。」

「為什麼**我**要相信？」

「汽車裡，有一個和賀柏特．湯普森被燒死的人仍尚未證實身分。這個人……」

「……是威爾？」湘恩又亂了步伐。她停下腳步，泰德和米契頓時也剎住，一臉不解的表情。「威爾．坎特？」

等一下。

「但如果你告訴警方，他們應該已經證實他的身分了。」

「說來複雜。此外，警方或許已經知道了，證實只是早晚的問題。即使如此，警方不相信那是謀殺。」

「官方說那是意外。」

「妳看。」

「我不懂我和這件事有什麼關連。威爾為什麼偏偏要提起我的名字？他還說了什麼嗎？」

那個男人說：「我的名字，以及要唯一目擊者找到我的那個地名。而他也找到了。」

「所以你根本不在所謂的謀殺現場？」

泰德聽到謀殺一詞時，表情霎時變得陰鬱。湘恩看了他一眼，聳聳肩。

那人回答：「我沒說過。」

「你說警方不相信你。」

「我說的是警方不相信那是謀殺。」

「我不知道該如何看待這段談話。」

「我再說明一次。威爾死前說出兩個名字，我的和妳的。我猜他想和我們說些什麼。」

泰德轉過身去，也開始講電話。

湘恩說：「我根本不認識你。」

「我也不認識妳。所以事情更有趣了：我們有什麼共同點？」

「除了我們都認識威爾之外？」

「我上次大概是九個月前與威爾碰過面，他提了有關賽局理論的問題，但還有一個投資策略問題，也就是凱利方程式。我只能回答他一些問題，與經濟有關的就無能為力。他說沒關係，希拉布斯投資公司裡有經濟學家。那時候他提及妳的名字。」

湘恩又邁步開跑，運動能幫助她轉移對這個可怕消息的注意力。如果這些消息是真的。她想起與威爾的會面，說：「那應該也八個月以前了，或者更久。」

「他問了什麼？」來電者問。

他叫做什麼名字？菲茲羅伊．皮爾？現在她好像記得威爾講過這個人。他們一起念大學或是同事過，諸如此類的。皮爾是個尋常的姓氏嗎？她想起昨晚見到的安博瑟。

「我的印象是他想要搭訕，拙劣的阿宅技巧，就像以前高中那樣：『我們要不要一起做功課？』你知道的。」

「他究竟想和妳做什麼功課？」

「他想要進一步了解經濟學中決策的策略與方法，亂七八糟講了一堆。我給他一些指示，讓他自己研讀。決策論、賽局理論、捷思法、效用函數等等。大部分他已經有初步認識了。當然，以他的職業背景而言。」

「就這樣嗎？」

「他還試過幾次，一直在講新的發現，說他讀了很多資料，發現某些學術論文，請我也讀一讀。」湘恩忽然懊悔不已。威爾雖然是個怪人，但基本上人真的很好，也很有趣，可是她從來沒有認真對待他。現在據說他死了，甚至是被謀殺的。

前提是，死者要真的是威爾。只要警方沒有證明，任何看見新聞的人都可能宣稱那個神祕死者是某某人，例如威爾．坎特。目前頂多確認湯普森是乘客。這個名字喚起了她的回憶。

「我想到了，幾個月之後，我已離開希拉布斯投資公司，又遇見了威爾一次。那時候他告訴我，他在這件事情和某位『非常高層』的人合作。」

「妳的意思是那人可能湯普森。」

「我不知道。」

「或許妳還會想起什麼。這很重要。我們可以見個面嗎？」

「我真的沒有時間……」

「只要幾分鐘就好，或許簡單吃個早餐。妳可以事先在淋浴時再回想一下。」

湘恩沒有立即回答。菲茲羅伊繼續施力：「如果威爾真被謀殺，那麼賀柏特．湯普森本身也是謀殺被害者。一個諾貝爾獎得主，那難道不值得妳至少花個幾分鐘嗎？」

湘恩自動一腳換過一腳，感覺到鞋底的柏油路。吸進的冰冷空氣從嘴和咽喉進入肺部，再呼出已經變暖，耳朵裡脈搏嗡嗡作響。有節奏的運動幫助她釐清思緒。「財富經濟。作者：賀柏特．湯普森與威爾．坎特。」

「八點在莊園旅館。我會以我的名字在大廳預約一張桌子。請你準時，時間一到我立刻走人。」

# 第五個決定

在每一個階級層次，

都會出現犧牲他人以利用此原理的單位。

——威爾・坎特

# 47.

「決策論、賽局理論、捷思法，效用函數……」揚恩囫圇吞下一口食物後重複念道。「我聽得一頭霧水。這些要幹嘛？」

大家圍坐在客廳，享用放在茶几上的早餐。

「我不知道為什麼這對你們很重要，不過決策論就如其名，是研究個體的抉擇。」金解釋說。「與群體決策的賽局理論完全相反，昨晚我們討論過賽局理論了。簡單說，決策論一方面研究的是我們**如何**下決策，另一方面是我們**應該**如何下決策。」

奶奶插進來說：「沒有那麼困難啦。換句話說，就是你為自己決定出一個最佳解決方案。」

「正是，奶奶。不過在做決定的時候，總會面對許多不確定或未知因素。這時候，例如概率計算就會出現。」

「又是計算。」揚恩在食物兩口之間哎了一聲。他的胃口很好，彷彿三天沒吃東西似的。

「或者根本就是做出正直的選擇而已。」奶奶津津有味地咬著她的果醬麵包，看得出來她十分享受。

「這是一個可能性。」金說。「日常生活中，我們經常抄捷徑。如果你很急，可能就會運用所謂的捷思法。做出的決定或許不完美，但足以應付當下情況。」

「根據經驗掐指推算……」說話的是揚恩。

「沒錯。就像奶奶剛才提到的，道德準則有時候也能理解成捷思法。或者，下決定時根本沒有好好思考，純粹只憑……」

揚恩又說：「……肚子裡的感覺。」

「沒錯，我們有相對應的語言圖象。『肚子裡的感覺』就是直覺或本能，那也許有效，但也可能失敗得一塌糊塗。」

奶奶滿足地咀嚼麵包說：「肚子永遠是對的，尤其裡面有果醬麵包的時候。」

金說：「如果你身處在熟悉的環境裡，可能就適用。但是，直覺是經驗累積來的。一個大都會居民的直覺，在沙漠或叢林對他用處不大，甚至可能造成傷害。反之，原始森林居民的直覺在大都市也是一樣的。」

奶奶邊嚼邊說：「在大都市**叢林**裡，他們一樣也必須摸得透路啊。」

金耐著性子說：「就算如此，那也是另外一回事啦。」

「我知道啦。」奶奶承認說。

金說：「本能是相當動物性的，在現代人創造的複雜社會中，那可能會嚴重誤導你。所以本能很喜歡愚弄我們，就像要做出正確決定時，直覺也會哄騙我們一樣。決策論有一部分是要找出哪些心理因素阻止你做出合情合理的決定。偏見也屬於此，或者有名的確認偏誤……」

「那是什麼？」揚恩問。即使金有點自以為無所不知，他仍然喜歡聽她說話。

「犯了確認錯誤的人，往往認為自己是評估過事實才形成觀點的。但其實他們多半反其道而行，也就是說，他們蒐集的是能夠強化自己觀點的資訊。」

妮達說：「他們如果找不到，甚至會自己創造，稱其為『另類事實。』」

金笑著說：「沒錯。而那些與你的信念、觀點牴觸的事實，就會被你忽略。」

「或者又叫做『假新聞』。」菲茲說。「但我有個真實消息：不到一個小時，我要和湘恩・達爾利在莊園旅館見面。揚恩，你也一起來。」

「莊園旅館在哪裡？」

菲茲給揚恩看他手機上的地圖。「菩提大道。我們最好搭計程車。」

「我們也要往那個方向去。」妮達說。「加入在蒂爾加滕區舉行的示威活動。可以搭便車嗎？」

奶奶問：「吶，還有我吧？」

金問：「妳？」

奶奶喊道：「聽好，那些人就為了給某些銀行主管紅利，打算繼續減少我微薄的養老金吶！我再也忍不下去了！」

金燦然笑說：「好的，歡迎！」

「聽起來很奇怪。」泰德聽完湘恩描述的電話內容後氣喘吁吁說。他已經講完電話，跑到她的身邊。他把毫不費力跑在後面幾公尺的米契叫過來。

泰德說：「把整件事情告訴米契。」他的氣息穩定深沉，果然是訓練有素的跑者；額頭光亮，卻沒有流半滴汗。

湘恩把事情簡短講給保全主管聽。

米契問：「這個皮爾有說他人在哪裡嗎？」

「在柏林。」

「我的意思是柏林哪裡？」

「我沒有問他。」

「妳有他打來的號碼嗎？」

湘恩已經把手機塞在慢跑褲後面口袋裡。她用手指掏出來，完全沒有中斷跑步。

「沒有顯示。」她告訴米契說。
泰德問他：「你有什麼想法？」
「不好講，聽起來相當瘋狂。官方說法至今仍是意外。我認為不是真的。但保險起見，我們還是調查一下。」
湘恩問：「說到保險起見……我要見那個人嗎？」
米契和泰德互看一眼。
然後米契說：「我這邊沒有異議。旅館大廳很安全，我們和其他人也會負責保護妳。」
泰德說：「我覺得沒問題，或許對方真的知道些什麼。」
湘恩問：「我們不需要馬上報警嗎？」
米契說：「之後也還能報警。」
他們跑了幾步，湘恩想起威爾，就聽到米契說：「你們覺得我們也一起聽談話內容如何？」
湘恩問：「你們想一起來？」
米契說：「不是。我們可以在桌下或附近設置麥克風。或者，妳解鎖一部手機裝監聽軟體。」
「當然不行！」她訝然笑道，猜不透他這個提議是否認真。
「那就麥克風。」
「我不知道。」湘恩說。「我覺得不自在，動作會不自然。」她跑了幾步，整理思緒。「不，我不希望這樣。」
「就照妳的意思。那麼我們會小心在後面注意。」
湘恩說：「我們可以約個暗號，以防我需要幫忙，或者需要你們報警。」
泰德說：「好主意。」

「如果我雙手同時放在兩耳上，表示需要幫助；若是在鼻子敲兩下，你們就報警。」
「耳朵：幫助；鼻子：警察。」米契重複一遍。「沒問題。」
他們回頭往旅館跑，湘恩加快速度。
「妳和那個威爾・坎特是希拉布斯的同事？」泰德問。「他是什麼樣的人？」
湘恩說：「礦工。」
泰德點頭。「聰明的頭腦。」
然後他們便不再作聲，調整呼吸做最後衝刺。腳下的地面愈來愈堅硬，湘恩暫時關閉思緒，全神貫注於自己身體的律動。

# 48.

瑪亞的頭腦裡，叮叮、噹噹、鏘鏘，各種鈴聲旋律競相作響。她把眼睛閉得更緊，希望驅走大腦裡的噪音。
但是噪音不在她腦子裡。
床旁邊的手機又是尖叫又是震動，外面的門鈴也叮叮噹噹。她萬念俱灰摸著床頭櫃上的手機，把身子撐高一點。來電號碼沒見過，誰又在門外發神經？現在幾點了？她掙扎起身，按掉手機，穿著睡衣經過客廳走向門口。
「誰啊？」她對著對講機大喊。
「早安！我是雍恩！」

聲音聽起來為何這麼近！門外忽地響起敲擊聲。她這才明白響的是家裡的電鈴，不是樓下大門的。從貓眼窺看一眼，證實了她最糟的擔憂。雍恩在他那張從魚眼鏡頭看去拉歪變形的醜臉前面拿著一個袋子。

「讓我進去！我帶早餐來了！」

他瘋了嗎？瑪亞繫上門鏈，把門打開一條縫。

「你在這裡做什麼？」

袋子，還有兩杯咖啡。

「早餐。」

「這不是答案。」

「柯斯特里茲要我來的。妳昨晚出現在旅館，惹來不少抱怨。他要我在我們查案時看著妳。」

「你？看著我！我們查案！柯斯特里茲的腦子燒壞了嗎？」

這不是真的！她的大腦裡彷彿好幾輛挖土機在翻挖著。她閉上眼睛，也關上門。無濟於事。瑪亞深吸一口氣，鬆開門鏈，然後又把門打開一道縫。

「你先等個一分鐘再進來，直接去廚房，前面右邊。」話一說完，她就鑽進浴室裡。

鏡子裡影像令人不敢恭維。瑪亞強迫自己沖冷水澡，幾分鐘後，她走進廚房。雍恩已經在小桌子上擺好餐具。瑪亞不喜歡他為了找餐具，在她的廚房裡翻箱倒櫃，獨特的示好表現更是讓她不信任。

老舊的小電視機上有個女記者正在播報昨晚的事件。除了十字山區幾條街道和貝爾維尤宮附近之外，示威活動大致和平。無人機閃亮飛行與大規模手機圖像不僅在柏林上演，也在全球許多城市演出。義大利經濟部長茂立齊歐・特里桐的一番說法，導致亞洲股市早盤重挫，趴在地上。

專家預期歐洲股市將會更慘。接著又播報其他壞消息。中國戰艦擊沉印尼漁船，日本與南韓軍隊皆已進入高度警備。俄羅斯在重大危機的陰影下，在波羅的海和烏克蘭附近調動軍隊。沙烏地阿拉伯公開威脅要併吞卡達，這個超級富裕小國的國庫，才是面臨破產的沙烏地沒有說出口的目的，電視上評論員解釋說。世界已陷入瘋狂。幸好瑪亞彷彿是隔著棉花聽著一切。

「沒提到我們的案子。」雍恩強調說。

「總算。」瑪亞脾氣暴躁地坐在椅子上。他們可以繼續安靜調查了。

「這任務不是我自找的。所以我們盡力而為吧。」

像昨晚那樣嗎？來電幫她省了回答。手機在褲子口袋裡劇烈震動。是霍斯特．貝克，法醫鑑定組主任。

「已經醒了？」他問。

「你是因為燒毀的屍體打來的嗎？」

「妳應該盡快過來一趟，自己看看。」

在大型計程車裡，他們坐在兩排相對的後座上。揚恩必須順著車子前進方向坐，否則會暈車。金坐在他旁邊，秀髮飄散著洗髮精香味，他感覺她的大腿緊挨著他的。菲茲對念經濟的妮達說：「妮達，妳可以再簡單說一次效用函數嗎？」

「揚恩會很開心，又是數學。」

揚恩翻了翻白眼。

菲茲說：「嗳，人生處處是數學吶。」

揚恩喃喃說：「幸好我的人生沒有。」

「真是令人驚訝，」菲茲說，「數學是唯一即使不懂還讓人覺得驕傲的科目呢。」

「反正我會去掉數學，太複雜了。」

妮達打斷他們的抬槓。「在很多決定上，效用函數很有幫助。基本上，效用函數描述的是物資或績效對你的效用有多大。例如窮人若是拿到一百歐元，相較於百萬富翁，這一百歐元對他的價值就比較大。或者，換句話說：你擁有越多金錢，每賺到一百歐元，帶給你的額外效用就越低。」

「等我有這麼多錢的時候再告訴你們結果。」揚恩說。

妮達回答：「那些已經有錢的人會告訴你。」

「當然啦，好讓我不會想要從中分一杯羹。」

金說：「科學家發現，對於年薪七萬五千美元左右的美國公民來說，額外增加一美元，幾乎不會增加什麼幸福感。」

奶奶打斷她的話說：「那麼百萬富翁為什麼還想要更多？」

金沉思說：「好問題。」

妮達說：「他們想要持續增加收益。根據效用函數理論，那甚至導致淒慘的結果：對他們來說，區區幾歐元並不夠，他們需要百萬，或者億萬，才能明顯感覺收益增加。」

「所以他們就是想要賺進更多財富！」老婦人尖聲說。「他們當然也能拐彎抹角解釋，收益聽起來沒有那麼貪婪。」

妮達說：「不過，並非所有人都一樣。根據這個理論，每個人有自己的效用函數。有些人為了贏得某些東西，願意冒險犯難；有些人寧可少點風險。」

「胡說！」奶奶又說。「有些人之所以更容易冒險，是因為他們擁有的東西更多，不必要孤注一擲。擁有不多的人，最好要謹慎行事。」

「就像收成不可以掉到零的農婦……」揚恩大聲說出想法。

「這人在講什麼？」

揚恩問：「所以效用函數有助於做出哪些決定啊？」

「例如你的投資屬性。銀行會問你是否願意承擔風險，獲得更高利潤回報；還是不願冒險，獲益較少。」

「但是我去銀行，是要**他們**告訴我該怎麼增加財富呀。不過反正我也沒錢啦。所以，你們有沒有更實用的例子，可以說明這個效用函數的收益呢？」

「例如這個問題：為了賺更多錢，你願不願意更加辛勤工作？」妮達耐心說。「或者說，你因為付出更多心力工作賺到的錢，是否真的讓你感覺更幸福，所以多做是值得的？」

「我根本做不了那麼多工作，賺不到那麼多錢。」揚恩反駁說。「你們不是告訴我要有錢不是這樣的。偶然、倍數增長、大富翁、凡有的，還要加給他……你們的效用函數對我決定如何獲得七萬五千美元年薪一點幫助也沒有。」

妮達說：「這個概念可以幫助企業制定價格。某物的量越多，所謂的邊際效應就越低。一百個人要買**一個**麵包，麵包就會變貴。但若有一百個麵包，價格則便宜了。」

「Sorry，連這個概念也可能有問題。」揚恩激動起來。「德國缺少好幾萬個護理師，也就是說，我對一百個人來說，就是那**一個**麵包，但我的薪水仍舊爛到不行。而所有的董事職位都滿了，根本不缺人，這些人卻能拿到一大筆錢。用妳的邊際效應給我解釋一下。」

金大笑說：「你今天要變成共產黨員了！」

「聽到這些愚蠢的解釋，不當都不行！」

他們這時抵達波茨坦廣場周遭，交通更加壅塞，路都被封了。

司機說：「如果你們想參加遊行，我得在這裡讓你們下車走路過去。要去莊園旅館，我現在要轉彎。」

金說：「沒問題，我們在這裡下車。」

計程車停下來，金和妮達與揚恩和菲茲擁別，但揚恩覺得抱得太短了。奶奶伸出戴著護具的手與他們握別。下車時，金揮揮手機，說：「我們手機號碼給你們了，結束時打個電話，我想知道這個瘋狂故事的最後發展！再見！」

再見！

司機轉了一個大彎，往東繼續開往菩提大道。他解釋說：「我們必須走這條路，否則會因為封路而過不去。」

他們開上大道，又往布蘭登堡大門駛去，昨晚他們才沿著這裡逃命。他們經過銀行前抗議人士的小帳篷，抗議人士現在簇擁在銀行前，堵住門口。許多人看起來完全不像來參加示威，揚恩發現有些人甚至西裝筆挺。

他問：「怎麼回事？」

司機說：「你說銀行那邊嗎？那還不是唯一一家，我今天已經看見好幾個地方都這樣了。那些人想要提走他們的錢。晨間新聞播報後，他們擔心很快再也領不到錢，就像幾年前的希臘或賽普勒斯；或者擔心錢會被沒收。」

「**銀行擠兌？**」菲茲驚訝問，接著笑了起來，雖然那一點也不好笑。「昨天才抵制銀行，今天就怕營業的銀行不夠多。」

司機減緩速度。「前面就是莊園旅館。」

## 49.

在大堂清冷的燈光下，那輛廢車不再宛如雕塑品。它像個屍體躺在那裡，鑑識人員彷彿白蛆似的尋找有用的東西。廢車四周擺著數不清的透明塑膠袋，裝入碎片和其他零件。瑪亞看見大堂牆邊兩張長桌上還有其他塑膠袋和工具。她走向那具冰冷的灰色金屬支架，靠得非常近。雍恩緊跟在旁，糾纏不去。

「真浪費。」她說。

霍斯特・貝克說：「很可能有個諾貝爾得獎主死在裡面。」

瑪亞說：「尚未證實。」他們已經先找過負責鑑定屍體的同事了。「真希望我在外面查案也像你這裡一樣有那麼多人手。」

「所以妳沒有。」霍斯特抬也沒抬眼看她。「因為我們在這裡暗中工作，妳在外面有光。」

「這裡的暗中工作是否已有什麼發現了？」

「我們知道我們什麼都不知道。」

「這句箴言只會讓哲學家顯得更有智慧，用在警察身上就很蠢了。」

霍斯特一站直身子，立刻高出瑪亞一個頭。他解釋說：「我們尚未釐清火災的原因。」他才跨個幾步，就走到散落地面的塑膠袋旁。「碎片有些是車子的，有些是瓶子收集來的。」

「汽油彈？」

「遭火燒掉的，已經面目全非了。不在火堆裡的，只是一般垃圾，是某些髒鬼之前就扔在那裡了。」

「指紋呢？DNA線索？」

「採集過了，但是指紋這條線沒有結果。DNA檢驗需要時間，妳知道的。」他站在一個塑膠袋前面，裡頭是約莫小盤子大的黑色尖狀物。「這個很有意思。」他拿起塑膠袋，走向廢車，把尖狀物放在一個應該曾經是保險桿的壞掉地方，結果就像拼圖一樣十分契合。

他解釋說：「衝撞時，保險桿有碎片剝落。」塑膠袋後面貼了一張照片，標示碎片發現處。「和其他碎片不同的是，它掉落在火堆之外。」他小心從袋子裡取出變形的三角片，其中一個尖角覆蓋著薄薄一層表皮。

瑪亞問：「是血嗎？」

「沒錯。已經在分析樣本了。」

「怎麼沾到血的？不可能是車內乘客的。」她轉向雍恩。「那個揚恩・吳特不是聲稱他抓到一個尖尖的東西，往所謂的兇手手上刺下去嗎？」

「他聲稱很多事。」

霍斯特說：「至少這血或許可以佐證他的主張。」

雍恩一臉不爽，轉身走開。

艾爾訓練有素，耳機響起第一聲，人就醒了。他在路華車的副駕駛座待命，駕駛座上是傑克。語音助理通知他來電者：委託人。

「喂。」

「你抓到吳特和皮爾了嗎？」

「還沒有。」

「你的運氣比智力好。我們得知他們八點會出現在莊園旅館，在大廳。」

「他們目前人在哪裡？」

「我們不知道。」

「了解。」

通話結束。

艾爾椎奇搖醒傑克，同時在手機上搜尋莊園旅館。菩提大道，離巴黎廣場與布蘭登堡大門不遠。他向傑克講述最新進度，把地圖指給他看。

傑克說：「我們不能在旅館附近明目張膽採取行動。」

艾爾說：「至少他們又落入我們手裡了。」

傑克說：「以目前的情況來看，到莊園旅館最多需要半小時，我們必須出發了。」

他呼叫山姆和貝爾回到車上。

# 50.

莊園旅館這座巨大建築，渴望成為歷史悠久的城堡，但充其量不過是盛裝打扮的鋼筋混凝土。雄偉華麗的車道上有道柵欄，將不速之客阻擋在外。一旁有高度及胸的拒馬，乘客必須在此下車，像在機場一樣通過安全檢查。

菲茲應該約另外一個地方比較恰當。揚恩排著隊，脖子脈搏劇烈跳動。他看著前面兩個人打開皮包檢查，然後還必須通過安檢門。雖然不需要檢查證件，但他的緊張並沒有因此減緩。菲茲排在他前面，正清空口袋，走過安檢門，然後又拿回自己的東西，這時，換揚恩走過安檢門。

他也毫無問題通過。

大門口三位身穿鑲金邊燕尾服、頭戴大禮帽的門房已做好準備。其中兩人是黑人，就像老電影常見的那樣。這還符合時代嗎？**政治正確**？他們選擇走旋轉門，所以這些僕從不需要為他們打開大門。一走進去，他們旋即置身在和威爾・坎特住的旅館一樣的世界，但這裡可能更加富裕。並非因為人人一身訂製西裝，有些人的裝扮也與他和菲茲沒有兩樣，可是這裡的住客就是不同，舉止不同，態度不同，他們怡然自若、自信不凡，若非從小接受相關教育，或者取得了非凡的成就，不會有這般氣度。物以類聚，臭味相投。在揚恩眼裡，他們都是**有錢人**。根據金的研究，他們都是幸福的人。但不是人人一臉幸福。

大概有些人沒那麼有錢吧。揚恩想像是：如果你身邊只圍繞著窮人，而你有一百萬的話，會覺得自己是個大富翁。但置身在億萬富豪之間，一百萬只顯得你是個徹底失敗者。金和妮達對這種現象一定也有數學解釋。

話說回來，他們也不過是人，即使家財萬貫，一樣會生病、罹患不治之症、老化，或婚姻不幸，或者愛得淒慘。誰知道呢？

揚恩擁有健康的自信，但還是感到不自在。他不由得想起金的解釋。他在另一個世界裡長大，他的直覺很可能陷他於不幸。反觀菲茲，在這裡如魚得水。他直接走向「禮賓處」，詢問櫃檯後面的女士。她面露燦爛微笑，暫時忽略他們的裝扮。

菲茲說：「湘恩・達爾利女士正在等候我們。」

女子看了一眼面前的螢幕，然後指向大廳右方。在大理石柱間，擺了幾張罕見木材製成的深色桌，搭配藍色天鵝絨的曲線造型單人沙發。

禮賓人員尚未說出「您的座位在那邊」之前，揚恩就發現在網路上看到照片的女子。「不公平」是第一個躍入他腦海的詞，不禁想起過去幾個小時討論的內容。出生的偶然讓這個人含著金湯匙出生，她宛如從雜誌走出來似的。他知道她聰明絕頂，功成名就，目前大概已經賺進他努力一輩子也賺不到的錢吧。還為全球最富有的男子之一工作，認識其他的巨富。**不公平**。

她穿著彩色夾克，搭配長度到膝蓋上面的緊身裙。湘恩．達爾利的笑容徹底讓他為之傾倒。

**謝謝，不公平！**

他們才一坐下，白襯衫、打領結的服務生立刻過來。湘恩點了杯白開水，菲茲羅伊．皮爾要了茶，年輕人點了杯咖啡。皮爾只簡單介紹：「他是揚恩。」便沒有其他說明。

「菲茲羅伊．皮爾。」她對高大的光頭英國佬說。除了身高，他和昨晚認識的那個老外交官的共同點只有近乎傲慢的自信。「昨晚我認識了一位安博瑟．皮爾，英國外交官。你們……」

「是我父親，我不知道他也在柏林。」菲茲羅伊打斷她，接著又嘲諷說：「他行為得體吧？」

湘恩回答：「是位紳士。」她很驚訝菲茲羅伊這麼隨便就暴露家庭衝突，但他的口氣讓她了解他不願意繼續深談。「你想談威爾．坎特？」她看了一眼自己價值不斐的細緻手錶後說：「我只有十分鐘，等下就得出發前往高峰會。」

菲茲羅伊說：「沒問題。簡而言之：我大學認識威爾，畢業後一起在高盛開始第一份工作。之後偶爾碰面，上次見面大概是九個月前。昨晚我們這位年輕人揚恩，親眼目睹賀柏特．湯普森、威爾．坎特與司機在豪華房車發生意外後，被一組殺手活活燒死在車裡。車子起火前，威爾據說講出了妳和我的名字。也因為這樣，揚恩在一間酒吧找到我。那群殺手追到酒吧，攻擊我們，後來在威爾住的旅館我們又遭遇一次追殺。那時我和揚恩正在威爾的房間尋找線索，但只發現了一些筆記，對我們幫助不大。這是大略經過。」

「你想唬弄我嗎？真心希望我會相信這個故事？」她的表情一定洩漏了內心想法。

菲茲羅伊說：「要是我，也不會相信。」他的眼睛深處隱含著不安定，嘴角有酒渦。果然還是他父親的兒子。

「我在電話裡把一切都告訴你了。」湘恩猶豫說。「最後一次和威爾談話的其他內容，我已經沒有印象。他一開始問我凱利方程式，但是凱利與現代經濟學並不相容，早在六〇年代就被拋棄。」

「奇怪。」菲茲說。「我每天都應用凱利方程式，在撲克牌和二十一點上斬獲豐盛。所以說，我用來賺錢的理論，在經濟學上卻毫無用處？」

湘恩不禁苦笑。「威爾也講過同樣的論調，看得出來你們的確是朋友。」

菲茲感性地說：「英雄所見略同。」他聳聳肩，「不過我的工作是賺錢，不是質問經濟學理論。」

「但顯然威爾將此當成自己的功課了。他大量閱讀相關資料，找到某個數學家或物理學家的學術論文，然後整理成深奧難解的想法。其中一個白努利曾經……」

「十八世界重要的數學家與物理學家。」菲茲羅伊低聲對德國年輕人說。他的英文能力似乎跟得上他們的對話。

菲茲羅伊．皮爾問：「哪一個白努利？哪一方面？」

她說：「丹尼爾。有關於效用函數方面，個體經濟學理論的支柱之一。根據威爾或者他舉出的論文，將近四百年的時間，我們都進行了錯誤的計算。就像之前所說，我以為那只是他拙劣的搭訕技巧……」

「那也不無可能，畢竟與女性打交道，不是威爾的強項。妳對他認識湯普森毫無所悉嗎？」

她搖頭，想起泰德保險箱裡的原稿。但她面對眼前的陌生人仍舊需要謹慎。

皮爾在她面前攤開一些紙張，有圖畫、文字。看起來像個簡單的村子、麥子和一個女人。

「妳對這些有什麼想法嗎？」

「這是什麼？」

皮爾說：「威爾的筆記，我把內容整理出來了。」

湘恩瀏覽前幾頁。

「想像有四個農夫和農婦。」

湘恩全身一熱。幾個小時前，她才在泰德套房裡一頁潦草的紙張上讀到與農夫有關的東西。

「你有原稿嗎？」她費勁克制自己。

菲茲羅伊從夾克拿出另一張紙前猶豫了一下。整張紙塗成灰黑色，印著筆跡的地方是白的，紙張上方的角落畫了個小小圖案。

「原稿應該是在這一張的上面，所以筆跡印了下來。」菲茲羅伊說。「這是下一張。」

湘恩立刻認出有小球的圖畫。她喝了口水，爭取時間思索。「謝謝。」她只說了這句，就把紙張推到旁邊。「你何不簡單為我解釋一下，這個奇怪的故事究竟怎麼回事？」

# 51.

瑪亞靠在鑑識大廳的牆壁，閉上眼睛，想要驅逐頭痛。白費力氣。她從口袋掏出香菸，問雍恩要不要，但他拒絕。她給自己點了菸。好多了！手機在口袋裡嗡嗡響，是中心來電。

「喂，我是帕利塔。」

「我們收到莊園旅館的通報，他們看見妳要追捕的人。」

瑪亞瞬間彈離牆面。因為湯普森的身分，所以搜索令也發到高峰會相關旅館。你永遠不知道會有什麼發展。

「莊園旅館？」超級豪華飯店，不可能吧。「什麼時候？」

「幾分鐘前。」

「他們現在人在哪裡？」

「旅館裡。」

「在旅館？他們在那邊做什麼？」

「喝咖啡。」

「什麼？我立刻出發！」

## 52.

艾爾透過無線耳機聽見的談話有雜音干擾，手機螢幕上播放的是監視器的影像。他在大廳長廊裡，根據畫面角度，攝影機應該裝設在他附近。菲茲羅伊正在講述某個農夫和田地的事，同時指著攤在她面前的不同圖畫。委託人不願透露那女子的姓名。

艾爾在長廊裡挑了一個位置，必須伸長脖子，才能不透過手機螢幕，實際看到他們那邊的桌子。只要他坐著，就不會被他們發現。

艾爾的視線又從手機上移開，尋找攝影機。這東西現在做得小巧精緻，只要安裝巧妙，很難找得出來。攝影機不是由他設置，而是委託人傳送影像到他的手機上，聲音也是。不知道他們從哪裡錄製的，也許在桌底下放個竊聽器，或者駭入那個女子的手機。不過艾爾沒看見手機。若是被駭的手機放在皮包裡，聲音品質也太好。

女子又一次研究著那些紙張。

艾爾耳朵裡響起委託人有點沙啞的聲音。

「那是什麼？」

艾爾說：「我看不清楚。鏡頭可以拉近一點嗎？」

「距離不夠近。」

女子把紙張放回去，看著菲茲羅伊・皮爾。

「所以呢？」她問。「接下來是什麼？」

「我們考慮過所有可能性。」菲茲解釋完農夫寓言後說。「但是沒有找到答案。」

「我也沒有。」湘恩說著覷了一眼手錶。會面已經超過預定的時間。「我也不知道哪裡找得到答案。」即使她大概猜得到，而且感覺愈來愈強烈。她的胃翻攪不適，這情況從青春期以後就沒出現過了！

「我要走了。」她說，有點像在賭氣。多年來，職業強迫她快速做出艱難的決定。但今天情況不同。可能的結果……

不，她現在不可以神經質到處亂看！她失去沉穩了。這是她痛恨的！冷靜！

米契和他另外兩個手下正在觀察他們，看她有沒有摸耳碰鼻。

她又喝了一口水。

菲茲羅伊失望透頂，收拾起農夫寓言的紙張。他怎麼會以為這位女士或愚蠢的寓言能夠幫助他們有所突破？

他搞錯了。前一晚的瘋狂經歷，加上缺乏睡眠，夠了。結束了。他要回旅館、洗澡、睡覺、打電話給警察，看是要按照這個順序完成，或者怎麼樣都行，最後靜待進一步的發展。他為了威爾，能做的都做了。

警方早晚也會查清楚揚恩是無辜的。

這年輕人怎麼了？揚恩的臉色比他們剛才看的紙還白，目光宛如鬼火般閃爍游移，彷彿喝醉般抓住菲茲羅伊。

「別往那邊看。」他低聲說，明顯努力讓自己冷靜下來。「大廳後面那裡，有個曾出現在黃金酒吧和拉爾旅館的人，他正在看我們這邊。」

菲茲羅伊背對著大廳，如果揚恩沒看錯，他也正背對著其中一個殺手。「不要想著粉紅色大象。不要轉過去看要殺你的人。」菲茲羅伊費盡自制力壓下回頭的反應。

湘恩注意到他們異常的行為。「怎麼了？」湘恩問。她正準備告辭，人已經站起，身體一半已轉向大廳。

菲茲羅伊起身，小聲說：「請妳動作別引人注意。揚恩說，殺害威爾的一個兇手在這裡。」他察覺她全身緊繃，就像他聽到揚恩話時的反應。

她問：「誰？哪裡？」

揚恩已經站起來。

菲茲羅伊問他：「在哪裡？」

揚恩輕聲說：「在後面柱子那邊，非常後面。」

# 53.

大廳的吵嘈聲在湘恩的頭裡嗡嗡作響，交談的人、拉動的行李、手機鈴聲、叮噹碰撞的餐具、衣裳和報紙的沙沙聲等。

身體沒有感覺。

年輕人的幻想吧！

「他怎麼找到我們的？」揚恩問，聲音裡透出恐慌，讓他的英文聽起來更不通順。「他為什麼知道我們在這裡？」他打量湘恩，問：「誰知道我們要見面？」

湘恩不得不克制自己。「你不是認真的吧！」她噓聲說。

揚恩說：「我才不相信這是巧合。妳有沒有告訴誰，要和我們在這裡碰面？」

「你的臆測太荒唐。」她冷冷地說，但腦子熱切運轉著。她告訴了誰？泰德和米契。她不認識後面那個男人，不是泰德保全小組裡的人。

她說：「我不認識那個人。」

「我沒這麼說。」揚恩說，「我只是提出了一個問題。」

菲茲羅伊說：「大家現在都冷靜一下。我暗地確認看看。」他轉身，像在找服務生似的動著頭。發現一位之後，他得體比了個手勢。服務生立刻趕過來。

菲茲羅伊說：「請買單。」

服務生離開。

菲茲羅伊轉回來看著湘恩，對她說：「揚恩說得沒錯。」他的額頭冒出汗珠。「我認出他了。

昨晚他兩次下手要殺害我們，後來我們應該把他甩掉了。現在怎麼會出現在這裡？」

後來我們應該把他甩掉了。

她內心掙扎了好一陣子，終於承認：「我把你們的懷疑告訴泰德．霍頓和他的保全主管，畢竟賀柏特．湯普森是顧問、也是熟人，威爾還是他以前的員工。」

「其他還有誰？」

湘恩不喜歡揚恩的語氣，像在審問犯人似的。夠了。

「沒有。」她沒好氣說。

菲茲羅伊說：「那麼只有兩種可能。一是巧合，但這可能性微乎其微；或者，有人通報殺手，而那只有透過妳、泰德．霍頓或他的保全主管才能達成。」

「你們瘋了！我和這一點關係也沒有！**我們**和這些事情一點關係也沒有！」

真希望腦裡那個想法不要一直啃囓著她！何況湯普森曾經是泰德的顧問，威爾是前員工，或許是他們把原稿拿給他或寄給他。

她皮包裡的手機響起。是泰德。

「我們必須出發了。我已經在底下的停車場，妳過來嗎？」

她看了菲茲羅伊和揚恩一眼，眼角瞥了一下所謂的殺手，然後找尋米契和另外兩人的蹤影，但沒有找到。她又坐下來，握住自己的鞋。

「你先去。我有隻鞋壞了，必須回房換鞋，當然還有這身衣服，才能搭配鞋子。你知道那是……我等下搭計程車過去。」

「好的。談得如何？」他問。

「浪費時間。」

「我想也是。等下見。」

「他們現在做什麼？」艾爾聽見耳機傳來委託人的聲音。

「正在道別，握手。女子走了。」

「去哪裡？」

「搭電梯，我想。」

「另外兩個呢？」

「還站著，等待。」

「他們在講什麼？」

艾爾說：「我只能聽到您傳給我的聲音，現在沒有聲音傳進來。他們站著，離麥克風太遠，加上周遭的雜音太大。」

「女子現在人在哪裡？」

「正要進電梯。」

艾爾手機螢幕上，揚恩和菲茲羅伊仍舊站在桌旁。服務生現在回來了，把帳單遞給他們。菲茲羅伊和他聊著，付帳。艾爾只看得見嘴唇蠕動，耳裡只聽得見大廳裡的噪音、碰撞聲、人聲嗡嗡。

委託人說：「好的。有人和那兩個人接觸嗎？」

服務生離開，卻是走向櫃檯，而不是回到餐廳他剛才過來的那一邊。

撒馬利亞人和賭徒又坐下，默不作聲望著服務生的背影離去。

艾爾報告：「他們沒有離開。若要採取行動，我們隨時待命。」

委託人說：「條件一樣：只要他們人在旅館裡，絕對不可行動，這點不容質疑。即使在外面，也要等他們至少離開一公里以後才動手。」

艾爾說：「收到。」

「不要再犯錯，否則後果自負。再向我報告。」

艾爾咬緊牙關。否則後果自負。那傢伙竟然威脅他！他若以為艾爾會因此退縮，可就大錯特錯了。艾爾只有更加憤怒。

揚恩和菲茲羅伊坐著，彷彿正在等下一杯咖啡的客人。兩人都沉默不語，目光無聊地隨便亂看。

傑克壓低說話的聲音傳進艾爾耳裡：「有五個旅館人員走向我這邊，一個看起來像經理，其他人像保全。」

「直接朝你走去？」艾爾警鐘大響。

「我還無法……是的。」

「撤退！」

「太遲了。」

艾爾透過耳機聽見陌生的聲音：「您好，我是這裡的經理克羅伊策。有位客人表示看見您把玩著武器。我可否請問……」

該死！艾爾彈起，盡量不引人注意走向樓梯，耳裡同時傳來陌生的聲音繼續向傑克解釋：「您後面的皮帶處有隆起，我們可否……？」

艾爾從長廊看見傑克受到四個保全人員包圍，保全人員的手小心翼翼但明顯可見放在他們的武器握把上。他飛快看了一眼手機，確認揚恩和菲茲羅伊還坐在桌旁。傑克別無選擇，只能掀起夾克，露出塞在皮帶後面槍套裡的武器。

「我可以帶武器。」傑克用破德語向經理和他的人解釋。「保鏢。不是這裡唯一的，不是嗎？」

經理說明：「根據我們旅館的政策，若您攜帶武器，必須向我們登記。因此，請您到前面櫃檯登記。」

傑克說：「真奇怪。不過，如果你們希望的話。」

他短暫找了一下艾爾，發現他在樓梯頂，於是露出詢問的目光。艾爾的嘴巴無聲說：「離開！」然後頭往旁一點，要他離開旅館，不要接受檢查。艾爾目前首要之務是賭徒和撒馬利亞人。這兩人仍然坐在桌邊。

傑克在保全人員包圍下，往櫃檯方向走。但下一秒，他卻變向直接走往大門。

「停下！」經理喊道。「您要去哪裡？」

保全人員走在他旁邊有點不知所措，卻沒有攔阻他。懦夫！

「既然不歡迎，我走。」傑克回答。

經理和他的人急急忙忙走在他旁邊。

「我剛才請求您去……」

傑克說：「我要報告我的委託人，很重要的人。他不會再來住你們旅館。」他走出旅館。

經理和保全人員在門口停住，看著他離開。艾爾聽不見他們在談論什麼。他看了一眼手機螢幕確認——揚恩和菲茲羅伊的桌子已經空了。

「在八樓。」揚恩氣喘吁吁說。「竟然走樓梯！」

他們已經爬了三樓，乏味的樓梯間迴盪著他們的腳步聲。除非火災，否則大概沒人會走這裡，揚恩心想。

菲茲走在前面說：「你年紀輕，體力一定好。」

揚恩呻吟說：「但不是在經歷昨晚的事情之後啊。」

樓梯間的門在大廳非常後面的地方。走向樓梯時，揚恩和菲茲一直注意有沒有人跟著他們。只要出現一個，其他同夥八成也不遠。菲茲認為旅館裡面應該安插了一、兩個，其他人守在前面出口、停車場，或者混在工作人員裡面。他們走在樓梯間，盡可能降低聲音，一旦有人打開或關上門，或者走樓梯的話，他們就聽得到。

五樓。繼續往上。

他們上面某層樓有人打開門。

腳步聲。

揚恩整個人僵住，停下腳步。他前面的菲茲轉過身，兩人躡手躡腳盡量輕聲走回五樓。揚恩打開沒有裝飾的門，門後是走廊。他往外偷覷一眼，然後招手要菲茲跟上。

他們站在一道長廊的盡頭，深褐色木地板，牆壁是深藍色，牆面的直線被凹進去的房門截斷。不見半個人影。

揚恩等著，在樓梯門上偷聽，腳步聲愈來愈近。那個人沒有特意放低音量，也不似小心謹慎或者祕密潛行，甚至吹起口哨，無憂無慮。揚恩等著口哨和腳步聲幾乎聽不到後，向菲茲使了個眼色，又把門打開。傾聽。然後才又開始悄悄爬上樓梯。

「現在甚至還讓你休息了一下。」菲茲輕聲說，從他旁邊擠過，一步兩階往上走。

八樓要進入旅館走廊前有道電子鎖，就像房間門口一樣。這層樓是尊貴套房。揚恩拿出道別時湘恩悄悄塞在他手裡的房卡。輕喀一聲，門打開了。

走廊和五樓一樣，只不過牆壁換成深綠色。

菲茲敏捷地走在前面，經過與地板同色的房門。揚恩跟著他，時不時轉頭往後看是否有人從門裡出來跟著他們。

他們停在七二三號房。

揚恩問：「如果是陷阱怎麼辦？要是那些人在裡面等我們呢？」

# 54.

湘恩站在保險箱前，一個個輸入她在「尋找三角褲」時記住的數字。希望正確。

輕輕喀嚓一聲，沉重的金屬門彈開來。

信封躺在三層裡的中間那層。湘恩取出信封，輸入同樣的數字組合後，關上保險箱。她搭乘貴賓專用電梯下兩樓，走到她的房間前。敲門。

沒人開門。

她再敲一次。

沒人。

「皮爾？是我，湘恩．達爾利。」她輕聲說。「我拿到信封了，讓我進去。」

「我們在這裡！」她一聽到話音，立刻轉身。

揚恩和菲茲羅伊就站在她背後。

「該死，你們嚇我一跳！」她噓聲說。「怎麼回事？」

菲茲羅伊感應房卡，門應聲開啟。他說：「安全措施。」他先迅速進入豪華套房，像貓獵物似的，敏捷、輕柔卻謹慎。湘恩跟著他檢查客廳、書房、浴室，最後到臥室。年輕人等在門口。

菲茲羅伊把套房檢查一遍後，對他說：「可以進來了。」

湘恩把信封放在書桌上。

「裡面有什麼重要的？」

「我想這是賀柏特．湯普森昨晚要發表的演講稿重點，以及湯普森與威爾共同的原稿。」

菲茲羅伊一把拿出信封裡的東西，將不同疊的紙分攤在眼前。第一疊是大小如卡片索引的紙，沒有裝訂，上面的字寫得很大。

湘恩說：「看起來像演講稿重點。」

第二疊紙釘在一起，厚厚一疊A4紙，最上面那頁印著：「財富經濟，作者：賀柏特．湯普森與威爾．坎特。」

「原稿。」

第三份只有一張紙，字跡潦草難辨，而且又小。

湘恩說：「我只是大概瀏覽，解出開頭幾個字而已。」

「見鬼……」菲茲羅伊輕聲說。他急忙在口袋裡掏來掏去，摸出塗得灰黑、有白色潦草線條的紙張，放在信封那張單一紙張的旁邊。「陰與陽。」

菲茲說：「威爾在約我見面的電郵裡寫著，他昨天才到這裡，這摘錄寫在旅館筆記本上，所以應該是在抵達後才寫的。沒多少，他便和湯普森一起前往演講場所。他很可能把這個帶在身上。」

揚恩腦子裡有個想法，但很難捕捉清楚。沒有裝訂在一起的鬆散紙張讓他想起……

「或者，他把這和演講稿與原稿放進信封，直接寄給他老闆。」

湘恩的話不無道理。但是揚恩發現，她的臉色比之前還要蒼白兩級。

菲茲說：「有必要確認一下。」湘恩翻閱演講稿時，菲茲在手機鍵入號碼。等了一會兒。

「您好，我這裡是菩提大道莊園旅館。我從昨天就在等貴旅館客人威爾．坎特的包裹，他的房號是七五六。他昨天下午有沒有交給你們一個信封送過來？」

揚恩聽不見電話另一端的人講了什麼，大概是「請稍候，我為您詢問一下」之類的。揚恩飛快翻著原稿，有很多文字、示意圖、圖表、公式，內容與經濟學有關。他第一眼能理解的就這麼多了。最後幾頁的字印刷得比較小，密密麻麻，姓名、文章、書名、頁碼、年份等數字。他知道這是文獻引用來源。

「好的，謝謝您。」菲茲收起手機後說：「威爾昨天根本沒有透過旅館快遞包裹。」

湘恩說：「城市裡有很多快遞服務。」她仍舊埋首在筆記中沒有抬頭看他。她將索引卡片一張張疊成另外一堆，速度快得不可能閱讀內容，頂多瀏覽一眼，手機拿在卡片上方。她不是將內容拍成照片，而是影片。就剩最後兩頁。

「還真謝謝妳的關注呀。」

她收好手機，又一張張翻回去，沒有閱讀內容，而是按照原來順序依樣整理好。

菲茲問：「妳在陌生城市會把這種任務交給快遞公司還是旅館的人？」

湘恩整理好了。她站起身，表情更加冷硬，臉色也更蒼白。

「旅館。」

「沒錯，我們都會這樣做。」

揚恩應該會親自跑一趟。他身上腫起的地方陣陣刺痛，伸手揉了揉。忽然間，他知道自己在哪裡看過這些紙張了——

翻過來的車頂。

鐵砧下巴，拿著打開的公事包。然後是汽油味，以及要把他拖進火裡的手……

距離莊園旅館兩百公尺前，即使旋轉藍色警示燈、打開警笛，幫助一樣不大，車道全被前往參加示威活動的人群阻塞。雍恩直接停車，瑪亞跳出車外，最後幾公尺乾脆步行。說步行誇大了點，應該是擠過人群，有時候簡直是被推著前進。旅館前，他們必須通過安檢。有位穿著保全公司制服的女子飛快瞥一眼雍恩的制服，就直接放行了。

瑪亞向櫃檯人員出示證件，對方立刻打電話給旅館經理。這時候，瑪亞雙眼巡視著從櫃檯處看得見的大廳部分。有姍姍來遲用早餐的人，也有人一身晨跑運動服，還有些人穿著舒適、心情愉快正要離開旅館，探索這座城市，也見到西裝筆挺、或穿上自己國家傳統服飾要去參加高峰會活動的人。

「警官。」一位年約四十五歲的西裝男士在她旁邊說話，應該是巴伐利亞或奧地利人。「我是愛德溫．克羅伊策，旅館經理。」有位略顯年輕的男子與他同行，一頭亂髮，肩膀與身上西裝外套相較之下顯得太寬。「這是我們其中一位保全主管。」

瑪亞問：「那兩人在哪裡？」

「他們幾分鐘前離開了。」

瑪亞嘲諷說：「你大概不知道他們去哪裡了。」

「很抱歉。」

「不過，他們也不可能大剌剌走進這裡，只是為了喝杯咖啡吧？他們要做什麼？」

「他們與人有約。」

「對方是誰？」

克羅伊策顯得支支吾吾。「無可奉告。」

「不能說還是不想說？」

差勁的說謊者。

瑪亞說：「你知道對方是誰。看來是旅館的房客。」

經理別過臉。

「你一定清楚，我們不會為了雞毛蒜皮的小事草率發布搜索令吧？我也可以因為妨礙公務而將你請到局裡。」

克羅伊策衡量得失。

「我沒有時間搞這些小把戲。」瑪亞吼道。「我必須知道那兩個男人和誰見面，又去了哪裡！」

根據旅館經理的行頭判斷，他應該想要呈現出實業家或投資銀行家的形象。但無論是那一頭往後梳的黏膩油頭，還是身上的西裝，仍不符合他心目中設定的形象。

「我怎麼知道呢？」他沒好氣地說。

「他們和誰見面？」

克羅伊策說：「很抱歉。若沒有搜索票，我幫不上忙。我們旅館有許多位高權重的貴賓投宿，保密對他們而言十分重要。」

雍恩這時開口說：「瑪亞，既然旅館經理說……」

「他們兩個很有可能是謀殺嫌疑犯，現正在你們旅館裡走來走去。」瑪亞打斷他。他到現在仍舊沒辦法成功當她的「監督人」。「要是你位高權重的尊貴客人忽然倒地身亡，你要怎麼向他們解釋呢？快說，他們兩人和誰見面？往哪裡去了？有監視器嗎？」

克羅伊策嘴唇緊閉，避開她的目光。最後他說：「我會被妳害慘。」

# 55.

菲茲拿走揚恩手中的原稿，開始翻閱，湘恩在他旁邊一起看。他們大概看了一下目錄。

「決策論中的時間意義——情緒是理性的——成長公式——例子：五〇年代至六〇年代的經濟大繁榮。」

至少有七十章！

「公司理論的效果——保險業的效果——退休金系統的效果——金融業的效果。」

湘恩驚嘆道：「真是驚人的『小題大做』啊。」

「——利率與中央銀行的影響——辨別詐欺的影響——解決衝突的影響——人工智慧的影響。」

「沒錯。」菲茲說，同時繼續翻到摘錄。

論文開頭的總結寫得通俗易懂，湘恩不到兩分鐘就讀完了。

「哇喔。」菲茲在她旁邊低呼。

沒錯。湯普森和威爾讓自己深陷險境了。他們顯然以某個倫敦數學實驗室的物理學家論文為基礎。倫敦那邊想要找出現代經濟學理論基礎中一個錯誤計算，這個錯誤延續了三百五十年。

菲茲手指著那個段落說：「可能嗎？」

「沒概念。」湘恩承認說。

倫敦人將他們的數學基礎論文提供給幾個領域，湯普森和威爾最後將之發展成鉅細靡遺的理論與初步的政策建議。

**政策簡報。**

「這個成果讓他們交到的不只是朋友。」菲茲讀完摘錄後喃喃說。「至少湯普森至今的粉絲不會開心，例如泰德．霍頓。」他乜一眼湘恩。

「那些到底和什麼東西有關呀？」揚恩耐不住性子想要知道。

「和一切都有關。」雖是回答，但湘恩毋寧是對自己說的。「人類的觀點、正確的決定、社會組織、合理財富分配、利己主義、公司經營、解決衝突……」

菲茲補充說：「如果他們兩人沒有計算錯誤，這結果將會撼動主流社會觀點與經濟概念的地基。這個好湯普森在晚年可能還想再當一次革命家……」

湘恩快速往前翻回幾頁，直到出現一幅分岔的線條圖，像某種樹。

**決策模式與效用函數。**

她閱讀相關文字，菲茲在旁邊也跟著一起讀。然後，他問：「你們經濟學家真的都這樣計算？」

湘恩回答：「如果我沒記錯的話。」她其實想要把文件放回去，趕緊赴會。但是她實在太好奇了，幾分鐘的時間她還有。「這裡數學對我來說太多了。你有看出什麼嗎？」

菲茲輕聲說：「非常清楚。」

「我什麼都不清楚。」揚恩操著德式英語插嘴說。湘恩差點忘了他。

菲茲解釋說：「這裡討論的是人類下決策的模式。我們今天談過預期效用了。經濟學家以數學列出一個決策的所有可能結果，計算它們的平均值——在更先進的理論中，計算的不再是結果的平均值，而是機率的平均值，甚至是機率的導數。這一切很複雜。」

「聽起來很複雜沒錯。如果我要取得所有可能結果的平均值，是不是就像你昨晚的擲銅板那樣？總體平均值？」

這兩個人在講什麼？

「正是！當然，那完全是無稽之談。就像你站在十字路口，可以同時往各個方向前進；或者取道各條路的某個平均值，不管那是什麼。但那明顯不可能。」他不可置信地搖著頭。「因此，我剛問湘恩，是不是他們經濟學家真的都這樣計算。而湯普森與威爾研究的另一種決策模式是，假設人類是透過時間平均值而優化的。」

「我們也是啊。」揚恩說。「所以你要決定出一條路，在下一個十字路口再來一次，以此下去……」

「你都懂了。人生是由**一連串**的決定組成，在下決定時，仰賴的只有過去的經驗。」

揚恩顯然為自己都懂了感到驕傲，他又試了一次。

「**時間**平均值得出的結果和**總體**平均值完全不同……了解！」

菲茲轉向湘恩說：「清楚嗎？我覺得利用數學來論證，很有說服力。」

「那麼他們很可能是對的。」湘恩邊說邊翻到下一頁，上面有比薩斜塔的圖。「湯普森和威爾認為主流的經濟模式就像比薩斜塔。斜塔在建造時因地基不均勻而傾斜，建築師於是將上面幾層蓋得更加垂直一點，希望讓塔回正。他們想要平衡歪斜的根基，卻是在錯誤上堆積錯誤。因此比薩塔不僅傾斜**而且**還歪的。」

菲茲說：「湯普森和威爾主張，同樣的情形也發生應用效用函數與均衡理論的經濟學上。」

湘恩說：「對一座塔來說還沒有那麼戲劇化，但對於現代經濟學支柱與某些政治理論而言，就相當戲劇了。」她眼睛往上看。「湯普森和威爾顯而易見會推翻部分通用的經濟理論，也就是拆掉斜塔，另外開始造一座新塔。」

「也該拆了。」揚恩說。「反正老舊的塔本來就沒用，既不能預言最新的危機，也不能阻止持續失衡。」

湘恩說：「很多人不會樂意見到這種改變。傳統經濟學家因循守舊，忠心耿耿信仰自己的神聖經典與先賢論述，就像創世論者信仰聖經一樣。」

揚恩：「這些人會不開心到想要殺死湯普森與坎特嗎？」

「下手的不是經濟學家。」菲茲若有所思說。「很有可能是從主流情勢受益最多的人。根據湯普森與坎特認為可用數學來反駁這些人運用的模式。」

「湘恩．達爾利。」接待櫃檯一位年輕人簡單查詢電腦後回答。「是她預約的。」

「她是房客嗎？」詢問的目光望著克羅伊策。

他點頭。「是的。」

「她在嗎？請你查一下她最近什麼時候使用房卡。」

目光再度飄向克羅伊策。他點頭。

年輕人說：「幾分鐘前才使用過。一共三次，第一次開啟泰德．霍頓的頂樓套房，然後從樓梯間回到專屬套房區，打開她自己的房間……」

「等等！她有兩張卡？」

「是的。」年輕人看了克羅伊策一眼後說。「一張是旅館頂級尊貴套房，主房卡由泰德先生持有，另有幾張卡分給他的工作人員。達爾利女士使用的卡，二十分鐘前開啟套房。三分鐘後，她自己房間的房卡打開專屬套房區的樓梯間……」

「他們有自己專屬的區域……」

「……是可以獨立出入與居住的套房。」克羅伊策解釋。「這種套房十分受到阿拉伯大家庭的歡迎。高峰會期間，由泰德．霍頓租下。」

「……兩分鐘後，她開啟了自己的豪華套房。」櫃檯人員把話說完。

「為什麼經過樓梯間？」瑪亞問。「電梯壞了嗎？」

「沒有，電梯運作正常。」克羅伊策解釋。

瑪亞要求說：「給我房間號碼。如果她在，我要見一下這位女士。」然後對經理說：「請你一起來！監視器裝設在哪些位置？」

「旅館大門區、大廳、電梯。」克羅伊策苦惱說。

「請你的人員查看這半個小時的影片，找出那兩個男人消失在哪裡。我們走！」

# 56.

「有趣的觀點。」菲茲邊看邊喃喃自語。「在這個模式中，完全不存在各種偏誤。輕忽機率偏誤、損失規避的不理性、雙曲貼現……」

「**偏誤？**」揚恩口氣煩躁。「老兄，這東西對我們真的有幫助嗎？」

「偏見、非理性。」菲茲繼續說。「就以輕忽機率偏誤為例……」

「這種詞究竟是誰想出來的？」

「意思是，即使發生大型災難的機率微乎其微，人還是會把注意力放在大災難，而非出現頻率較高的小不幸上。」

「因為人習慣獵奇？」揚恩怏怏不樂說。

「不是，常見的解釋是，人會錯估機率，也就是說人是不理性的。」菲茲不為所動解釋完。「如果使用習以為常的決策模式計算總體平均值，致命風險只不過是眾多風險之一，例如墜機。所以應該少把心思放在上面，而是小心較為常見的危險，諸如日常生活中手指被電盤燙到，或者皮夾被扒等。然而，計算時間平均值時，你不可歸零。想一下農婦，她一旦歸零，便無法再靠自己力量爬起，最後就會餓死。所以，即使致命風險相當罕見，比起小麻煩，關注嚴重危險乃是人之常情，絕對不是不理性。」

「因為只要發生嚴重危險，我就沒有辦法恢復了。」揚恩理解說。「墜機的話，我就掛了；但小小的燙傷水泡幾天後就好了。」

「看這個。」湘恩指著那章節的引言。

「一旦使用了不完善的理性模式，許多其實是理性的行為也變得『不理性』、『偏見』或者『情緒化』。」

「這些想必有趣得要命。」揚恩不耐煩說。他一想到那些殺手竟在旅館找到他們，不由得一陣哆嗦。就算他們暫時擺脫了一個大塊頭，但對方再三出現，緊追不放，遲早找上門。如果他們發現他和菲茲待在湘恩房間，他們就等於深陷圈套。於是他催促：「我們能不能想一想這些東西和謀殺到底有什麼關連啊？」

但是菲茲早已興奮得往下翻閱，在一頁寫著看似複雜的公式和圖表停下。

飛快瀏覽。

他說：「就是這個！這就是威爾想透過農夫寓言解釋的！」他繼續閱讀，喃喃自語：「我理解為什麼……這實在……太酷了！」

「旅館裡有警察。」艾爾輕聲對著耳機通知隊員。「昨晚見過了，菲茲羅伊．皮爾旅館前那兩個。」

傑克不得不離開大廳後，只剩艾爾一人留在旅館內。傑克已經在莊園旅館對面就定位，其他人守在另外的出入口。揚恩和菲茲羅伊仍不見人影，所以一定還在莊園旅館裡。

便衣女警搭乘電梯往上，她穿制服的同僚在大廳等候。

艾爾耳機裡響起來電鈴聲。是委託人。

「任務改變。」那聲音說。「召回你的人，把車停在停車場，隨時待命。」

停車場？

「收到。」

結束通話。

揚恩偷瞟湘恩的秀髮，她的肩膀、耳朵、顴骨。湘恩目不轉睛盯著滿滿公式的紙張。

她說：「抱歉，我也不懂。」

也？和他一樣？或者她的意思是？

「難怪威爾這麼痴迷凱利的論文。」菲茲邊說，目光仍舊沒有離開計算方式和文字說明。「他們只是冰山的尖角，六〇年的反對派經濟學家並未看出這點。」菲茲說得急促。「威爾和湯普森以倫敦數學實驗室中物理學家和數學家的論文為基礎進行研究。凱利只是遍歷原則的**一種**形式，遍歷原則可以回溯到一八七〇年代著名的奧地利物理學家路德維希・波茲曼，以及美國科學家吉布斯和蘇格蘭物理學家馬克士威的研究。」

「現在換物理學家上身了。」湘恩對揚恩評論道。

揚恩覺得菲茲的狂熱令人神往，他都忘了剛才的憂懼。揚恩問：「遍歷？不就是和擲銅板時不同的平均值一樣嗎？」

「遍歷性，是的。」菲茲訝然抬頭，彷彿忘了有揚恩這個人。「聯想得很好。或者，也可以說非遍歷性。不過，這原則不僅像凱利方程式一樣有助於優化，」他低聲說，又埋首於原稿，「也能建構出全新的經濟理論。倫敦人也因此發表了論文，湯普森和威爾就是以此為基礎：《合作的演化優勢》。我等下會以農夫寓言解釋。」

他拿手機拍下幾頁，然後從書桌上取來旅館筆記本。「這裡提出的，是一個基本原則的數學證明。數千年來，許多人都相信這原則存在，是的，也就是本能**知道**，但是始終沒有提出數學證明。那原則就是：與不合作相比，合作的優勢所在。不合作也可以替換成競爭、比賽，你想怎麼說都可以。不過，要理解這些公式，最好先讀個幾學期的物理和數學。而威爾想利用農夫寓言，讓門外漢也能了解。」菲茲拿出他原來畫的圖，放在書桌上。

「菲茲。」揚恩打斷他的熱情。「菲茲羅伊……我們不應該晚點再……」

「為什麼？」菲茲特意問得冷靜。「我們在這裡很安全。有誰會想到我們在湘恩・達爾利房裡？」他的手指重重戳著圖畫。「目前這個非常重要。至少對我來說是如此。」

「也讓我十分好奇。」湘恩站在他那邊說。「我也現在就想知道。」

「好的。」菲茲又開口說。「我們這裡有安、卡爾、比爾和妲娜，他們全都從一株麥穗開始。

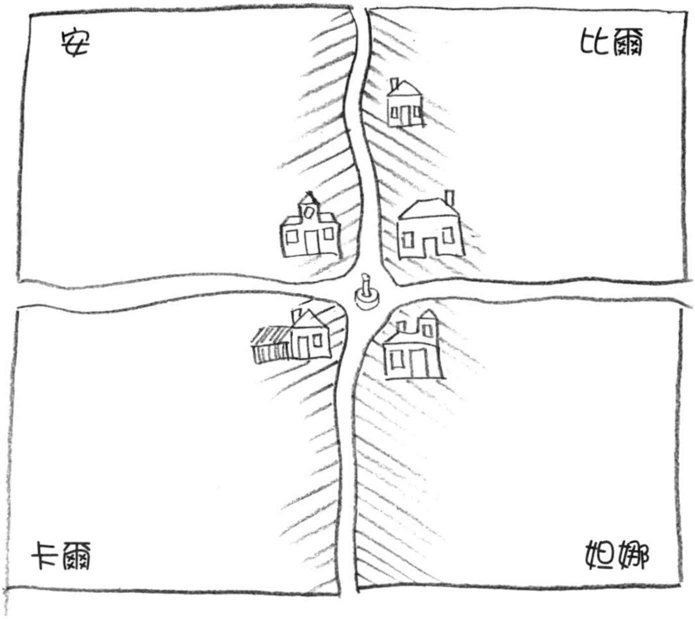


第一年，田地在村子西邊的安和卡爾，一株麥穗各種出兩株；東邊的比爾和妲娜，各自的一株則是種出了四株。

「卡爾和妲娜一共掙得六株麥穗。現在他們將麥穗集合起來後，重新分配……」

湘恩問：「分配給兩人？他們是共產主義者嗎？」

菲茲說：「不是，別急。」

「這是傳統的再分配。」湘恩堅持說。「你從富有的妲娜身上取走東西，給了比較窮的卡爾。你人真好，真有同舟共濟的精神，至少是與卡爾休戚與共。但是，妲娜有何理由要參與？出於博愛嗎？」

「因為她很精明，甚至是自己促成合作的！長遠來看，這樣做反而兩方皆獲益，既能夠減少歉年時欠收的風險，也能增加豐年時的收成機會。數學上來說，他們因此降低消長，有助於成長。你們看這裡！合作的農夫，聽起來就和德國的符立德里希・雷發巽的想法雷同。即使原因不同……」

揚恩問：「這個人又是誰啊？」

「你們在學校都學了什麼呀？」菲茲反問。「算了，繼續。我們將第一年卡爾兩株和妲娜四株的收穫加總起來，一共有六株。平均分配的話，每個人拿到三株。

「隔年，西邊田地的安和卡爾收成增加三倍。所以安從兩株變成六株；卡爾由於豐年時在田裡播下更多種子，也就是三株，增加三倍即成了九株！」菲茲拿起筆。「所以他的獲利比沒有與人合作的安還要好。」

他又畫了起來。「但是，東邊的比爾與妲娜卻是歉年，收成數量和播種數量一樣。他們的增長係數是一。

「比爾四株麥穗一樣是四株，妲娜的三株仍舊維持三株。」

「等等！」揚恩要求說。「不要算太快！我再看一下。」他的目光緩緩在圖畫上移動，從第一年的麥穗、加總的麥穗、分配的麥穗，第二年的成長，他全都一一計算一遍。「真的耶！」他最後確認說。「卡爾和妲娜一共收穫了十二株麥穗！安和比爾第二年一共只有十株！」

「可是妲娜現在只有三株。」湘恩反駁說。「她本來應該要有四株的。」

「沒關係。他們現在又合併麥穗，平均分配。抱歉，是**重新**分配。」菲茲嘲弄地看了湘恩一眼說。「這樣他們兩個一人有六株麥穗。」

他一樣在紙上又隨意畫出麥穗。

「妲娜現在的收成比之前三株還多，也多於比爾同一時間收穫的四株。」

揚恩努力要跟上。他目不轉睛盯著圖畫，一起跟著計算。太驚人了！

湘恩似乎也大吃一驚。她興奮地喃喃說：「那……我們繼續計算！」

菲茲畫得飛快，堪比昨晚在酒吧裡計算與填入分數的速度。

「每年整合收穫後再平均分配。」他喃喃念著。

「三年後，卡爾和妲娜各有九株。」湘恩繼續說。「那比同一年安的六株與比爾的八株還多。」

「四年後，卡爾和妲娜個有十八株，威爾的寓言一開始就講到了這點。」菲茲計算完畢。「沒錯！就是這樣！」

他們全都盯著紙張。

湘恩說：「太吸引人了。他們個人年成長率雖未增加，卻透過合作提高了總體成長，因此收穫比安和比爾還多。」

「真讚。」揚恩說。「那現在呢？」

「必須要先消化一下它會引起的後果。」湘恩輕聲說。「根據傳統經濟學，要提升總體成長、更加富裕，人人必須更加努力；或者必須創新科技，提高生產力；否則就是透過人口成長；還有便是透過資本累積。」

「資本——什麼？」揚恩問得很不耐煩，不過他又揮揮手。現在他完全不想知道那是什麼。

「農夫寓言顯示，我們若能更加合理分配資源和獲益，在**同樣**辛勤耕種、沒有新科技輔助與其他傳統因子的影響下，一樣能提升總體成長。」

「或是少做點工作，以達到像安和比爾一樣的收穫。」菲茲說。

「經濟學家一直猜測財富分配和成長之間有關。」湘恩喃喃說。「現在有了數學佐證。」

湘恩不再作聲。菲茲默不作聲。

揚恩也不發一語，仍在計算著。

「現在我明白為什麼有人想殺害湯普森和威爾了。」湘恩低聲說。「這會改變既有一切！」

# 57.

瑪亞神情不耐盯著電梯的樓層顯示屏。貴賓套房區專用的一座電梯緩緩往下要到大廳，但彷彿永遠下不來似的。雍恩在大廳守著其他電梯，免得湘恩·達爾利、揚恩·吳特、菲茲羅伊·皮爾出現；或可以即時拿到保全人員在監視器影片上的發現。

「泰德·霍頓是誰？」瑪亞低聲問經理。

「美國一位投資家。」經理回答得更小聲。「身價不只億萬的超級富豪，還不到五十歲。」

「湘恩·達爾利呢？」

「他的工作人員。他們定下了尊貴套房與十一間豪華套房與房間。」

也就是說包下了豪華旅館的整個豪華樓層。想到能夠刺激上流社會的人，瑪亞不由得一陣欣喜。或許柯斯特里茲派雍恩在她旁邊監督是對的，但他其實應該派別人來。

電梯終於抵達一樓。

# 58.

揚恩問：「會改變什麼？」

「我該從哪裡說起呢？」湘恩咕噥說。「就是：所有一切。這裡寫的內容將會撼動我們現代社會關鍵觀念的根基！這是革命！」

揚恩沒想到這女人竟也會慷慨激昂。

「這是首次證明合作比不合作或競爭更具優勢的**數學證據**。」菲茲冷靜重複一次。

「以前都沒有嗎？」揚恩天真問。

「我們平常不是一直聽到競爭是促進成長、增加財富的最佳途徑嗎？」

揚恩回答：「有人說：『整體大於各部分的總和。』」

「那只是種說法，僅止於此。」菲茲低喃說。他敲敲原稿。「而這是**數學證據**。」

揚恩說：「呃，是的。」

湘恩解釋說：「我們西方民主社會建立在安和比爾的理念上。」她現在也和菲茲一樣冷靜專注，其他情緒似乎全被抹掉。「每個人在能力所及範圍內照顧自己，除非別人做不到，才會伸出援手；但也有可能視而不見。人唯有在團隊合作才能完成事情時，才會共同做事。或者，即使如此，也不見得會合作。如果我無法獨力前進，家人或朋友會鼎力襄助；他們若是無法解決，鄉鎮單位會接手；鄉鎮單位做不到，則由邦出面協調配合；連聯邦都無能為力的話，國家就會解決。此外，歐洲還有歐盟，全球還有聯合國組織。這叫做輔助性原則。」

「你們老是說出我沒聽過的外來字，而且說的還是英文。」揚恩傷腦筋說。

湘恩繼續說：「可以說我們把這原則設定為社會制度的**基礎**態度，由其決定我們身為社會群體應該做什麼，以及該怎麼做。」

菲茲總結說：「簡單說，就是人人為己，除非……」

湘恩指著他的圖畫。「倫敦人的公式與這個例子指出，作為社會制度的基礎態度，我們應該採取相反的作法才有意義：也就是所有人彼此合作，除非……」

「除非什麼？」

「這就是湯普森和坎特的研究。」菲茲亢奮翻閱著原稿。「顯然易見的是：除非有人不想參與，畢竟合作本來就是自願的；或者是，除非有人想欺騙他人，只想不勞而穫；或是透過『優化』稅制，甚至是逃稅等，只願意付出一點點；再不然就是制定圖利某些人的稅務模式。」

「圖利有錢人。」揚恩懂了。

他們望著菲茲的圖畫陷入深思。

「經濟學中盛行的平衡經濟典範，也就是均衡理論典範，頓時顯得陳舊過時了。」湘恩思索著說。

「我們昨晚討論過這個。」揚恩想起來了。湘恩興奮的情緒甚至也感染了他。「要給某人東西，不可能不拿走另一人的東西。」

湘恩說：「這樣說有點簡化了。不過這裡的內容證明了相反的觀點。透過合作與分享，大家最後的所得，會比安和比爾只因利己而獲得的結果還要高。重點並非努力追求平衡，而是持續的動能。」

揚恩說：「**典範轉移**。威爾的筆記上面寫的。他畫的那些宇宙觀圖，地球中心說轉移到太陽中心說。」

「威爾的意思應該正是如此。這些論文代表了我們對人類與社會概念的典範轉移。」

湘恩說明的時候，菲茲又畫了一個圖。這圖更加明確解釋卡爾與妲娜的合作優勢。

菲茲說：「很棒的是，卡爾和妲娜不太需要為了增加收益而超量工作。」

「不太需要？」揚恩說。「是完全不需要。」

「還是稍微要做一點。」菲茲糾正說。「他們需要協調分工，確保兩人也能長期合作。」

湘恩解釋說：「這會出現交易成本。尤其農夫超過四個以上、處在複雜的社會、國家、全球經濟當中，都會產生交易成本。」

菲茲說：「人類因此發展出組織與職務，負責分配，因此有市場、政策，在公司裡有經理人。」

揚恩不同意，說：「但是那根本都沒有正確運作啊。就是那些分配者，什麼銀行、商人與經理的，拿走大部分的種子，也就是錢，而不是落入農夫手中，讓他們可以種出新的種子。」

「你說得沒錯……」菲茲莞爾一笑。「但是，那無損合作原則的基本優勢，只不過要以不同方式組織，而非現……」

此時，房外忽然有人敲門。菲茲嚇了一跳，瞪著門口。

揚恩的心跳瞬間停止。不過，殺手應該不會彬彬有禮敲門……

「湘恩．達爾利？」外面響起一個女子的聲音。

「我是警察！可以和妳談一下嗎？」那女人用德語和英語各說了一遍。

# 第六個決定

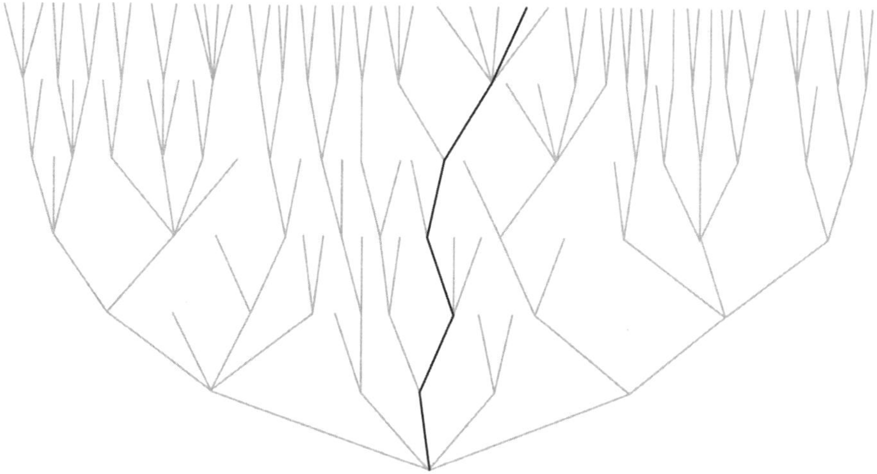

某些情況下，這個原理甚至容許小的單位摧毀複雜的結構。

——威爾·坎特

# 59.

瑪亞又敲了一次。

「達爾利小姐，妳在嗎？」同樣的話又以英語重複一次。

「請等一下！」裡面傳來回答。

瑪亞聽見高跟鞋急速走來。

門打開，出現一位年約三十的平面模特兒，穿著一看就知道是價值不斐的套裝，昂貴香水的柔和清香迎面襲來。

「警察？」達爾利以英文問，她露出困惑的表情。「有什麼我能效勞的？」

「請容我致上十二萬分的歉意。」經理立刻開口。「可是警察……」

「我們收到通報，妳不久前在大廳和我們正在尋找的兩位男士見面。」瑪亞打斷他，「他們是菲茲羅伊．皮爾與揚恩．吳特。」

「我……沒錯。」她訝異地回說，「為什麼要找他們兩人呢？」

「我們想了解妳和他們碰面的理由，妳是否知道他們現在人在哪裡？」

「好的，那麼……請進。」達爾利說完，讓到一旁。泰然冷靜，沉穩自制。她的態度告訴瑪亞，在乍看的迷人外表下，她十分堅強。

豪華套房裡有臥室和起居室兼書房，幾乎和瑪亞公寓一樣大。兩件襯衫和一件套裝外套攤在床上，衣櫃敞開著。除此之外，套房井然有序，整齊乾淨。從落地玻璃窗向外望去，莊園旅館寬闊的花園一覽無遺。

「我必須趕去高峰會。」達爾利解釋說。「妳要喝點什麼嗎？」

瑪亞說：「謝謝。我們馬上就離開了。」她不需要和這個女人耍什麼心機。

湘恩・達爾利說：「菲茲羅伊與揚恩，我和他們兩位在大廳喝了杯咖啡。皮爾今早聯絡我，想要談談一位共同認識的朋友。」

「哪一方面？」

「這個老朋友曾經和我談過的話，在幾個月之前，專業方面的話題。」她手一擺，「沒什麼有趣的，講金融和經濟。」

她斜眼瞥了昂貴的手錶一眼。瑪亞不讓自己受到影響。

「金融和經濟。」瑪亞複述一遍。「真有趣。你們該不會剛好提到了賀柏特・湯普森吧？」

瑪亞說出湯普森的名字嚇到她了嗎？還是沒有？

「諾貝爾獎得主？昨晚可能過世的那個？」

「可能？」

「難道說警方後來證實了他的死亡？」

「沒有。」

「我們為什麼要談到他？」

「只是個問題。」

她又瞥了一眼手錶。

「揚恩・吳特與這位妳和皮爾共同的熟人有什麼關係？」瑪亞問。這女子感覺不太對勁。太圓滑、太專業、太從容不迫了。不過，身為億萬富翁特助小組的成員，或許必須如此。

「我沒問過。我印象中他什麼話也沒說。大概只是陪菲茲羅伊來吧？」

「這位共同認識的熟人是誰？」

「一個叫做威爾・坎特的人。」

皮爾和吳特昨晚闖入的就是這個人的房間。瑪亞很清楚，要欺騙別人，最好盡可能說出實情。湘恩・達爾利或許也知道。

她問：「威爾・坎特現在或是之前在柏林，妳知道嗎？」

「菲茲羅伊告訴我後才知道的。我好幾個月沒見到威爾了。」

「妳知道他們兩人在哪裡嗎？」

「不清楚。我比他們早離開大廳。為什麼急著找他們兩人呢？」

也許她必須嚇一嚇這女人。「因為謀殺。」

達爾利果然臉色一變。

「謀殺？誰被殺了？」

瑪亞決定放手一搏。「賀柏特・湯普森。」

「我以為那是意外！」

瑪亞說：「媒體是這麼報導沒錯。」

湘恩・達爾利說：「不過，那兩人若是真與此事有關，不會光天化日走進市中心的高級旅館。」

她什麼都有答案。看來暫時套不出什麼了。瑪亞遞給她一張名片。

「謝謝妳。如果妳想起什麼，或者他們兩人又出現的話，請給我個電話。」

「我不會再做一次了！」湘恩耳朵貼在門上聽了兩分鐘後噓聲說。揚恩和菲茲站在敞開的浴室門口，那堆紙夾在菲茲腋下。

「謝謝。」菲茲又說了一次。

她說：「我應該直接把你們和紙稿交給她，把一切講清楚。」

「那會有什麼用？」菲茲不認同。「什麼用都沒有！我們只能主張這些紙稿來自泰德・霍頓的保險箱，但提不出證明，更無法證明威爾的筆記也在裡面。而這是唯一的連結。」

「**可能的**連結。」湘恩糾正說。「我受夠了。我得趕緊出發，離開前必須先把紙稿放回泰德的保險箱，否則他會心生懷疑。」

「可是……」

「沒有什麼可是。」她拿走菲茲的紙稿，抽出他的畫，把其他塞回信封。「我應該早就抵達高峰會。泰德・霍頓一定覺得疑惑了。」

菲茲說：「這份論文一旦發表，他反正都會覺得奇怪。」

「我現在要走了。」她張開手伸向菲茲。「請把房卡還給我。」

菲茲把房卡還她。

「為避免門外還有人，等我離開十分鐘後，你們再消失。」

終於！揚恩簡直等不及要離開這裡！

「妳現在打算怎麼辦？」菲茲在她背後問。

她聳了聳肩，沒有轉身，也沒有停下腳步。「不知道。」

瑪亞和雍恩跟著經理，走進旅館接待櫃檯後面第二個房間，裡頭有兩個男人坐在好幾公尺長的眾多螢幕前面。每人各監看二十個螢幕，螢幕微弧形分成兩排，上下各十個。

「找到了什麼嗎？」克羅伊策問。

「這裡。」其中年紀較輕的那個指著自己正前方的螢幕說。「他們在大廳與達爾利女士喝咖啡。」

克羅伊策把影片快轉，螢幕上三個被拍者坐立不安，站起來，招呼服務生過去，交談，與湘恩．達爾利道別，吳特和皮爾留下，買單，又和服務生講了一下話，然後又站起來。

保全人員指著相關的螢幕解釋說：「他們往大廳後面走，然後消失在樓梯間。」

「媽的！」瑪亞咒罵一聲。「那邊也安裝了監視器嗎？」

「沒有。」

「到湘恩．達爾利房間的走廊呢？」

「只有電梯裡有，電梯之外就是房客的私人領域。」

克羅伊策補充說：「何況是專屬套房區。私人領域在直達電梯裡就開始了。」

「你們的套房區有另外的電梯？」雍恩簡直無法置信。

克羅伊策得意地說：「給專屬套房區使用。」

瑪亞說：「我們必須再上去達爾利的房間，還有泰德．霍頓的套房也要。」

「為什麼要去那兒？」克羅伊策腦中警笛大響。

「因為達爾利之前去過泰德．霍頓的套房，或許菲茲羅伊和揚恩現在在那裡。」

雍恩提醒她說：「我們必須謹慎行事。」

「就像你昨天在占屋者那裡一樣？」瑪亞又對克羅伊策說：「走，我們上去！」

經理抗議說：「但我不能就這樣讓妳進入套房區！」

瑪亞厲聲問：「但是潛在的兇手卻可以？」

「妳想看一下別人嗎？」螢幕前的保全人員打斷她說。

這傢伙在講什麼？

「什麼人？」瑪亞粗暴問。

# 60.

湘恩把信封按照之前拿出來的樣子放回原位。她仍舊拿不定主意，不知道該拿這件事怎麼辦。湯普森和威爾的原稿究竟是怎麼落入泰德手中？湯普森是多年的顧問，有些人甚至可能稱他是個朋友。他有什麼理由不該把原稿給泰德呢？但那張寫得潦草的皺巴巴紙張讓她頭痛不已，菲茲羅伊和揚恩在威爾的旅館房間發現了有它印痕的紙。菲茲羅伊的問題合情合理。它究竟怎麼到泰德手中的？況且還是和兩個男人的原稿與演講筆記放在一起，而這兩人在前一晚死亡。若是菲茲羅伊和揚恩的話是可信的，他們甚至是死於謀殺？

可是他們兩個人沒有證據能夠佐證這個說法，遑論這個故事的其他部分。所以不排除有其他可能的解釋。

那張手寫紙是唯一新加入的。菲茲羅伊在原稿中找到那則生動的農夫寓言出處，可以研判兩個文本的作者可能有關。那張潦草紙的源頭或許真的來自於威爾，然而誰知道菲茲羅伊和揚恩怎麼弄到手的？威爾是菲茲羅伊的老朋友，說不定他們不只是約好見面，而是見過面了。也可能菲茲羅伊到威爾旅館見他，偶然發現了那張紙。他知道這個觀點的重要性，所以尋找原件？不惜杜撰殺手和泰德涉入謀殺的複雜情節，就為了拿到資料？不，她六神無主，不知道該相信什麼，腦子不斷反芻這些念頭，她趕緊走向專屬套房區的直達電梯。她心事重重按下電梯門旁的按鈕，電梯門無聲滑開。

「哈囉，湘恩。」電梯裡的男人柔聲說。

全身血液頓時衝上湘恩頭部。「你在這裡做什麼？」

他一根手指放在嘴唇上。「噓，安靜。」

# 61.

揚恩問：「現在呢？我們現在怎麼辦？」

菲茲仍在研究他的圖畫。「就像湘恩說的，我們再等幾分鐘。」菲茲說完又埋首紙張繼續研究。

「這個例子，也能駁倒我們聲名狼藉的前首相柴契爾夫人口中同樣聲名狼藉的名言：*There is no such thing as society*。」菲茲又說。「所謂的『社會』並不存在。」

「你再這樣搞下去，我的社會裡馬上就不會有你了。」揚恩氣憤地吼說。「我要離開這裡。這些東西我一點兒興趣也沒有！」

「但你應該要關注的。」菲茲心不在焉回答，拿起一支筆。「哇，她說錯了。」

這不會是真的吧！這傢伙若還要活在他莫名其妙的世界，揚恩就必須自己面對現實。他的目光在套房裡胡亂遊走，赫然發現沙發上有個手機。

他說：「湘恩落下了一支手機。」

菲茲沒有回答，而是在「卡爾＋妲娜的合作優勢」旁邊畫了個括號，然後寫下兩個詞：

「Society. 社會。」

「有了，社會！透過合作創造的額外財富。**只有**透過合作，才可能達到！也就是透過社會。」

「那我們兩個或許應該開始合作一下！」揚恩氣呼呼地吼道。

「我們現在怎麼辦？」

菲茲說：「我們昨晚就合作了呀。老實說，我覺得還不壞。你看看我們查出了什麼！」

「你真的腦筋不正常！難道你只對那些公式有興趣嗎？剛才警察還因為謀殺在找我們耶！還有……」

「你也太誇張了。她不過想要刺激一下湘恩。而這個……太了不起了！」他拍下圖畫的照片，打字。「我把這些都寄給妮達和金。她們一定也會感興趣的。」

揚恩想，「我懷疑妮達是對你感興趣吧。」

「接下來更加矛盾！」菲茲難掩興奮。「現代經濟學認為人是自私的利益最大化者，也就是經濟人（*homo oeconomicus*），講的……」

「菲茲！」

「菲茲羅伊……講的是，人的所作所為全是為了增加個人優勢。資本主義由個人利益驅動，由貪婪所驅使。」

揚恩大喊：「我才不是被貪婪所驅使，而是極度關心不要被條子給關了！」

菲茲註解說：「所以是對自由的貪婪。」

「還有那些殺手怎麼辦？他們也不可能隨便窩著，無聊得轉拇指吧！」

「沒人猜得到我們在這裡，待在這裡很安全。」

菲茲目不轉睛看著他自己畫的圖。

「在威爾的例子中，安和比爾受到貪婪驅使，每個人只想到自己。但人類不是這樣的。至少不只是這樣。人一樣也會捨己為人、自我奉獻、有同理心，他們會幫助……」

揚恩嘲諷說：「聽起來就像我們的灰衣殺手老友呀。」

「農夫寓言顯示：**因為貪婪**，所以人要**合伙與分享**！」菲茲大喊。「貪婪是好的！」他念著，「貪婪是正確的！你記得嗎？八〇年代的指標性電影《華爾街》。」

「老兄！」揚恩嘲弄說。「我都還沒出生呢。」

「這連《華爾街》電影裡的主角哥頓・蓋柯可能都沒想到呢！」菲茲朗聲大笑，一邊摺起紙條收起來。「想要長期取得更多成就，就不可以試圖欺騙他人，或者掠奪他們的東西。真正要貪得無厭，就必須給予他人物品。同舟共濟、捨己為人或者社會福利，並非浪漫的想法。沒有感情的理性數學證明：長遠來看，那些是對所有人更好的交易。」

「最好的交易是現在和我一起閃。」

「把手放在頭後面，不要亂動。」

揚恩體內火山爆發。

門口與他們之間，杵著一個高頭大馬、體格強健的人，穿著深色西裝與領帶，臉部有稜有腳，三分頭，耳朵塞著幾乎看不見的耳機。

他右手塞著一把手槍，正對準揚恩；另一手舉在同樣高度，拿著手機。是昨晚開始追殺他們的那些人的平民版，他後面還有兩個同類。

他媽的！

媽的、媽的、媽的！

# 62.

菲茲丟下手機，雙手放在腦後。
揚恩跟著他的範例動作。
「別想亂來。」那個頭兒說。「我們現在要將你們上手銬，交給警方。」
兩個男人抓住揚恩手腕，熟練扳到他背後。
「至少不是那些殺手！」
菲茲說：「理由是什麼？我們什麼也沒做！」
揚恩諷刺說：「你可以向他解釋你的合作理論，也許能說服他對我們好一點。」接著又噓聲說：「你為什麼就是不聽我的？我們早就該離開了。安全個屁！」
他感覺到狹窄又堅硬的銬環輕輕咔地縮緊，最後陷入他的皮膚。
「放開我！救……」
他才剛開口，便有個人往他兩股間一抓，用力擠壓。一陣錐心刺骨的苦痛從他的下腹、胃，一路竄到脖子，呼救聲瞬間逸失為悲慘的嗚咽。他快要吐了。但那人又一擠壓，另一波痛楚頓時貫穿全身。
「不要、妄動。」那個混蛋重複一次。
揚恩頻頻點頭。他痛得縮成一團，頭簡直要炸裂。
揚恩手腕又被綁上第二個帶子。
那頭兒說：「束線帶，綁得牢。」

另外兩人也依樣綁好菲茲，還取走菲茲的手機。

「我們是霍頓先生的保全人員，逮到你們闖入套房。在轉交給警方之前，我們有必要先把你們綁住。請過來！」

「我們才不是闖……」

「打開門使用的房卡在哪裡？」

「房卡……」揚恩正打算說。

該死！湘恩離開前要他們還回房卡。他的小腹依然刺痛著，快要窒息。

那些男人把他們推向門口，那裡還守著兩個人。

菲茲說：「很好！警方在這裡有一堆事情需要釐清。例如賀柏特．湯普森的演講稿，以及他和另一個作者所撰寫的新社會政策與經濟觀點的有趣書稿，這兩份資料怎麼會在泰德．霍頓的保險箱裡？還是在這兩位死於所謂的車禍意外後短短幾個小時？而泰德．霍頓不會喜歡那樣的觀點。」

揚恩彷彿隔著霧聽見一切對話。現在還擔憂軀幹裡跳動的刺痛。

「你儘管向警方解釋。不過，我不認為警方對政治或經濟觀點有興趣。即使可能性微乎其微，但如果警方真想或是獲許查看保險箱，也什麼都找不到。」

「那就在別的地方找。湯普森和坎特的電腦、筆記本……」

「你別期待能向警方說什麼天方夜譚了，根本沒有證據。」

菲茲和揚恩互看一眼。

揚恩認出菲茲眼裡的問題正是剛閃過他腦中的那個——

湘恩在哪裡？

# 63.

「發生什麼事？」

螢幕上，克羅伊策與四個員工，正在大廳裡和一個深色衣服的男子交談。對方體格壯碩，理光頭，戴太陽眼鏡。

雍恩說：「看起來像保全人員。」

「他也是這樣說。」克羅伊策回答。「揚恩和菲茲羅伊對服務生堅稱那個人使用武器，我們立即上前檢查。」

螢幕上畫面快轉，一群人手腳迅速擺動走向大門，臉色陰沉的彪形大漢走出旅館。

「他沒有表明身分，抱怨受到侮辱後便離開了。」

雍恩問：「你們就這樣讓他走？」

經理說：「他什麼也沒做。」

「然後呢，他有武器嗎？」

「一把手槍。保險沒開，套在皮帶槍套裡。」

雍恩說：「所以可能是個保全人員。」

「這個我們晚一點再調查。」瑪亞說。「先去霍頓套房，然後再找達爾利。」

「我不能允……」

「我也可以帶著搜索令和百名警力再上門。」瑪亞輕聲打斷克羅伊策。「你的頂級貴客會做何感想？」

雍恩正要開口講話，瑪亞立刻嚴厲瞪了他一眼，威嚇要他住嘴。他即使當個看門狗，也和當調查人員一樣無能。

她注視著目瞪口呆的旅館經理。

「我們不能……」

「我只說一句：數百名警力。」

「我們到底應該……」

「你會想出辦法的。」

「過來。」霍頓的保全人員命令，他的武器抵在菲茲羅伊肋骨上。「別亂動！」

菲茲問：「去哪裡？我以為你要把我們交給警察？」

「我們會的。」他說。

其他人把他們往前拉。他們頭兒留在原地打電話，菲茲羅伊聽不到談話內容。

菲茲羅伊問：「為什麼我們不在這裡等？」他感覺事有蹊蹺。

電梯門開著，正等著他們。那些人把他們拖進去，然後全擠了進來。電梯可載重十人，但是這幾個人多身形魁梧、肌肉發達，所以電梯變得很擠。

沒人開口說話，揚恩臉色蒼白地靠在牆壁上，剛才胯部那幾下仍疼痛不已。菲茲羅伊瞪著電梯門上的樓層顯示屏，二、一、地下一樓。電梯經過設有接待櫃檯與大門出口的一樓，繼續往地獄前進。

「警方在地下停車場接收我們嗎？」菲茲羅伊直覺不妙。

那頭兒問：「難道寧可要我們這樣子護送你們經過大廳？」

電梯停下，門打開。

湘恩正等在電梯前的走廊。

「我需要那兩人的影片副本。」瑪亞搭電梯往上的時候說。「那個行跡奇怪的保全也要。」

「我們不能至少公事公辦嗎？」經理冷靜地說。他們把雍恩留在監控室，以防萬一。

他們抵達套房樓層。門關著。克羅伊策按下門旁的電鈴，對著隱形麥克風說：「客房服務。」

他彎著腰、偏著頭等待。沒有回答，他再按一次。

「客房服務！」

「沒人在！」瑪亞很不耐煩。「請你把門打開！」

門扉宛如變魔法般滑向兩旁。

「真高貴。」她酸澀地說。

豪華起居室裡那整片大落地窗外的蒂爾加滕、布蘭登堡大門，全都躺在他們腳下。蒂爾加滕區黑壓壓地擠了許多人，至少三架直升機在空中巡邏，即使隔著套房的高級隔音玻璃，仍舊傳來螺旋槳的達達聲和勤務車的警笛聲。她聽見右邊響起咔拉咔拉的噪音。

她急忙穿越富麗堂皇的起居區，走向一扇玻璃門，門後是一間大辦公室，裡頭有個身穿西裝的年輕男子正把紙張塞進一個機器裡。這時他才注意到她。他還沒來得及反應，瑪亞已經把證件推到他面前。

她喊道：「警察！」

男人猶豫了一會兒，然後放鬆下來。

「我沒聽見妳的聲音。」他致歉說，比了比吵雜的機器。

瑪亞看出他耳朵裡有耳機，體魄強健、姿勢挺拔、胸部有特殊隆起，是西裝外套底下的槍套。保全人員。她收回證件。機器安靜下來，那男子撕下幾頁放在一旁信封上面的裝訂紙。瑪亞看見紙張上有文字和看似數學公式與統計圖表的東西。

「這裡只有你一人嗎？」

男子解釋說：「其他人去參加高峰會了。」繼續執行他吵雜的工作。

瑪亞飛快透過玻璃門看了隔壁會議室一眼。沒有人。

克羅伊策說：「抱歉打擾你了。」

「沒什麼，你也只是執行自己的工作。」男子邊回答，邊把下一疊紙張送進碎紙機裡。

監控室裡，莊園旅館其中一個操作人員快速倒轉前幾個小時的錄影，雍恩密切注視著畫面。螢幕上，黑衣客人從大門往回退、被克羅伊策和其他三人圍著、經理和他的同事倒退消失在畫面外、黑衣人站著好一陣子，最後消失在螢幕上。根據時間碼，他在那裡站了三十多分鐘。操作人員尋找相關監視器的連接場景，看見黑衣人穿過正門，四下張望了一下，然後站好位置。

操作人員又從頭播放最初的錄影畫面。

「這男人在那邊等誰？」雍恩問著，聽起來就像空話。「還是他在觀察誰？」

操作人員停下畫面、繼續播放、又停下。黑衣肌肉男似乎正默默對自己說話。也許他耳朵裡有耳機。接著，他凝神專注，好幾分鐘目不轉睛看著同一個方向。

雍恩問：「他在看哪裡？」

操作人員說：「很可能是湘恩．達爾利女士和那兩位男士喝咖啡的桌子。方向沒錯。」

「怎麼回事？」他的同事在自己負責的那排螢幕前忽然問。

雍恩和那位操作人員轉過去一看，明白了他的意思。有兩個螢幕畫面黑掉了。

雍恩旁的操作人員問：「那是哪裡？」

「貴賓地下停車場前。」他同事一邊說，一邊按下幾個按鍵，但沒有反應。

雍恩旁邊的人說：「哎呀，很久沒這樣了，維修時間到了。」

他同事說：「我再等一下，等下一定就好了。」然後拿起電話。「我打電話下去，讓侍從知道狀況。」

# 64.

「該死！」揚恩一看見湘恩，即低罵一聲。「我就知道是陷阱。」

湘恩默不作聲，站在電梯前鋪設紅地毯的走廊上，打量剛來的他們。她雙手反背在後，更加強調出她玲瓏有致的身材，菲茲羅伊即使處在目前的狀況，也注意到這點。

「住嘴。」保全頭兒要求說。

堅硬冷酷的手從菲茲羅伊背後將他推出電梯，經過湘恩身旁，揚恩跟在他旁邊。他們走向通往停車場的高貴出口。

菲茲羅伊轉身往後看。在那些至少和他一樣高大的傢伙之間，湘恩瘦小的身影正和他們一起跟在他後面。

「往前看。」保全頭兒命令著，瞬間往他耳朵暴打了一拳。

揚恩噓聲說著費解的話，聽起來不是很友善。

他們來到一個特殊的玻璃屋，菲茲羅伊想起愛德華．霍普的著名畫作〈夜遊者〉裡的夜晚酒吧。前方有條車道，一道牆隔開地下停車場其他部分，旁邊有停車格。到停車格之前還有幾公尺的紅地毯。地毯兩邊是一整排一個人高的棕櫚盆栽，像香蕉共和國戰敗的精銳部隊。大玻璃屋旁邊還有個小玻璃屋，裡面有書桌、電話、電腦。大概是侍從專用的。裡面沒人。這裡應該是貴賓專用的上車處。

紅地毯前沒有警車，而是兩輛黑色賓士休旅車。

菲茲羅伊有不祥預感，問：「警察在哪裡？」

男人說：「我們帶你們過去警局。」

菲茲羅伊停步不走，用力頂住兩個推他的人。

「門都沒有！」

「才怪。」男人回道。

「不。」菲茲羅伊用盡全身重量往回死抵，但是推他的人完全不受影響。他們推他走向玻璃門，門無聲滑開。侍從在哪裡？

「喊叫也沒有用。」保全頭兒看見菲茲羅伊深吸一口氣時說。「沒人聽得到。除此之外……」他抓住菲茲羅伊胯下一擠，以示警告。菲茲羅伊心灰意冷地四下張望。沒有能夠錄下這一切傳送到某處的監視器嗎？傳送到旅館的監控中心？

兩個男人各打開兩輛賓士休旅車副駕駛座後面的車門。

忽然，一陣引擎隆隆、輪胎吱嘎震天價響，把所有人嚇了一跳。一輛車駛近，大燈瞬間將整個地方照得刺亮，他們眼睛一花，往後退。菲茲羅伊一時間只看見黑暗中跳舞的光點。車子駛到休旅車旁邊一停下，立即有影子大吼大叫從車裡跳出來。
「趴在地上！放下武器！」
衝鋒槍對準霍頓的保全人員。
「趴在地上！」
霍頓的西裝保全人員雖然人數較多，但手槍放的位置不對，在腋下的槍套裡。他們絕對受過精良訓練，但是並沒有活得不耐煩，所以乖乖地照著指示做。菲茲羅伊單膝跪地，雙手反綁在背後，身體其他地方難以動作或疼痛不已。
「你不用！」其中一道人影命令著。菲茲羅伊的眼睛又慢慢適應了昏暗的光線。
他們面前站著五個頸項粗壯的彪形大漢，深灰色滑雪面具，配上工裝褲與同色襯衫。菲茲羅伊覺得對方很眼熟。他感覺更糟了。
「妳也不用！」他喝斥湘恩。她仍舊是剛才電梯打開時菲茲羅伊和揚恩看見的姿勢。
「手放在背後。」這是對躺在地上的保全人員說的。
「你們三個，到車那邊！」有個人命令菲茲羅伊、揚恩和湘恩，然後拿武器一個接一個往他們肋骨戳，不准人質疑他的指示。湘恩痛得輕哀，對方要她「閉上狗嘴」，接著又補上更重的一擊。湘恩悶哼一聲，努力忍住不叫出聲。她別過身去，菲茲羅伊這才看見她的雙手，知道了為什麼她的手一直放在背後。
她也像他和揚恩一樣被銬住。
其他戴著面具的人拿束線帶綁住趴在地上的保全人員。
至少我們不是唯一被綁的人。
「進去行李廂！」那個拿槍戳他們走到車邊的男人說。那是輛黑色路華車。

揚恩反駁說：「可是那太小……」

「閉嘴！進去！」

「我們三個沒辦法全……」

揚恩頭部吃了衝鋒槍一記，話來不及講完，上半身便倒進行李廂裡，動也不動地昏厥過去。

「還有人要試試嗎？」那男人咆哮著。

另外四個大漢已綁好霍頓的保全人員。其中一個過來把揚恩的腳也塞進路華車裡，其他人抓著菲茲羅伊和湘恩的手臂，像玩具娃娃一樣丟進去。他們動作粗暴，又推又擠把他們塞好，在他們頭上關上兩道活門，在後車窗下方形成平面，再關上後車門。他們逼仄的牢裡頓時又黑又悶。菲茲羅伊動彈不得，幾乎吸不到空氣。他聽見車門紛紛關上。

車子開動了。

「揚恩，」菲茲羅伊噓聲說，「揚恩！你還好嗎？」

「救命啊！」湘恩在他背後喘著氣說。「我無法呼吸！」

「這樣更好。」前面有個聲音說，「希望妳可以因此閉嘴。」

菲茲羅伊聽間見她用力吸著氣，他自己也不遑多讓。「我們會死在這裡！」他喊道。

那聲音說：「你們早晚要死，倒不如現在解決會更舒服一點。」

菲茲羅伊聽見湘恩的呼吸彷彿像跑兩百公尺最後衝刺似的快速。她換氣過度了。

「把妳的嘴捂在某種柔軟的東西上，用我的衣服。」菲茲低聲對湘恩建議。「只透過衣服來呼吸。」

湘恩的呼吸愈來愈含糊，但是速度沒有減緩。路華車停住，或許是遇到停車場的柵欄。湘恩的呼吸愈來愈輕微，然後愈來愈慢、愈來愈沉穩。

車子又開了。

「可以嗎？」菲茲小聲問。

湘恩沒有回答。

「湘恩？」

行李廂裡一片死寂。

# 65.

「達爾利小姐，妳在嗎？」

瑪亞又敲了七二三豪華套房的門。

沒人應答。

「達爾利小姐？」

「請你開門。」她敦促克羅伊策。

「我不明白妳還在這裡想做……」

「吳特和皮爾從大廳走樓梯間後不見人影，幾分鐘後，達爾利的房卡開啟專屬套房區樓梯間的門，因此不排除達爾利在談話時把房卡塞給那兩人。」

「她為什麼要這麼做？」

「所以我想親自問她。」

「但是，她也可能從上面霍頓的套房下來，因為她的第二張房卡在之前兩分鐘開過霍頓的房門。」

「然後她穿著高跟鞋走樓梯下來嗎？」瑪亞嘲諷說，然後特意嘆了很大一口氣，下令說：「天啊！請你開門！」

經理齜牙咧嘴打開門。

套房裡沒人。

瑪亞把每個房間都看了一遍，尋找她要找的人逗留的跡象。

但是什麼也沒發現。

離開套房時，她不理會克羅伊策得意洋洋的眼神。

「請你打電話給貴旅館的監控室。達爾利要去參加高峰會，看她是否離開旅館了？」

這次經理不再反抗。他們走向電梯途中，他已在等候監控室的回覆。

最後他說明：「她沒有經過大廳。」

「從地下室離開嗎？那邊沒有監視器嗎？」

「只有在貴賓區以外才有。」克羅伊策翻了個白眼解釋說，彷彿他在和一個遲鈍的小孩說話。

「我想看一下。」瑪亞說。

「剛才忽然暫時沒有了畫面。」

「你說什麼？」

「揚恩？」

揚恩聽見有人在耳邊低喊他的名字。四下昏暗，他身體僵硬，縮成一團側躺著，感覺空間十分緊迫擁擠，身體下猛烈搖晃，引擎聲吵雜不堪，雙手被反綁在背後。他全身發熱、想吐，幾乎呼吸不到空氣，脈搏像根大鎚子把記憶痛敲進他的大腦裡。

「揚恩！」

「是。」他的聲音嘶啞。

「謝天謝地！」

他耳朵邊感覺到菲茲的氣息；感覺到菲茲整個人就貼在他身後。他們一定就像湯匙形狀疊在一起躺著。

「小聲點！」

他不知道為什麼這麼暗。菲茲的低語幾乎要被不是特別大聲的引擎聲淹沒。除了揚恩，別人應該聽不到他說話。

「怎麼回事？我們在哪裡？」

「在該死的黑色路華車裡。」

揚恩腦子裡的大鎚現在彷彿也敲痛了他的胃。

「湘恩在哪裡？」

「在我後面。」

前一天鬥毆造成的瘀傷這時也來湊一腳，和頭與胃一起抽痛。「他們要把我們帶到哪裡？」

「不清楚。不過我希望到不了那裡。」

「不要現在吐！」

該死！動作片裡，主角總學到一堆有用的東西，幫助他們逃出生天！他從昨晚就聽了一堆平均值、效用係數、經濟學、數學、決定論與合作論。現在有哪一項派上用場了？一個也沒有！

菲茲噓聲說：「我們現在只有一個辦法。」

電梯一到地下停車場，瑪亞沒等克羅伊策就快步走了出去。電梯外是空蕩蕩的紅毯走廊，她沿著紅地毯走，最後進入一間候車室，看起來是特意裝潢成異國小機場風的休息室，但設計繁複，反而顯得太巴洛克、太浮誇。落地玻璃窗外，紅地毯在棕櫚樹之間延伸到上車處。那兒是空的，候車休息室也一樣。

克羅伊策趕上她，東張西望。

「侍從在哪裡？」他納悶自語。

「侍從是什麼？」

「就是把車開去停好、之後又開來的職員。」

「大概剛把車開來或者開走吧。」

果然有個穿著白色西裝上衣的人，從車道旁的狹窄人行道緩緩走向紅地毯。

一眨眼，瑪亞已經走到他身邊。

她問他：「你剛去哪裡？」

他說：「去停車。」

「那是什麼時候？」

「大概十分鐘前，車得停在最下一層。」

瑪亞計算了一下，約莫是他們上去套房區找人，然後又下來的時間。想不著痕跡離開地下停車場，這時間足夠了。

她對克羅伊策說：「我們必須再去查看影片。」

「那對妳沒有什麼幫助。」侍從說。他比了一下電話。「剛才監控室打電話來說，底下有個監視器沒畫面。」

「我知道。剛才發生的嗎？」

他們躺在行李廂裡，感覺到車速一下慢、一下快，但不是真的飆速，有時候又停下來。這就是都市的交通情況。揚恩感覺菲茲的身體緊貼在自己背部，肩膀靠著鎖骨、背部靠著胸和腹、屁股頂著胯下，後大腿貼著前大腿。綑綁的帶子切入他手腕，雙手因為血液不通而腫脹，指尖都麻了。他前後移動，試了試，他的雙手應該壓到了菲茲下腹，甚至還可能更低。

「匆忙中，那幫人只沒收了我的手機，」菲茲說得很小聲，「你的手機一定還在。」

揚恩果真在褲子後面口袋摸到扁平塊狀物。

菲茲噓聲說：「拿出來。」

「愛說笑！」

「試試看！」

揚恩費勁掏著，終於摸到手機。現在只求別掉了就行。話說回來……他們貼得那麼緊，應該不會馬上掉下去。困難的部分來了，他想。

「你要盡量把手機推到我的臉旁邊，我才能講話。但在那之前，你要先撥號。」菲茲對他耳語。

「我要撥什麼？」

「當然是緊急報案號碼。」

幸好拋棄式手機是舊款的，有真正的按鍵。揚恩被綁住的手開始在兩人身體之間往上推。前半段只要把手肘彎起就夠了，但接下來只能換肩膀接手，不是很舒服。菲茲用胸膛幫忙支撐。即使如此也一樣不適。他的雙手沿著背部越往上移，越感覺到肩膀快要脫臼，更別說還有頭部與下腹的疼痛、全身的瘀青！

「上不去了。」揚恩最後呻吟說。手機應該擠在菲茲的脖子和胸部之間，還不夠上去。他可以講電話，但會聽不懂接電話的人說什麼。

菲茲低聲說：「我們必須試試看。從上面數來第二排按鍵，最左邊是一。從上面數來第五排中間的按鍵是〇。按兩次一、一次〇。」

揚恩用麻木的手指摸著小小的凸起——

「一、一、〇。」

希望按對了。

他等著，但什麼也沒聽到。

「不會吧！」菲茲輕聲說。

「什麼？」

菲茲說：「占線。緊急電話竟然占線！」

「該死的高峰會！」

# 66.

「請往前回放。」瑪亞要求說。

螢幕顯示監視器拍攝的是地下停車場的貴賓休息室前面。第一輛進來的是黑色豪華房車，只下來一個穿西裝打領帶的人，一看就是個商人。侍從趕忙迎了出去。那人給了他鑰匙後就走進休息室。侍從把車開走，離開了畫面。他剛才也是這樣解釋的。接著螢幕一黑，錄影隨即中斷。

瑪亞察覺說：「感覺不太對勁。」

「是的。」操作人員附和她。他一個個播放畫面。「是不是有人從死角拿東西遮住鏡頭？」他又播放另一個螢幕變黑的影片，說：「不，應該不是。不過我也不太確定。」

「監視器經常失靈嗎？」

「很少。」

瑪亞說：「奇怪的意外。」

操作人員繼續播放，直到畫面又回來了。

操作人員說：「機器失靈不到十分鐘就恢復了。」

瑪亞說：「我想看同一時段地下停車場的其他影片，先播放貴賓區出入口的畫面。」

操作人員在他的螢幕牆另一個顯示器上播放畫面。先是一輛黑色路華車駛入，經過柵欄，開向一般停車區。然後是那輛由侍從開去底層停放的豪華房車，緊接著進來兩輛賓士休旅車，開進貴賓區。三分鐘後又是一輛黑色路華車。

「是剛才那輛。」瑪亞認出那輛車。「車牌號碼一樣。」

這次路華車停在貴賓停車場的柵欄前，一隻手伸出車窗，在柵欄旁輸入密碼，柵欄隨即開啟。路華車駛過，進入貴賓區裡。四分鐘後，車子又出現在出口的螢幕上，往外開走。

幾分鐘後，賓士休旅車也跟著駛出。和先前路華車一樣，從有色車窗玻璃看不出車裡乘客狀況。

「車子是旅館房客的嗎？」瑪亞問。

操作人員輸入車牌號碼。

「沒有登記。」

「有沒有可能屬於某個客人，只是不住在這裡或沒有登記？」

「不無可能。」

一分鐘後，兩個監視器同時恢復運作。

瑪亞說：「我不相信這樣的意外。」她拿出手機，按下快捷鍵。「我需要查詢三輛車的車主。」

「還是占線。」菲茲羅伊在揚恩耳邊喘著氣說。

「怎麼會有這種事。」揚恩呻吟著。菲茲羅伊聽不見車廂裡的任何一絲聲音。在停車場綁架他們的五個殺手不是特別多話，因此菲茲羅伊和揚恩必須更加輕聲細語。

車子駛過顛簸路面，菲茲羅伊不住搖晃。希望手機不會從揚恩的手指滑掉。

「那接下來我們試試這個。」他小聲告訴揚恩必要的快捷鍵組合。他感覺揚恩的手指在他的胸前蠕動，很快就會知道手機是否近得能聽見電話另一端的說話聲。

揚恩的手停了。

撥號音。非常輕微。

車子速度愈來愈慢。他們究竟要往哪裡去？

菲茲羅伊總算隱隱約約聽見手機傳來的聲音。

「我是金，誰打……？」

他噓聲說：「喂？金？妳聽得見我說話嗎？我是菲茲羅伊。」

「菲茲羅伊？是……你嗎？」

菲茲必須壓低音量說話，因為他只有一次機會。「沒錯，是我。妳仔細聽著。揚恩、湘恩和我被關在黑色路華車的行李廂裡。」

他念出車號。「謝謝，敬愛的神，或者我的基因，隨便什麼都可以，謝謝讓我擁有優秀的數字記憶能力。」

「你在耍我……？」

「記下車號，通報警方。告訴他們，請他們務必轉達調查賀柏特・湯普森與威爾・坎特死因的負責人員。我們被殺害他們的兇手綁架了。」

「要我和……警方……合作！」

「是的，該死！」

「威爾什麼？」

「坎特。妳記下車號了嗎？」

「你們在幹什麼？」一個粗嘎的聲音在菲茲羅伊頭上咆哮。

有人打開遮蓋，頓時四下大亮。

揚恩的拳頭在菲茲的胸膛與腹部間發出咔咔的聲音，他同時大聲喘息，掙扎要起身。「我快要憋死在這裡了！」

菲茲感覺到手機從他的臀部旁掉到行李廂地板上。

「閉嘴！」那人怒聲大吼，又把揚恩往下壓，關上遮蓋。

在戴著深灰色手套的手粗暴闔上他們頭頂的遮蓋之前，菲茲羅伊從眼角瞥見車子正停在十字路口。

# 67.

「你們在開玩笑吧。」瑪亞對著手機說。「把那通電話再播一遍。」

中心的女同事再次播放電話錄音。

一個女生說：「報案中心。有什麼需要……？」

另一個女生的聲音說：「有人要我把這個消息轉達給賀柏特．湯普森與威爾．坎特案件的調查人員。」

威爾．坎特。我們至今都沒有對外公布這個名字。

「菲茲羅伊．皮爾、揚恩．吳特與湘恩．達爾利說他們被謀害湯普森與坎特的兇手綁架了。他們在一輛黑色路華車裡。」她隨後念出了車牌。

瑪亞感覺好像有人朝她的胃揍了一拳。她用手遮住手機話筒，急忙低聲催促監視螢幕前的操作人員說：「路華車的車牌！」然後繼續聽報案中心的電話錄音。

第一個女聲又說：「妳是……？」

女聲二說：「我知道你們有電話錄音，妳已經拿到所有訊息了，請盡快完成妳的工作。」

喀嚓。

瑪亞面前的監視螢幕上出現路華車的車尾，和報案電話所說的車號一模一樣！

「進行追捕！」瑪亞喊道。「立刻出發！你們拿到車牌號碼了！」

線路那端的同事說：「瑪亞，那聽起來像玩笑電話，保險起見，我才給妳……」

「胡亂報案的可能性不大。」瑪亞口氣冷靜。「他們掌握了至今仍未向外公開的訊息，所以他們確實很有可能知道發生綁架，才會報案。這就是訊號。我說：進行追捕。要同仁找出路華車！」

瑪亞聽見線路另一端「喀」的一聲，接著傳來男生的聲音，是警察局副局長柯斯特里茲。這人從哪裡冒出來的？瑪亞惡狠狠瞪向雍恩。難道他把她在旅館的一舉一動偷偷上報嗎？

「帕利塔，妳知道外面發生什麼事嗎？」他對著電話大聲咆哮。「至少有一百萬的抗議者湧入柏林！人力全部外派去維護高峰會的安全了！」

「他們要保護的是人民安全！」瑪亞立刻反擊。「賀柏特・湯普森應該要在開幕酒會上發表演說的。」柯斯特里茲這種人不好對付，她必須比他更頑強才行。「誰知道那些凶手是否還有其他計畫！」

「妳想說什麼……？」

「把車號通報給警網就行了。天啊，這有那麼難嗎？」

又是「喀」的一聲。

「好的。」線路另一端又換成原來的女聲，那聲音嘆了口氣。瑪亞可以想像柯斯特里茲在她身旁暴跳如雷怒視著電話擴音器的樣子。「如果妳覺得……」

「我不是覺得，而是明確說了。趕快！打電話的是誰，也幫我找出來！」

# 68.

悠亨・菲斯特痛恨這次出勤。他從巴伐利亞特別調派到柏林支援高峰會，就和數萬名來自全國其他地區的同仁一樣，在德意志聯邦共和國的其他城市與鄉鎮只留下必要的緊急人員。如此勞師動眾，就因為一些政治家和億萬富豪想搞世界政策，以及一些傢伙要示威遊行。悠亨真想與他們對峙，真想敲掉他們體內可笑的革命激情和討厭的口號。甚至還從其他鄰近國家調來特遣隊。會場中間正在進行活動，樂聲飄揚。

但悠亨不是派駐在現場，而是坐在勤務車上。車裡有五位家鄉來的同仁和兩位柏林警察。出於無法解釋的理由，他們守著前西柏林的康德大道，面向展覽館區。四線道中間隔著綠化分隔島。這裡風平浪靜，即使是車流，也都往別處去了，只有零星幾輛駛過。他不清楚為什麼他們要駐守在這裡，就是聽命行事而已。據說可能會有部分示威者亂走到這裡。怎麼會？根據最新訊息，他們距離這裡有七公里遠。至少七公里。

同仁交換以前的執勤經驗，閒聊自以為是的英雄事蹟與所謂的情史。這裡沒有女同事，免不了如此。

無線電「喀嚓」傳來靜電聲，也可能是通知。

「呼叫 GKP 二七。」

愚蠢的高峰會特殊代碼——GKP 二十七，是他們。

指揮官回覆無線電。他是個堅韌頑強的傢伙，理了個平頭。

「我們要追捕一輛黑色路華車。」中心宣布車牌號碼。「即時影像監視器顯示車子在康德大道上往你們方向，大概還距離三百公尺。」

指揮官重複一遍內容後，詢問進一步的指示。

「攔下車子，檢查證件。」

三百公尺，現在一定距離更近了。目前有幾輛小型車、休旅車與小貨車駛過。接著，一輛黑色越野車逐漸接近。

他們的駕駛員打開藍色警示燈，將勤務車從停車處行駛幾公尺開上車道，再橫向停下，盡量堵在兩個車道到分隔島之間。悠亨和其他人早已躍下車，在車旁站開。四個同仁從車道兩端往路華車方向走，在路華車停下之前，已走到車子後面。

路華車在勤務車前急忙緊急煞車。悠亨看出裡面有五個穿著深灰色服裝的大塊頭，頭髮都剃得很短，戴著太陽眼鏡。保全人員。

五個人坐著不動。司機雙手特意清楚的放在方向盤上，但悠亨的右手還是放在槍把上。

指揮官和柏林本地同仁走近駕駛座旁邊，車窗玻璃無聲滑下，司機看著他，笑容可掬地問：「怎麼了，同事們？」

艾爾掃了四周一眼，即已掌握情勢。前有四個員警、後有四個；七個人手放在武器上；有一個走到他們車後，阻擋後續的來車。他們前面的道路被封了。對向兩條車道與這邊車道之間的分隔島上栽種著小型灌木，但不見得能擋住這種路華車。車後有輛小貨車逐漸駛近。後面那個警察在十公尺外伸出一手阻擋來車，緊接而後的車子也一樣被擋下。綠色分隔島另一邊，車流暢通無阻持續進入市區。

「我們能做什麼嗎？」傑克問窗邊的制服警察說。警察不太高，所以傑克目光往下看著他。

警察說：「請出示證件、行照。」

警察邊說邊打量後座的山姆、羅伯和貝爾，目光也掃過後面蓋住的貨廂。

傑克把行照遞給他，其他人在警察的注視下也紛紛從褲子和上衣口袋拿出證件。艾爾一起收起後交給傑克，傑克再拿給還在檢查行照的指揮官。他收下證件，走到車前對照車牌；又走回來，查看艾爾的證件，然後是艾爾。

「這是你嗎？」

「沒錯。」

其他人也接受一樣的查問。

最後警察指揮官說：「請你們下車。」

現正是緊急關頭。傑克還來得及倒車、踩油門，加速衝過分隔島，從對向車道逃離。必要時，他們也有武器可用。逃逸途中若遇到警車攔檢，也已事先約定好暗號。問題在於他們能跑多遠，又該如何處置後車廂裡的人？根據委託任務，他們必須除掉那些人，而且必須像前一晚那樣看起來自然無疑。他們不需要引起更多注意。

事情愈來愈棘手。

一旦出現麻煩，任務指令就是：終止。

他們若是離開車子，逃跑的機會也就沒了。警方要是要搜查車子怎麼辦？他們為什麼偏偏攔下路華車？

後面貨廂一片死寂。裡面的人知道目前的狀況嗎？

警方手裡查看的證件當然是偽造的，但警察遲早會在某個資料庫裡找到他們的臉，釐清整個經過。不過，屆時艾爾和其他人早就逃之夭夭了。

艾爾清了兩聲喉嚨。暗號已下。

悠亨前方的路華車猛然後退，輪胎嘎吱刺耳，在柏油路留下黑色痕跡。駕駛座上的男人專注看著後照鏡。

車子飛速倒退，開上中央分隔島邊石，穿過兩樹之間，在反向車道往另一方退去。

悠亨站在最後方。他反應迅捷，極速衝向分隔島，手槍對準之字形行駛的路華車輪胎。一些同事也奔到對向車道，阻擋其他來車，並且瞄準路華車。但是他們不敢開槍，怕傷及路人與同僚。

悠亨也有同樣的考量，但他應該就這樣放走那些傢伙嗎？路華車聲隆隆，飛速往後朝著他退去。悠亨對準車尾輪胎，扣下板機。

「砰。」

「砰、砰。」

「砰、砰、砰。」

媽的！沒射中，車子衝過他身旁。悠亨倏地轉身，再試一次。

路華車速度愈來愈快，他失敗了。接著，路華車猛然打滑，速度未減。司機很快又控制住車子，再度加速。右前座車窗伸出一隻拿著手槍的手，瞄準勤務車旁的同仁。悠亨不確定對方是否開槍，他連忙往旁邊一跳，躲到一輛停著的車後。為什麼沒人警告他們這些人可能十分危險？悠亨轉身，再次瞄準，他旁邊的同仁現在也開火了。

路華車在一百公尺開外，一下撞到一旁等候的車輛，一下又擦撞另一邊停放的車子，尖銳的噪音陣陣湧來。

在出城方向的車道上等候的人驚恐大叫，紛紛奪車而出，或彎身躲在車裡的放腳空間。

路華車的擋風玻璃碎裂，車子一個顛簸，車尾撞到停放在路邊的車子，接著一個回身，行李廂蓋忽地彈開。

車子繼續衝刺，散熱器撞到等在另一旁的休旅車。輪胎怒吼冒煙，司機試圖穩住車身，但是這次車子深深卡在被撞的車輛當中。

悠亨順著槍管看見路華車散熱器處凹陷，面向他們橫擺停住。

# 69.

行李廂蓋彈開的時候，湘恩差點被甩出去。她的雙腳現已懸在外面，碰到了柏油路面。她掙扎著撐起身體，然後低下身，跳到最近的車輛之間尋找掩護。四周尖叫聲不絕於耳，有幾個人壓低身子衝過人行道跑到民宅入口，車子橫七歪八停在路上。眼前一團混亂，人人無暇顧及他人，只能保護自己。菲茲跟著她動做。揚恩本來還扭著身體，不過現在腳也碰到了地面，一找到他們，披頭散髮的他急忙蹲低跑過去。湘恩在他們右邊發現逃逸中的殺手，有一個還回過身往他們這邊射擊！但八成是射向警察的。湘恩左邊至少八十公尺遠的地方，一堆警察正蹲在停住的車輛後面，武器瞄準路華車方向，大聲狂吼著。接著，真正槍戰的爆發了。路華車尾不是朝向警方，而且停在一堆車子旁邊，所以他們看不見湘恩、揚恩和菲茲。隨著悶悶幾聲，有幾發子彈射進路華車和其他車輛的車身。殺手逃跑途中，有一個還不時轉身向後射擊，接著也盡速逃逸。

「他們瘋了嗎？」揚恩喘著氣說。「這裡都是人耶！」

忽然一聲震天怒吼，喧囂的噪音頓時消失無聲。「住手！該死！」

湘恩聽見遠方有個警察吼道。

「別探出身。」菲茲噓聲說。「我們若是貿然站起來，他們並不知道我們是誰，我可沒興趣被某個神經質的藍波胡亂射死。」

束線帶扎得湘恩手腕疼痛不已。她說：「是啊，如果他們有人要求：『把手舉高。』我們麻煩就大了。」

遠處的警方還在吼著什麼，但是並未有所行動。

湘恩問：「現在怎麼辦？」

揚恩：「走為上策。」

他們四周還是一團混亂，沒人注意到躲在兩輛車之間的三個人影。

揚恩蹲低身子跑上人行道，衝進附近民宅的大門入口。

「等等！」菲茲低聲叫著，然後跟著跑過去。

湘恩也急忙跟上。「也許是誤會。」

揚恩回說：「他們可能會殺死我們耶！」

菲茲問：「你要去哪裡？」只見揚恩倏地奔出大門口，逆著警察方向，衝到下一個房子的門口。湘恩聽見遠方響起警笛聲。受到驚嚇的路人一時之間不知道要躲在哪裡，或者應該先往哪個方向看。

「我們應該和警方合作。」菲茲仍對著揚恩說，但腳步一樣跟上他。

「警方毫無忌憚朝路華車拚命射擊，我們還在裡面耶！我一秒也不想留下！」

湘恩處在這種混亂局勢中還能思考的是，他說得不無道理。所有事情似乎同時發生，混亂龐雜，應該沒人能夠確切描述發生了什麼事。

「發生這次事情後，我相信警察什麼都做得出來。」揚恩繼續說。「如果警方不是因為我們的電話才採取行動呢？霍頓的保全人員一定會在停車場襲擊事件後立刻報警。警方或許是因為綁架而追捕那些殺手，但同樣也會把我們當成闖空門的竊賊。」他加快腳步。「我死也不要待在這裡。」

悠亨的同事在他旁邊，有幾個直接佈署在車道上，其他人在路旁等候的車子後面尋找掩護，車內的乘客驚慌失措，盡可能壓低身子趴在下面。乍看之下，眼前的車陣宛如遭受殭屍襲擊之後似的荒涼無人。幾個同仁走到空蕩蕩的路華車邊，他留在後面戒備。

沒多久，他就確認深灰衣人早就順著路跑遠了，沒想到他們身材粗壯、肌肉發達，動作竟靈活得驚人。他們絕不是從失業者、搖滾歌手與健身房裡撈出來的不合格保全人員。悠亨推測應該是經過嚴苛訓練的前軍人。

他看了一眼路華車內。擋風玻璃在駕駛座和副駕駛座底下碎成一地，車尾玻璃散落在行李廂裡。所有車門連同行李廂門全都敞開。車頂有兩個彈孔，C柱上一個，其他的乍看之下沒有發現，晚點他們可以再仔細檢查，眼前首要之務是追捕逃跑的人。

悠亨回頭看向勤務車，一個同仁正在講無線電，另一個沿著車陣查看是否有遭到誤傷的無辜者。在不相干的路人當中開槍，他們這下麻煩可大了。而開出第一槍的人是悠亨，所以他一定要親手結束這筆爛帳。看得夠了，繼續追捕逃跑者。

艾爾在空蕩的車道上狂奔，其他四個人跟在他旁邊。他感覺到前一晚沒有睡覺的後遺症，即使如此，他並不擔心自己的狀態。他往後看一眼。六個警察追著他們，距離不同，速度也不一樣。兩個警察拖著大肚腩，應該很快就會放棄。剩下四對五。艾爾掃描一下眼前景況，前方二十公尺有個十字路口。

「十字路口。」艾爾喘著粗氣說。「山姆與傑克往左、羅伯與貝爾往前、我往右，之後你們再盡快分開！」

警方並未拉近距離，兩個超重者已經減緩速度。

艾爾向右轉，這條路兩邊都是商店和辦公室。人行道上路人三三兩兩，兩線道的路上車流適中，沒有警察會在這裡開槍。艾爾從路人間奔馳而過，強壯的手肘幾乎沒有感覺到自己撞開了人。他回頭看一眼，只有一個制服警察跟著，還落後二十公尺。雖然前一晚沒有好好睡覺，但是依他的體力能輕而易舉就甩開那個警察。但這不是他的計畫。他不知道警方增援部隊調派到適當地點的速度多快，又有多少人力；或者是否會調度。但無論如何，他絕對不能冒險。這次的任務完全是災難。事情要是沒辦成……

「站住！警察！」他的追捕者叫囂著。

路人紛紛錯愕回頭看，讓路給艾爾，而不是攔下他。艾爾愈跑愈慢，那個警察逐漸趕上。

「站住！」

制服警察只距離八公尺了。艾爾停下腳步，反身跑向警察。警察還沒來得及反應，兩人已經撞上。艾爾趁機一拳擊上警察的太陽穴，把他打倒在地；再一擊，他即失去意識。路人大聲尖叫，四下逃跑。艾爾奪走警察的手槍，一眨眼便已拿束線帶綁住他的雙手雙腳。整個動作大概只花了五秒。接著他彈起身，跑回剛才來的十字路口。

他看見另外兩條街上的警察遠遠追著他的隊友，而停著路華車的那條路，車子已經塞成一團，紛擾混亂。他從車頂望去，路華車停在約莫一百公尺外，後面閃爍著警方的藍色警示燈。

艾爾很清楚背後的路人一定在觀察他，甚至可能已經報案。他往路華車跑去，在第一個遇到的建築物入口先尋找掩護，觀察整個場面。似乎沒有人從其他街上跟著他。差不多該稍微偽裝一下了。他脫下上衣，將橘色內裡翻出來，重新再穿上，不過這次沒有把衣服紮進去，而是鬆垮垮地放在褲子外面。他們為了因應這類情況，總是會穿著雙面衣。他從工作褲的大腿口袋取出薄荷綠鴨舌帽，上面有個潮牌的大標誌和彩色裝飾。只剩下灰色褲會讓人聯想到陰沉的保全人員。這是個老把戲：不想引人注意，行為舉止反而要誇張，因為沒人相信要隱藏自己的人會這樣做。他如此偽裝自己後才敢過街，站在另一個能夠把路華車看得更清楚的建築入口。他不打算永遠留在這裡。不過，警方肆無忌憚的朝行李廂射擊，或許他該先設法看一下三個同車者的命運。

# 70.

「那些人擺脫臨檢，逃脫了。」現場警員在電話中向瑪亞說明。「我的同事追上去了。」

瑪亞震驚問：「擺脫？怎麼可能發生？」她才剛離開莊園旅館，還不確定接下來要往哪裡去。

「先是開車逃逸，然後棄車跑走。他們身上有武器，竟然沒有人提醒我們！」

「沒有提醒？」瑪亞明明清楚轉告中心了。他們還漏了什麼沒轉達？「那些所謂被綁架的人怎麼樣了？」

「妳在說什麼？」

「那輛車內據說有三人被綁架，找到人了嗎？還是放走了？」

「沒有，我什麼也沒看到。其他同仁先前曾從路華車旁跑過去追捕逃逸者。我走近一點看看。現在從這裡看過去，車子是空的。」

「多少人逃走？」

「根據最初的訊息，有五人，全部穿著深灰色或黑色服裝。」

瑪亞聽見電話那頭的說話者和別人在講話，但什麼也聽不懂。最後手機裡又傳來聲音。「我已經在路華車這裡了，旁邊還有一個之前在安撫民眾的同仁。車子是空的，行李廂也一樣。」

「該……！」瑪亞壓下咒罵。「你有看見兩個男的、一個女的嗎？其中一個男人很高，女生很漂亮？」

手機那端的警察說：「這裡有些人，但是我沒有看見妳說的那三個。」

瑪亞無聲地長長嘆了口氣。

「我們一旦逃跑，反而顯得嫌疑重重。」菲茲說。「何況，媽的！手上還綁了這個。」他開始在門鎖尖銳的金屬邊緣摩擦塑膠線。

他們在距離路華車兩百多公尺一處建築物的入口，背靠在大門的木頭上。到處混亂不已，沒人注意到他們。

「我們應該報案，讓警察處理。旅館一定有監視器拍攝下整個過程。」湘恩說：「無論如何，綁架者似乎已經走了。你們覺得他們和殺害湯普森和威爾的，是同一批人嗎？」

「就是他們。」菲茲說。「哈，解開了！」他揉揉鬆開的手腕。束線帶留下了深紅色凹痕。

湘恩請求說：「我也要，拜託。」

「等一下。」菲茲羅伊走到人行道，找到一片碎玻璃，拿回來割斷湘恩的束線帶。

揚恩說：「霍頓的保全一定也不會把我們交給警察。」

湘恩喊道：「你不是認真的吧！如果泰德是幕後主使者，為什麼我們又會被**其他人**綁架呢？」

「因為還有其他人想要知道演講與原稿內容？」

「我覺得太荒謬了。噢，謝謝！」

湘恩揉著手腕，菲茲又去幫揚恩擺脫束線帶，發現這小子竟然還拿著手機！他一臉讚許地說：「混亂當中，你竟然還記得帶走拋棄式手機？」

「我想可能還用得上。」

「妳大概要失業了。」菲茲羅伊一邊對湘恩說，一邊繼續割開揚恩的束線帶，動作有點笨手笨腳。

「不只是工作。」她喃喃低語。「不過，有一點很清楚，我們必須找出路華車那些傢伙的委託人是誰。」

菲茲哀嘆說：「別又來了。我最近一次涉入這種事，耽誤了一場有利可圖的牌局，還得從二十公尺高的……」

「是十五公尺……」揚恩糾正說。

「最好掉下來會有不同。如果你們還想繼續，我可要在這裡收手了。」

揚恩堅持說：「做出昨晚那些事情後，警察不會聽我們的。況且他們會把我們晾在一邊，因為示威遊行結束之前，他們根本沒有時間。」

菲茲羅伊停下動作。

「繼續啦。」揚恩對著他舉高仍被綁住的雙手，不快的要求說，「寧願想想怎麼樣才能找到那些人的委託者。我們目前只有車牌號碼。」

湘恩說：「我們必須回旅館。」然後她拿走菲茲手中的玻璃，完成他沒做完的事。「或許有人知道那輛車。」

「他們一定樂於提供訊息給妳。」菲茲羅伊嘲諷說。「米契會拿新的束線帶等著，還有正在調查我們綁架事件的警察，還有我們闖入威爾房間，等等等。」

「你有更好的主意嗎？」她反駁說，然後邁開大步。揚恩跟著她，一邊揉著解脫的手腕。

「山姆、羅伯、貝爾、傑克。你們情況如何？」艾爾對著耳機問。

羅伯說：「我擺脫了。」

「一樣。」傑克喘呼呼說。

貝爾也說：「我的放棄了。」

艾爾眼睛緊盯著前面那輛車的車尾。前面一段距離的計程車，是那三人在事故現場兩條街外攔下的。幸好艾爾隨後也及時招到一輛車追上。

「很好，我也擺脫了追捕者，現在正跟著目標人物。他們搭上計程車，開往市中心方向。我在另外一輛計程車裡。你們也設法過去。等我收集更多訊息後，再通知你們具體地點。山姆，你怎麼樣？」

他等候回答。計程車司機遵照他的指示，小心翼翼保持安全距離跟著前面那輛車。目前交通繁忙，路上也有許多計程車，所以不是特別困難。

「山姆，請回答。」

雍恩必須繞路才能避開示威遊行、封鎖與塞車。警車閃爍著藍色警示燈和警笛，穿梭在柏林街道上追尋那輛車，他們經過查理檢查哨，在此轉向西方，將波茲坦廣場和蒂爾加滕遠遠留在北方。幾分鐘前，報告路華車子裡頭沒人的同仁又聯絡他們。

他沒有打招呼，氣喘吁吁說：「我們逮到一個了。」

瑪亞問：「一個什麼？」

「路華車其中一個逃逸者！」

這樁該死案件發生以來的第一個好消息。

「他是誰？」

「他身上沒有證件，只有一把手槍。」

「你和同事都好嗎？」

「我們有個人受傷，但是沒有生命危險。」

「真糟。很好。我在路上了。你們確切位置在哪裡？」

# 71.

「好，就照剛才說定的。」湘恩在旅館前下計程車時說。雖然示威遊行距離這裡有半公里，她還是聽見遠遠的輕微咆哮聲，上千上萬的人聲摻雜著音樂，如席捲沙灘的陣陣波濤，只有在上空繞行的直升機達達聲黯淡了怒吼。

菲茲羅伊和揚恩則是混入人行道的人群裡。這時湘恩正通過旅館大門的安檢通道。她沒有受到攔阻與詢問便順利進入旅館。現在這幅模樣不可能完成計畫。她快步走向電梯，搭到八樓，小心翼翼看了走廊一眼。不見人影。

套房的鏡子中映照出她凌亂狼狽的儀容。她脫掉套裝和襯衫，進入浴室，拿濕毛巾湊合著把自己擦拭一番，噴點香水，再穿上乾淨的襯衫與套裝，頭髮梳個幾下就可以了；職業訓練出她在必要時能迅速動作，效率高超，就連打扮也一樣。她打開保險箱，取出幾張擺在裡頭的現金，然後快速拿起遺忘在沙發上的手機，可惜不是她拍攝湯普森演講稿的那支。

從抵達旅館不到十分鐘，她已經朝著大廳接待櫃檯走去。她向櫃檯後的年輕小姐報上名字和房號。

「我想和旅館經理談一談。」

年輕小姐露出不確定的微笑看著她，然後拿起話筒。湘恩仔細聆聽她說的話。若聽見任何一絲疑似警方正在尋找她的跡象，就立刻走人，離開旅館。她當然不知道他們是否約定了不會引人懷疑的暗號，但她必須放手一搏。

「這裡有位客人想和你談一談。」櫃檯小姐對著話筒說。

聽起來沒什麼可疑。

年輕小姐掛斷電話，又對湘恩微笑說：「請您稍候幾分鐘，克羅伊策先生馬上過來。」

「我不敢相信自己竟然這麼做。」菲茲嘟囔著。他們從建築物後方的斜坡車道入口，進入旅館地下停車場，經過一長排多半價值不斐的汽車，來到一個左彎處。他們要不就留在一般停車區這裡，要不就往前直走，抵達貴賓停車場的柵欄。他們選擇走到柵欄的路，然後停下腳步，在角落偷覷玻璃休息室。

休息室孤零零地矗立在兩側擺放棕櫚盆栽的紅地毯旁，空無一人。

菲茲羅伊確認後說：「裡面沒人。」

揚恩問：「一個小時前，這裡有好幾個保全人員被撂倒、被綁起來，我們還被綁架——現在警察已經完成現場採證，詢問過目擊者了？」

「也許他們根本沒有開始。」

「那我們就自己來。」揚恩說著就繞過柵欄。

「我不懂您在說什麼。」經理說。「地下停車場發生襲擊事件？」

克羅伊策剛才從櫃檯後面走出來，把湘恩帶到大廳雄偉的柱子旁邊，像個神父似的，側著頭慈愛地聽她說話。

「就在一個小時之前。你們下面有監視器吧，不是到處都有告示牌標明嗎？一定有人從畫面上看到整個經過。」

「可惜我不能透露。」這個自我介紹叫做愛德溫．克羅伊策的人說。「即使真的有，我也只能和警方談。」

「即使真的有？所以沒有錄影嗎？」

「無可奉告。」

這個人明顯很不自在。湘恩知道這種類型，一個唯命是從的部屬和命令執行者，最怕就是引人注意。「**我**是被害者！**我**，你們的房客！」

當然，誰都可以這麼宣稱。尤其是在很可能真的沒有影片的情況下。

「這個……」經理吞吞吐吐，一會兒後才恢復鎮定。「您找過警方談了嗎？」

「也就是說，警方尚未來過這裡？」

「沒人來現場採證。」侍從蹙著眉頭說。「也沒有詢問目擊者。只有一個便衣女警和克羅伊策先生前來，她想知道我把車停到底層之後人在哪裡？」

「女警？」菲茲羅伊問，又在侍從手裡塞進一張二十元紙鈔。「什麼樣的女警？」

「不知道。」他聳聳肩。「她和一個經理一起過來，應該是一個小時之前。」

「你不是一直都在這裡嗎？」

「多半時候是，偶爾會不在。」

「那個女警長什麼樣子？」揚恩問。菲茲又塞了二十元。

「唉唷，就一般啊。不高，體態矯健，四十五歲左右，綁馬尾。」

菲茲猜到是誰了。

「什麼也沒有。」湘恩說，「影片上什麼也看不到！監視器甚至還部分失靈。」

他們在旅館旁邊一棟建築大門的陰影處碰面。

「安全措施做得真棒。」菲茲羅伊說。「那個侍從也不知道什麼。警方甚至都到場了！但是只有那個女警。」

「所有人若不是一伙的，就是有人故意引開侍從、在影片上搞鬼，才會沒有目擊者。」

「那樣太大費周章了。」菲茲羅伊不認同。「一定沒那麼容易辦到。」

「你有更好的解釋嗎？」

這時湘恩說：「不過，米契和他手下為何會那麼快被釋放，連侍從和女警都沒有發現他們？」她若有所思地搖搖頭。

揚恩推測說：「也許他們不是真的被打倒？」

「那樣想沒有幫助。」她喃喃低語，接著身子一挺。「只剩下一條路了。」

「妳有什麼打算？」

她說：「去釐清關係。」

湘恩．達爾利昂首闊步離開。

艾爾與剛才會合的貝爾在對街觀察著他們。車流速度更加緩慢，人行道和部分車道上都是往示威場所前進的人。

撒馬利亞人和賭徒留在原地，正在討論什麼。

艾爾下令說：「你盯著她。」

貝爾於是跟著女的。她正走向布蘭登堡大門，前往高峰會會場，還是示威遊行？最好不要。賭徒在講電話。他和撒馬利亞人加入其餘的人，往同一個方向前進。年輕人一直神經兮兮的回頭看。

「你是對的，小子！」艾爾心想。「你是對的。」艾爾保持充裕的距離，小心翼翼藏身在其他人後面。「我有個任務，而我會好好完成！」

制服警察拿封鎖線圍起溫沙特街一個路段。道路前後兩端都塞了車，有幾輛乾脆回轉，駛上空蕩的對向車道，取道其他相鄰道路，避開壅塞。四個制服警察圍著躺在人行道上一個被捆著的東西。急救醫師和一個救護人員正在檢查另外兩個同仁。

被逮捕的人臉朝下躺在地上，雙手銬在背後。即使是這種姿勢，他也依然散發危險氣息。他穿著身灰色工作褲，上身是變形蟲花紋的紫羅蘭色襯衫，底下的肌肉發達拱起。有些人的品味實在……

「讓他坐起來。」瑪亞請求同事說。

三個人抓住地上那個男人的上臂，吃力的將他撐起。那傢伙就算坐著，也彷彿正準備將小貓生吞活剝當做早餐。

「他一語不發。」先前和她通話的同事帝博說。

被綁者的肥碩臉龐上狹細眼睛飛快打量了一下瑪亞，然後又無聊地從看守他的警察兩腿之間望去。這體格、姿態和目光，絕對不屬於一般勤上健身房的狂熱者。他以前是軍人，八成是特種部隊。如果他不想講話，就絕對不會開口。

「沒有證件。」帝博拿出兩個塑膠袋。「不過有把手槍和附帶耳機的手機，我想應該是拋棄式手機。我們會進行指紋與臉孔比對。」

瑪亞拿過手機。老式的按鍵手機，這樣的款式她十年前也有。她試按電源鈕，螢幕亮起，沒有鎖住。這人還真有把握，否則就是不專業。按了幾下，她找到通話記錄。這人只和一個號碼聯絡。瑪亞打電話給中心。「如果可以，我需要查詢這個手機號碼是誰的。」她念出螢幕上的數字。「然後，如果也可以，還要居住地點。請盡快，越快越好，這和湯普森的案子有關。」

瑪亞對帝博說：「我暫時保留手機。路華車呢？」

「停在轉角處。」

康德大道上，另一段封鎖區前阻塞的車輛逐漸增加。她的褲子口袋裡的手機激烈震動。她不認識來電號碼。

「我是帕利塔。」

「我是愛德溫．克羅伊策，莊園旅館經理。我想妳對這應該會有興趣，揚恩．吳特和菲茲羅伊．皮爾剛才又在這裡了。」

瑪亞屏住呼吸，然後才緩緩吐出肺裡的空氣。

「什麼叫做他們**剛才又**在這裡？」她恨不得鑽出電話，狠狠掐住旅館經理的脖子。

「監控中心操作員一在停車場發現他們兩個，就立即向我報告。但是等我和保全人員到達地下停車場時，他們已經不見人影。」

「你知道他們往哪兒去了嗎？」

「不清楚，我們在外面沒有設置監視器，這點妳必須詢問妳同事。說到監視器，達爾利小姐在同一時間也宣稱她在我們旅館停車場遭到攻擊，並且被人綁架。她想要查看地下停車場的錄影，和妳離開套房區後看的影片一樣。」

瑪亞克制住一聲呻吟。「而她應該也離開了……」

「她幾分鐘前離開旅館。」

「你為什麼現在才通知我？」

「我還有其他的事情要處理。」他辯護說。「旅館經理本質上是常設的危機處理經理！你做一天我的工作看看！瑪亞想，然後說，「你應該不知道達爾利小姐往哪裡去了？」

「很遺憾……」

「你們的監視器看得見旅館大門嗎？」

「在優先路權區和計程車招呼站設有監視器，那裡屬於旅館，而非公共空間。」

「請你查看一下，看能否發現她的行蹤。有任何發現，請通知我。立刻通知！」

# 72.

直升機在他們上空大範圍繞飛著，聲音震耳欲聾。警方沿著布蘭登堡大門旁，當年東西柏林的分隔界線布下一道人牆，看不見臉孔的全罩式防護頭盔一個挨著一個、肩膀抵著肩膀、盾牌靠著盾牌，封鎖起巴黎廣場上的高峰會區域。前方的布蘭登堡大門前，兩輛超級大卡車撐起一座舞台。舞台上，搖滾樂團的音樂偶爾甚至蓋過了直升機的噪音。

「……團結的人民永不被擊潰（jamás sera vencido. El pueblo unido）……」

「……永不被擊潰！」成千上萬人齊聲高唱，許多人還看著手機裡的歌詞。

即使不是這首崁入俄文、改編部分歌詞的搖滾版，菲茲羅伊也認出那是智利七〇年代的革命歌曲。他們距離樂團約莫還有兩百公尺，右手邊是被害猶太人紀念碑，左邊是蒂爾加滕區。他在伸高的拳頭之間看見有一隻高高舉起的手臂揮舞著。菲茲羅伊也朝對方揮手。他拿回揚恩的拋棄式手機之後，就不停在講電話。他們擠過手舞足蹈、大聲唱歌的人群，走向金和妮達。

這是場示威還是派對？

金大喊：「你看看這裡的情況！」

他們在抗議隊伍最前面，旁邊有個小平台，上面擺滿筆電、電腦、喇叭、麥克風與其他技術設備。菲茲羅伊也在平台上看見昨晚那位阿根廷女子阿蜜絲塔。「要等到抗議活動結束後，再處理車牌號碼了，因為那只有高手才能解決，但他們現在分身乏術。」

揚恩吼道：「這件事很重要啊！」

妮達也大聲說：「你們真的被綁架了嗎？」

「沒錯！」菲茲羅伊回答。「不過我們逃掉了。」

「幸好你們沒事！警察逮到他們了嗎？」

「不清楚。」

揚恩高聲說：「所以我們才要盡快了解車牌的訊息，等到抗議活動結束就太晚了！」

菲茲問金說：「奶奶在哪裡？」

「和朋友在一起，以前工會的老朋友。」

阿蜜絲塔發現他們，比了個手勢，要他們上到小平台。妮達和金於是帶菲茲羅伊和揚恩過去。

阿蜜絲塔問：「有湯普森原稿的就是你們？那幾張內頁照片和你們的圖畫看起來大有展望。剩下的，你們也帶來了嗎？」

「可惜沒有。」

「為什麼？」

「說來話長。」

樂團結束狂風暴雨的鼓聲，在上萬人的掌聲中離開布蘭登堡大門前的舞台。

「聽著……」揚恩正要開始講，卻被阿蜜絲塔搶先一步。

「真可惜。不過，我們根據照片上的資料出處，反正也找到了其他有趣的論文。我們團隊有幾個人正在研究。」

「博士！」她喊著，把另一個人拉上了平台，是個肢體不是很靈活的瘦長男子，留鬍子，長髮編成辮，眼神警醒，T恤外罩著西裝。他讓菲茲羅伊想起西班牙「我們可以黨」的黨主席。她劈頭就說：「就是他們。」然後才介紹男子給他們：「這是馬里烏斯。」

「你們因為農夫故事和那些照片一炮而紅！」馬里烏斯喊說，然後在平台邊坐了下來，兩腳懸空晃動。「我們因此設計了一個小小的程式，讓大家可以在上面嘗試有趣的東西！你們看！」

馬里烏斯的手機螢幕上是菲茲農村草圖的彩色版，下面有個表格。

「你可以在表格裡為農夫和農婦各自設定不同的麥穗起始量、不同的年成長率與配額。根據設定，他們四人的個人財富會出現變化，甚至還可玩出四十年後的改變！這簡化了社會的財富增長與分配運作，應該就是為此設定的，對吧？」

菲茲羅伊大喊：「我推測是如此！」有人從區區幾張照片就迅速得出正確結論，還快速付諸實行，腦袋瓜十分聰明。比起一般的抗議活動，這裡的組織安排顯然效率更佳。菲茲羅伊試玩馬里烏斯的遊戲，按鍵、滑動。很有意思。

「成長、成長、成長！」仔細聆聽他們對話的金忽然爆發。「我已經聽膩了！我們彷彿有三個世界似的一直在消耗資源，你們還在談什麼成長，任何成長都有界線的。」

「沒錯。」妮達在她旁邊附和，同時比了一下她的手機。螢幕上是股市出現恐慌的新聞，以及企業領袖與政治家的聲明。「至少這看起來比較像大崩盤，而不是另一波成長。」

「但是，一切過後，又會再次從頭開始了。」金警告說。「成長繁榮、破產倒閉、成長繁榮……」

「哎呀，金，」馬里烏斯嘆口氣說，「兩百多年前，那位好心的馬爾薩斯便說過，人類會因人口成長而陷入災難。但是這事並未發生，因為他低估了科技與社會進步。」

「所以你的意思我們可以像現在這樣繼續下去嗎？」金的火氣上來了。「把我們的星球洗劫一空？我們只有一個的星球？」

「我可沒這樣說唷。」馬里烏斯反駁。「我說的是，我們會找到解決之道的。」

金悶哼說：「你看看全球暖化的問題。」

音樂台上，有個女主持人宣布下一個上台表演的樂團。

「這裡可能就有個解決之道。」菲茲介入說。「倫敦人的論文顯示，制定個體成長與總體成長時可以有所不同。在湯普森與坎特的原稿中也能找到一段論述，說明總體經濟去成長的同時，個體經濟仍舊能增長。」

金喊道：「這是不可能的任務。」

菲茲羅伊說：「不會。只有數學……」

馬里烏斯大喊：「所以我們才需要這份原稿！」

菲茲羅伊頭朝巴黎廣場的方向點了一下，說：「或許落在前面某人的手裡。但他絕不樂意見到原稿發表。」

「毫不意外！參加高峰會的人嗎？」

「是的。」

「你們覺得可以在那裡面辦成事？」

「我們必須問某人一些問題。」

「也許可以安排。但你們動作要快點了。」

湘恩抵達漢娜—鄂蘭街的安檢通道。這個時間，與會者差不多已進入會場，參加盛大的開幕會，傾聽第一批次的演講。湘恩走近臨時櫃檯，後面有十二位接待委員會的年輕人，一身西裝或套裝，正使用電腦確認來客身分。旁邊有十道金屬門，兩側守著配穿防彈背心與頭盔的重裝警察。這裡是八個官方正式出入口之一。

湘恩把她的證件出示給一位年輕女子看。

湘恩說：「我是湘恩．達爾利。與會者名單中有我的名字。」

對方看了一眼塑膠門票，旋即在眼前的電腦上尋找著。她蹙起眉頭，一臉困惑說：「很抱歉，您的入場許可被取消了。」

湘恩問：「被取消？為什麼？」她不希望因為這件事打電話給泰德。打給喬治？這種時刻或許不要打給工作上和泰德太緊密的人。

對方說：「上面沒有您的名字。」她眼神嚴峻打量著湘恩。該趕快離開了，免得這個女子想到要通知警察。

「只是稍微遲到一點，就已經……」她猛然拿回自己的證件。「那就算了。」說完便轉身昂首闊步盡快離開。她感覺自己的胃在燃燒。

揚恩和菲茲上氣不接下氣地跟著阿蜜絲塔。經過昨夜、今早，事情仍舊沒完沒了。接下來會是什麼？阿蜜絲塔把他們帶離抗議現場，繞一個大圈，來到巴黎廣場後面。圍牆街和貝倫大街拉起警方封鎖線，有拒馬、反坦克路障、警車與軍車、水車以及數百名重裝警力。附近所有屋頂八成也設置了狙擊手。揚恩覺得快吐了。

只有迷路的零星抗議者或是路人會走到這裡。

「這位諾貝爾獎得主和其他人的論點，真的能防止世界正在發生的事情嗎？」揚恩問菲茲說。「崩盤、大量失業、戰爭？」他納悶這整件事是否值得再一次採取冒險行動。

菲茲回答：「這次大概不行，或者只有部分可行。但是，長久以後或許會有辦法。」

長久以後我已經死了，揚恩心想。但現在，他還有機會留下來。

兩道拒馬之間的安檢通道，有幾個保全人員百無聊賴無事做。前面有幾個人正等待接受安檢、放行。

阿蜜絲塔說：「就是這裡。這條通道只開放給員工和服務人員。」她左顧右盼。街道對面，在一小群打扮像服務生的人之中，有個人正對她招手。其中有幾個人背著城市背包。

「他們在那裡。」

菲茲一手插入夾克口袋，取出正在震動的手機。「是湘恩。」他看了一眼螢幕，十分驚訝，然後接通電話。

他們正走向一群全身黑白裝扮的五人小組。揚恩聽不見湘恩說什麼，只聽見菲茲說的話。

「真有趣，我們也正想這麼做。」

「……」

「啊！」

「……」

「妳在哪裡？」

「……」

「我問問看。」菲茲垂下手機，轉向阿蜜絲塔。「我知道這樣做很厚臉皮，但是我們還可以再偷渡一人嗎？她可能比我們還重要。」

阿蜜絲塔不耐煩地蹙起眉頭。

菲茲接著解釋：「因為她更了解這個主題，尤其最熟悉我們想要詢問的那個人。」

阿蜜絲塔飛快考慮了一下，然後看了一眼手錶。

「她多快可以到這裡？」

「五分鐘。」

阿蜜絲塔說：「就給她五分鐘，然後我們就要進去了。」

# 73.

路華車被夾在兩輛撞得稀巴爛的汽車之間，前門和行李廂門開著，前面和後面的擋風玻璃都不見了，碎片散落在前座，有一些躺在車門邊的路面上。

在封鎖區兩側，閃著藍光的警車封閉了車道。兩位制服員警保護著事故現場，或者說犯罪現場，其他警察站在封鎖線旁，阻擋好奇的民眾，詢問現場目擊者。路華車前方和車尾多次遭到子彈射擊，留下彈孔。

「你們就這樣直接朝車子開槍？」瑪亞環顧四周說。「即使有一堆無辜者在場？」

帝博承認：「確實不是什麼光榮的事，後續一定有得檢討了。」

雍恩說：「沒人受傷真是奇蹟。」

瑪亞才不相信他這麼有同情心。她問：「車廂後面沒人嗎？」

帝博說：「我們沒有看見人。不過，行李廂門在撞擊時彈開了，等我們確認整個情況和車子沒有危險後，已經過了十分鐘。妳也看見車子的狀況了。這段時間當然可能有人逃離車子而沒有被發現。」

瑪亞只靠著眼睛檢查行李廂，並未實際碰觸。

帝博解釋說：「鑑識人員已經在路上了。」

她的手機震動了一下，是中心傳來的簡訊，有圖片。瑪亞一看，整個人宛如觸電。是監視器拍下的照片，幾分鐘前拍攝於會議中心前的安檢通道。一個小時前，高峰會才剛在會議中心舉行開幕。

瑪亞立刻撥電話。「她進去了嗎？」

「被擋下了。」中心裡的同仁解釋說。「雖然她在名單上，但是安全許可和入場資格都被取消了。」

「為什麼？」

「我們還不清楚。」

瑪亞收起手機，對帝博說：「謝謝。」然後抓住雍恩手臂，說：「我們走！」

撒馬利亞人、賭徒與那個女抗議者和一群企鵝，站在一個小型安檢通道附近，距離美國與英國大使館、阿德隆旅館一條街。艾爾藏身在一處建築入口，觀察著他們。抗議的吵雜聲與直升機的聲音蓋過了一切，甚至是他耳機裡的聲音。

貝爾氣喘吁吁說：「她往東邊去了。」

「往我們這邊來？」

大概兩百公尺左右一群人後面，出現了她的身影。遊行隊伍距離艾爾約莫三百公尺，隊伍中傳來「啊啊啊！噢噢噢！」的呼喊，聲音愈來愈大，逐漸增強成陣陣噪音，在亢奮的狂吼和掌聲中達到高潮。

艾爾的目光在大步快走的女子和遊行隊伍之間來回巡視。

群眾亢奮的原因在於，人群上空有一個小點接著一個小點迅速往上攀升，數量愈來愈多，沒多久即有數百、數千。它們像一群白頭翁在上空聚集成雲，不時變換著引人入勝的圖案。

艾爾認出那些黑點是小型無人機。就像昨晚的表演一樣，只是今天沒有燈光。

安檢通道的保全人員、撒馬利亞人與賭徒身邊那群人，全被騷動給吸引。只有湘恩・達爾利不為所動地朝他們前進，她差不多快要走到了。

新升空的無人機融入先上升的群體中，彷彿是整體的一部分。無人機雲翻騰洶湧，排列出新的圖案。艾爾還沒來得及弄清楚是怎麼辦到的，無人機在巴黎廣場上空已經又排出另一個巨大的和平符號。現在，所有人全都仰著頭，目不轉睛凝視天空。艾爾忽然發現自己和其他人一樣沉醉表演之中，回過神來再往撒馬利亞人、賭徒、達爾利和其他人望去，他們全已不見人影。

艾爾發現他們排在安檢通道的隊伍裡。大多數的保全人員還沉迷在上空的無人機舞蹈，有一個保全正在檢查那群黑白企鵝的證件，隨便翻看他們的城市背包，沒有找什麼麻煩就擺手放行。

無人機愈來愈多，愈升愈高，靈活變換出不同語言的文字，在和平符號周圍舞著，穿梭其中、與其並肩、與其相融，而後又散開，重新塑型。

現在保全人員也讓賭徒進入會議區了！

艾爾用語音下指令，撥接委託人的號碼。

達爾利也置身其中。

撥號音。保全人員根本毫不關心其他同事在做什麼，頂多眼尾瞥他們一眼。天空上的戲碼有趣多了。

委託人接起電話。

# 第七個決定

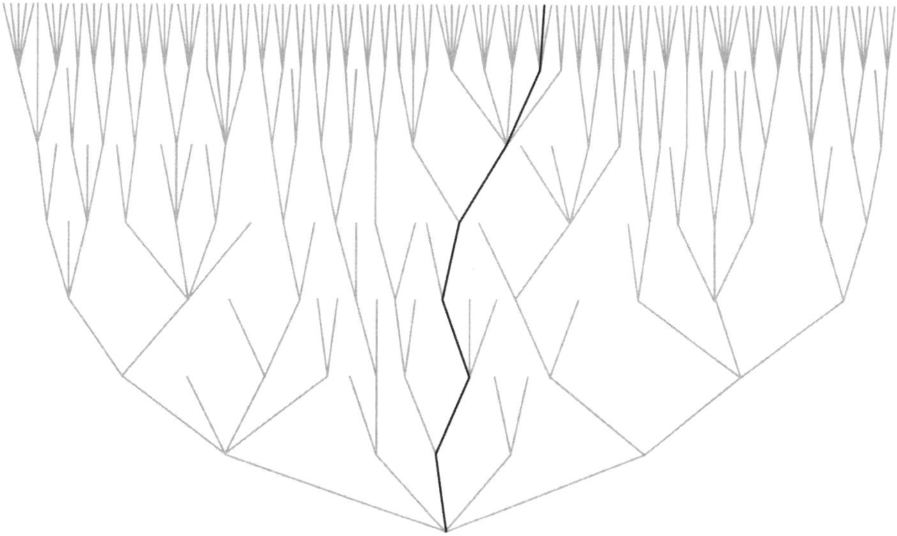

數學原理的相關知識能夠幫助發現並排除異常現象。

——威爾・坎特

# 74.

揚恩前面，菲茲和湘恩正通過安檢閘口。安檢人員看都沒看他們提供的東西。先前阿蜜絲塔解釋過，一切只是演給監視器看的，安檢人員是他們其中一分子，很早之前就先滲透進來了。六人安檢小組中還有其他兩人也一樣，不過這個小組反正也沒人在乎他們。即使如此，揚恩的心臟仍在胸膛裡劇烈跳動，膝蓋也發軟。現在是決定轉身撒手不管的最後時刻，原稿和原稿內容對他早就不似證明自己的清白那麼迫切。揚恩眼前只看得見其他安檢人員的後腦杓，因為屬於後腦杓的臉孔全都好奇望著無人機舞蹈。不得不承認，無人機的表演今天一樣絕妙得令人目不暇給。這是給全球媒體的畫面。

「請出示證件。」安檢人員說。

揚恩的心臟快要跳出來了，淚水在眼眶裡打轉。數百名武裝士兵、車輛等一字排開。結果已經決定了，現在他不可能悄悄回頭而不引人注意，也不可能不危害到別人。他出示身分證，那人瞇著眼睛檢查。揚恩露出尷尬的笑容。

接著，那人要揮手讓他過去。

他們從閘口後面沿著貝倫大街走到威廉大街，腎上腺素一路狂飆。抵達十字路口後，又有一道路障擋住視線。右邊威廉大街一直到英國大使館，全部都封鎖了。直行大約一百五十公尺後方，路障、車輛與警察擋住了被害猶太人紀念碑和蒂爾加滕方向。封鎖線後方是美國大使館，雙重保護圈。

他們繞過阿德隆旅館與柏林藝術學院後方，走向美國大使館前的路障，步伐堅定但並不急躁。又是全副武裝的警力，全罩式頭盔底下的嚴厲目光，讓他們感覺像暴露在無數狙擊手的監視下。

在封鎖線前的最後一棟房子入口，有幾個癮君子正在吞雲吐霧。

他們從地下停車場入口進入房子，再穿越一個水泥通道。沒多久，好些一看就是服務生的人身穿制服，推著裝飲料箱和食物盒的推車來來去去，同時忙碌地透過耳機通話，也有人靠在牆壁休息片刻。揚恩想起了電玩遊戲，遊戲裡規定你必須建立社會，讓許多勤勞刻苦的人在螢幕上孜孜不倦忙碌著。雖然揚恩覺得光是他們的服裝就夠啟人疑竇，遑論他傷痕累累的臉龐，但是沒人注意這團新來的人。

他們在阿蜜絲塔指示下，跟著一個黑白企鵝裝的人經過一道階梯來到備餐區。這裡出現更多白色衣物、廚師帽、頭巾。蒸氣氤氳，餐具叮噹，人聲鼎沸，高吼下令，各式各樣的氣味混雜交錯。在領袖阿蜜絲塔的帶領下，他們穿越混亂喧囂，毫不猶豫來到另一條走道，服務生從走道兩邊匆匆來回，端著餐盤上滿滿的食物和他們同方向前進。但從另一方回來的服務生，餐盤已經空了。

阿蜜絲塔又在一扇門前停下，探頭看一眼。門後是完全不同的光景，紅地毯、名貴的木牆，還有一張幾乎和空間一樣長的長桌，鋪著白桌巾，桌上有花朵擺飾。服務生便是將餐盤上的佳餚美饌放在此處。前方還擺設了白色立桌，白桌巾垂至地面，小花瓶裡插著鮮花，給忙碌的場景增添些許親切宜人的氣氛。對面牆壁有好幾扇目前仍舊關閉的雙扉門，將美食與賓客隔離開來。現在將近中午時分，再過一兩個小時，上百名飢腸轆轆的高峰會與會者將從開口湧入。

「這個宴會廳後面就是會議廳。」阿蜜絲塔解釋。「從現在開始，大家各做各的事了。」她對湘恩、菲茲與揚恩說。「祝你們好運！」

她又往外偷瞄一眼後，向同伴招手，然後一個接著一個離開。與會者分散在宴會廳裡，站在立桌旁邊聊天，他們若非暫時離開演講會場，就是沒興趣聆聽。大型螢幕即時無聲轉播會議現場狀況，不過底下配有字幕。阿蜜絲塔和她的人沒有引起注意。

揚恩、菲茲與湘恩這段時間並未交談。

湘恩現在說：「我想先和泰德談談。」

菲茲說：「那麼我們再等一下。」

「我們？」

湘恩轉身，正想要穿越門進去，揚恩卻及時抓住她的肩膀，把她拉了回來。他只說了一句：

「那邊。」

從前廳另一側連接大會議廳的一扇門裡，走進一個矯健壯碩的高大男人，西裝筆挺，頭髮剃得很短，後面還跟了兩個同類型的人。揚恩已經看過那兩人了。幾個小時前就在湘恩的套房裡。

菲茲羅伊把湘恩推到一邊，三人貼着門外的牆壁，免得妨礙到服務人員。

他輕聲問：「他們在那邊幹嘛？」

湘恩回答：「保護泰德。即使是像這裡一樣的高度警戒區，還是會有幾個人一直守在他身邊。」

「哈，高度警戒區。」菲茲羅伊嘲諷說。「我們也都進來了……」

揚恩問：「這裡可以攜帶武器嗎？」

湘恩說：「不行。」

「總算。」

「為什麼他恰好現在走出那道門，直接朝我們的方向過來？」菲茲羅伊噓聲說，從縫隙間偷看。

揚恩觀察那些人正在交談，接著便有一個人留在宴會廳。另一個走上階梯，消失在上頭。他說：「我們過不了他那一關。」

「天呀，超過他啊！」瑪亞對雍恩大吼。這樣說不公平。這位閃着藍光、開著警笛與她一起奔向高峰會場的雍恩，本來可是有賽車手潛質的，而且還是個優秀的賽車手，風馳電掣，但操控自如。他們目前在蒂爾加滕南邊某處。交通愈來愈壅塞。

瑪亞耳邊手機那端的聲音不知所措的問：「要我做什麼？」

「你把肖像和名字傳給高峰會場的同仁！請注意，其中有人十分危險！」

「恐怖攻擊嗎？」

「不是。」

「那是什麼？」

「我要是知道就好了。你們要找這些人，只要發現任何一個，立刻逮捕。所有人都一樣！」

「清場嗎？」

「不行！私下行動！」

會議中心還有一個公里，它的上空有一群……不是鳥！

「我們要拿我們那一份！」巨大的字母排列出這句話。

又來了。

「真酷。」

「妳說什麼？」

「哎呀，沒事。照我剛說的話做。」

「我來了。」艾爾耳機裡的聲音說。他隨即看見安全通道裡有個西裝筆挺的高個子走向安檢人員。

無人機在建築物上空飛舞，示威者之間響起一首經典靈魂樂，成千上萬的嗓子一起唱着：

「... ar-i-es-pi-i...」

艾爾和山姆過街走向安檢閘口，這時才有個安檢人員注意到他們。來接艾爾他們的西裝男向安檢人員出示證件，接著又拿出另一張，應該是安全許可。

「這兩人是跟著我的。」西裝男說。「他們可以進來。」

艾爾和山姆出示證件。安檢人員檢查證件，然後對照自己的名單。他來回看着西裝男、艾爾和山姆，顯得有點不知所措。他的同事們仍舊欣賞著天空上的表演，只拿眼角瞥了他們一眼。

「但是他們不在我們的……」

「胡說八道！」西裝男怒喝他。「你也看見我從哪個方向過來的，從裡面。我既然有安全許可，這兩個又是我的人，他們也就有安全許可。」他又把許可證塞到安全人員眼前。「難道要我找你的主管來嗎？你想要受到壓力嗎？」

「讓他們過去吧。」一個注意力放在天空上的同事說。「看得出來他們和我們一樣也是保全人員呀。」

安檢人員緊抿着嘴，擺手讓他們通過。

西裝男一臉不信任地招呼著他們，問：「他們去哪裡了？」

接著，艾爾他們沿着撒馬利亞人和賭徒消失的貝倫大街尋去，來到阿德隆旅館後方的地下停車場入口。

「我受夠這整齣戲了！」揚恩說。「我出去引開那傢伙的注意。」

在他們身邊，忙碌的服務人員逐漸在宴會廳的自助餐桌和立桌上擺滿小點心、盤子、餐巾和杯子。

「他不能對我怎麼樣的，也不會叫警察，就像在旅館那樣。而且就算……真的報警了，湘恩也能夠作證我們不是非法闖入的。」

「謀殺嫌疑呢？」菲茲羅伊想要勸阻他。

「我又沒有殺人，警方最後也會查清楚的。如果沒有，在我們幫助下也會查個水落石出。湯普森和威爾的故事和論文教了我們什麼？信任與合作呀。」

菲茲羅伊說：「你說得沒錯。不過，那兩人都死了。」

「等會兒見。」揚恩從門縫鑽出去，悄悄溜向樓梯。

菲茲羅伊之前真不敢相信這小子竟如此大膽。他從縫隙觀察對面牆邊的西裝男。

西裝男發現揚恩時，揚恩差不多走了一半。西裝男正喃喃自語，八成是對着耳機說話。他先是目光跟著揚恩，接著便開始走動。

揚恩走到了樓梯口。西裝男跟著他，沒有驚動其他人。

湘恩也想走出去，卻被菲茲羅伊擋了下來。

西裝男忽然回頭看了一眼，旋即又將注意力放回揚恩身上。而他們已經看不見揚恩了。湘恩和菲茲羅伊倏地溜出宴會廳，走到樓梯邊的西裝男這時又猛然回頭，千鈞一髮間，他們及時在立桌的客人中找到掩護。西裝男沒有發現異常後，又邁開步伐。湘恩和菲茲羅伊東遮西閃來到會議廳的門前，然後輕輕壓下門把。兩人靜靜鑽了進去。

菲茲羅伊忽然脫口而出：「噢，媽的……」

# 75.

她和菲茲羅伊從一扇邊門進入會議廳。湘恩雙眼來回梭巡，正如她所料，龐然的玻璃穹頂下方，估計有三百人坐滿一排排桌邊和椅子上，正聚精會神聆聽演講者發表演說。演講者站在大型講台上的講桌後方，顯得十分渺小，因此講者背後有面與講台同寬的超大銀幕投射出他的臉，臉上的皺紋和情緒全逃不過觀眾眼睛。

大部分的與會者不是一身西裝就是套裝，或身穿代表各自文化的傳統服飾。他們面前的桌子上擺著文件夾、紙張、發亮的筆電和平板電腦。許多人戴著頭戴式耳機，耳機上有電線與桌子相連。所有人看起來一臉認真。大廳分成八個區域，每一區有五排座位。前面四區擺設了桌子，後面四區只有椅子，每一排之間的走道十分寬敞，可以暢通無阻走到座位上。大廳周圍三面高起的地方，勾勒出世界各國的記者與攝影師的輪廓。

賓客多半聚精凝神聽講。不過，在昏暗的光線中，湘恩也發現有許多人仰望玻璃穹頂，想要看一眼窗外的無人機；也有人埋首在自己的手機或平板電腦。在周圍幾個人的螢幕上，她不只一次看見外頭示威遊行的轉播，畫面上同時切入此時正在他們頭頂上空的無人機舞蹈影片；另外的人若不是看著其他新聞報導，就是在傳簡訊或玩遊戲。在觸控螢幕上熱切點擊的手指，讓湘恩想起受到光線吸引與矇騙的昆蟲，一次又一次絕望地撞擊窗玻璃，想要穿透玻璃奔向自由。零星有幾個聽眾離開座位，或者回到位置上。湘恩十分熟悉這類活動。總是有人要上廁所或者接聽重要電話。

「留在這裡。」湘恩低聲對菲茲羅伊說，然後沿著第一條走道大步走到中間交叉口，再轉往講台方向，順著前面十排座椅走。由於大會聚集了重要的與會者，所以主辦方配置了許多特定座位。她在第四排往內數第四個位置找到泰德，他左邊的椅子是空的。

艾爾和西裝男穿梭在服務人員之間，經過會議中心內部的供餐通道。通道時不時就分岔出或窄或寬的走廊，不過艾爾他們始終跟隨著勞動大隊後面前進。在一個很大的空間裡，數十名廚師俯身在長桌上，全神貫注製作小點心，這裡放一點蝦子，那裡加點魚子醬。

西裝男開始說話，艾爾聽了幾個字後，才理解不是對他講的。

「沒問題。」西裝男還說著，卻同時轉向了艾爾。他說：「我們首先專注在兩個人身上就好，揚恩・吳特與菲茲羅伊・皮爾。」

瑪亞的車子閃著藍光，輕而易舉便通過菩提大道的車輛安檢閘口。從近處看，無人機雲更加震撼，但也更顯得危險。不過，瑪亞在底下這裡幾乎看不清楚無人機表演了什麼。演出是以全景視野為發想的。雍恩關掉藍光，急忙駛到建築前側。瑪亞在某處讀到，高峰會期間，有好幾千人在巴黎廣場的三個活動會場工作。

雍恩踩下煞車，輪胎發出刺耳的嘰嘎聲後，停在主要出入口前。他們跳下車，衝上紅地毯，跑到大型玻璃門。她快步走過接待桌時，隨手出示她的證件。反正有雍恩那身制服，也無須解釋太多了。他們走進入口大廳，廳高好幾層樓。一幅巨型銀幕現場轉播大型會議廳裡的動態，廳裡有數百人坐在長桌旁或椅子上，聆聽台上一個男子演講。

她的手機響起，是中心來電。「喂？」

「妳在高峰會現場？」她聽見柯斯特里茲驚嚇的聲音。

「幸好是。」她說。「我有事情要做，如果沒有重要消息要給我的話……」

他說：「我有。如果妳在裡面的行為還像以前那樣，就吃不了兜著走！」

「就這樣？」

「不是！」柯斯特里茲哼聲說。

電話線路「啪擦」一聲，傳來她今天上午多次通話的熟悉女聲：「我有兩個消息要通知妳。妳想先聽哪個？」

「只聽好消息。」

「看妳從哪個角度解釋。」

「別搞哲學了，快說。」

椅子後面有足夠的空間讓湘恩走到她的座位。泰德手裡拿著手機，放在大腿上，正在看新聞。一排排座位間短短的幾公尺，對她儼然有如數公里。幾個小時前，她還是個風華迷人的年輕女子，和一位白手起家的億萬富翁剛萌發出戀情。童話中的公主人生已經呈現在她眼前，至少她能過上幾年那樣的生活，甚至二十年可能也沒問題。她沒有天真得不知道世界上的泰德們遲早會拋棄妻子，改投更年輕的模特兒懷抱。他們同時還收集老車、飛機或藝術品。她浮想連篇，不斷偏離主題，大概是不想面對過去幾小時以來可預見的結果。她總還是希望泰德能夠好好解釋保險箱裡的信封和米契的行為，不過內心深處也清楚他會辜負她的期望。她知道自己必須決定之後要走哪條路。不論她做出何種決定，都將是全新的路，而她毫無概念那條路會把自己帶往何處。

她自然而然在泰德旁邊落座，彷彿才從廁所回來。

泰德一臉困惑抬起頭，認出了她。「湘恩！妳去哪裡了？我擔心死了！」他輕聲說。「我打了好幾次電話給妳。」

她把手機放到他前面的桌上，打開通話記錄。「這隻手機沒有接到。」

「妳還有其他手機。」

他都來這招。他果真一無所知嗎？那麼米契聽令於誰？

「湯普森和威爾・坎特的觀點究竟是哪裡困擾你了？」她開門見山地問，「會對希拉布斯投資公司這類金融企業造成影響？還是你擔心八〇年代探討美國財富如何循序漸進鏟到像你這樣的頂級富豪身上的學術論文，被廣泛發表？」她前面有人轉頭，面露不快，但她置之不理。「只是為了錢嗎？還是某種意識型態？因為他們牴觸了主流經濟與政治的市場信念與競爭信仰？並不是透過崇高的命題，只是簡單的計算。或者是因為……」

「妳在講什麼啊？」泰德小聲說。他站起身，但仍躬著腰，免得擋住後面幾排聽眾的視線。他手一比，指示她走出去。「我們到外面繼續談。」

她吃了一驚，任由他把她推出座位區。

瑪亞收起手機，跑到接待櫃檯，好幾個安檢人員好奇地看著她。她對一個制服大了一號的凸肚小個子說：「你們全都跟我來！」

「可是我們……」

「給我叫你們主管來！」

「怎麼回事？」泰德噓聲說。「是的，我知道湯普森的演講和論文內容。你們全都錯判了規模。即使是湯普森和坎特，也只不過擦到了邊。湯普森的觀點當然正確，但他畢竟是上個世紀的人，還是類比式的思考模式，況且思索的是老舊的範疇：古典市場經濟、資本主義、金錢。我們正航向一個新的世界。」他的聲音裡透出不尋常的緊張，講話比平時還要快、還要急切。「當價格不再是訊號，只不過是數據的寫照，我為什麼還需要市場、競爭或金錢來決定價格？既然都有驚人的大量數據，快速提供我更準確的訊息，了解群眾的需求，知道如何滿足他們了？透過這些數據，我能夠使用相關算式，盡可能調整、分配貨物與服務，以契合消費者的需求。簡而言之，就是協調與組織社會。」

「因為你是這個現代資本的收藏家與擁有者。世界上其他人怎麼辦？」

有人很不友善地噓了他們一聲。

湘恩又說：「湯普森與威爾的模式，其實應該說是倫敦人的研究，為重新理解與設計分配，奠定了基石。就看由誰來設計。」

「我們生活在知識社會。」泰德在座位走道間一邊說，一邊把她往外推。他躬身的姿勢現在似乎不太是因為顧慮其他賓客，反而像頭狩獵中的猛獸，甚至像匹被逼到角落的困獸。「數據即是力量，而知識自始至終就是力量，而且未來將會比以往任何時候更加強大。」

「這是你的問題。越是與人分享知識，知識成長得越發強大。但是分享知識，當然也就分享了權力。」

「那和金錢、土地、房地產、有價證券與其他資本沒有不同，過去如此，現在也一樣。」泰德提醒說。他聳了聳肩，但並沒有減緩他的緊張。

「噓！」

夠了！他們反正快走到出口了。

湘恩說：「但是湯普森和威爾，或者說他們引用其研究的學者指出，長遠來看，那樣對所有人都好。」

「不包括我在內。妳還是不懂。不管是以前還是現在，分配都無關乎財富，而是權力。」

他的頭現在垂到兩肩之間，宛如一頭即將發動攻擊的公牛。

「湯普森和威爾的研究明確指出，基本上有兩種機制。一種是偶然性的相乘的、指數的動能，幸運的動能，也就是偶然和幸運都是倍增變化的，讓所有的財富能夠一次又一次累積在少數幸運兒身上，而不是根據常態分配分散到所有人身上。是的，一旦出現這樣的動能，財富就會黏在一個人身上！」

「身為一個幸運兒，你也可以為了自己的利益更加活化這種動能，就像你昨晚那樣……」湘恩說。「但是另一方面，倫敦人和後來的湯普森與威爾指出，有合作、收集與分配等動能，透過這些，才能成長得更好。相對於單細胞生物，多細胞生物更是如此，只不過在演化上仍舊反覆試驗、不斷嘗試錯誤中。人類是最早能**有意識地**引導這種動能的生物，所以可增加更多收益，帶領大家往前。」

「看來妳讀了很多。」泰德說。

他聳聳肩，這次不再緊繃，似乎接受了現狀。

湘恩不禁心生疑惑。

她說：「處於分配位置的人，始終是這個社會中的權力者。他們掌控這種動能的果實要落到誰身上。德語裡稱呼其中一種機制就叫做：調控。在分配位置上的人，決定誰能擁有運氣，或者至少是受到掌控的那個部分。」

泰德說：「真是聰慧又美麗的女人，我知道自己為什麼如此受妳吸引了。是的，人工智慧，或許是區塊鏈與尚待發展的新科技，不僅徹底降低分配成本，獲利更是可觀。擁有新科技，在未來社會就擁有了權力，而且決定財富的分配。妳也可能是其中一員。」
「將財富分配給所有人，到底有什麼問題？」
「這點我們已經說過了。」他緊皺眉頭，故意露出失望的表情。「這樣他們也會分配到權力。」
「而你不想分享。」
「我有何必要呢？湯普森和威爾有一點沒有理解通透。妳不需要真的講什麼論證，只要讓他們**感覺**有論證就行了。那是他們自己感受到的感覺，例如自以為真的歧視、壓迫、不受重視、道德優越，諸如此類。這樣他們就會上鉤。不管妳是不是億萬富翁——就像妳說的——數十年來，正是這些人把錢鏟給妳。」
「那就成了監控國家與遙控國家！」
「是社會。這裡不需要國家，國家頂多是背景罷了。現在有部分就是這樣，不過非但沒人察覺到，甚至還一起參與。他們當然感覺到在這樣的條件下，自己的需求無法一直被滿足，終而導致模糊曖昧的不滿足，但這種不滿足可以好好疏通。而早就有人一直這樣做了：告訴他們，都是外國人的錯；告訴他們，是國家的錯；告訴他們，是歐盟的錯。一種像是論證的情感，他們就會買單。」
「對我來說，問題還是你如何拿到湯普森和威爾的文件？」
「真正的問題是，妳想生活在哪一個世界。我的還是其他人的？」他瞇起眼睛打量她。「雖然我感覺我已經知道答案了。」
她眼前忽地憑空出現一個高大的人影。
是米契，正對著她微笑。
「湘恩……」然後挽起她的手臂。

# 76.

「……您不會想要。」巨幅銀幕上那張臉說。菲茲羅伊心不在焉聽著演講，目光始終盯著湘恩和昏暗燈光中那個在聽眾桌子間躬身跟在她後面的男人，還有剛把手臂岔入她手腕的高個子。那個人正是之前在湘恩套房裡的保全。

喇叭忽然傳來：「……這是……這是怎麼……」

大廳裡響起竊竊私語，有幾個賓客甚至起身，想要看清楚怎麼回事。湘恩和那兩個男子也停下腳步，目光投向講台。

阿蜜絲塔和戰友占領會議廳的講台時，歡聲雷動的呼喊響徹布蘭登堡大門的上空。他們在罵罵咧咧的演講者前面拉開布條。金同時從手機和搖滾舞台的銀幕關注事件發展，舞台上的演講者也中斷演說。遊行應用程式正在實況轉播。銀幕上，阿蜜絲塔走向麥克風，演講者害怕得遠遠退開，彷彿阿蜜絲塔周圍有個隱形的盾牌似的。在會議廳的巨幅銀幕上，出現的不是阿蜜絲塔的臉，而是遊行示威的影片，蒂爾加滕區裡黑壓壓的人群。

「是不是很爽？」金撞了妮達一下說。「他們辦到了！」

示威人士的 IT 團隊駭入會議廳的 IT，將遊行隊伍的畫面傳送給與會者。阿蜜絲塔高高伸出右手拳頭，高喊：「和平！自由！正義！」她又重複一次。這次在蒂爾加滕裡成千上萬的人也一起高喊。咆哮的浪潮，一波強過一波，陶然亢奮，響徹半個柏林。

但是阿蜜絲塔放下拳頭，指向觀眾。

「啊，他們來了。」阿蜜絲塔喊。

菲茲羅伊在會場邊緣觀察整個騷動。十幾個人從座椅間的不同走道奔向講台，賓客現在全都起立，交頭接耳。有些人憤怒地朝講台大肆批評，許多人手機高舉過頭，錄下一切。奔向講台的最前面幾個人已經跳上去。

這時，湘恩身邊的兩人才從意外事件中驚醒過來，在喧嚷的人群中繼續把她往前推。夾在這兩人之間，湘恩的反抗似乎難以被人察覺，但是菲茲羅伊仍舊發現了。在極端的情勢下，竟可以如此快速認清一個人的真面目，實在很驚人。而這是他們過去一個小時貨真價實的經歷！

菲茲離開出口旁的牆邊，迎向他們。

「對了。」在第一批保全人員快跑到她身邊時，阿蜜絲塔趕緊說，「我想在此表達我的遺憾，我們今天在這裡聽不見賀柏特．湯普森的演講了，因為他昨晚遭到**謀殺**。」

「我們是信任妳才說的耶！」揚恩黏在前廳的大螢幕前，內心咒罵著。

會議廳裡的竊竊私語愈來愈大聲，還夾雜著驚呼聲，就像揚恩身邊其他觀眾發出的一樣。一時之間，時間彷彿凍結了。

第一批保全人員已經趕到拿布條的人身邊，想要從阿蜜絲塔同伴手中扯下標語。

「消息來源告訴我，他本來要發表令人興奮的觀點！」

揚恩不是獨自站在螢幕前面，身邊也圍繞了一些正好不在會議廳裡的好奇者。目前他覺得自己多少還算安全。他用眼角餘光搜尋著追兵，對方躲藏得很好，完全沒有發現他的蹤跡。

「那些觀點可以解決今天把你們聚集在此的問題！」

螢幕上，保全人員抓住了阿蜜絲塔的手與腳，試圖將她拉下講台。但是她緊扒著講桌不放。有個拿著布條的人跌倒，布條皺巴巴飄倒在地，第二個拿布條的人這時也被制服了。

「但是賀柏特．湯普森再也無法發表了，因為他被人謀殺了！」她沒有反抗，只是緊抓著講桌，雙腳被拉得幾乎與地平行。「不過，我們這裡有少數幾個人看過那份神祕的講稿。」

揚恩的胃開始不舒服翻騰。一個保全鬆開阿蜜絲塔緊抓著講桌邊緣的右手，另一個抓住她的頭髮，扯離麥克風。

「他們知道湯普森的觀點！可以為我們介紹！」

眼看阿蜜絲塔的左手也不得不放開了。

「湘恩！菲茲？揚恩！泰德．霍頓？」

最後被叫出的名字又引發一陣竊竊私語。

「這女人瘋了嗎？幹嘛把我們扯進去啦！」揚恩惶惶不安，東張西望。這裡沒人認識他，不知道阿蜜絲塔講的就是他。

講台上，保全人員把阿蜜絲塔拖離講桌，她還扭著脖子對觀眾大喊：「你們想知道湯普森的祕密嗎？」沒有了麥克風，她的聲音只有前排觀眾聽得見。

「是啊，當然囉。」觀眾中有個聲音諷刺喊道。

「滾蛋！」另一個接著喊。

但同時也有個聲音說：「為什麼不呢？」

揚恩覺得那聲音聽起來不像開玩笑。現在人聲鼎沸，吵雜紛亂。

又有人說：「讓那女士把話說完！」

「滾出去！」

這時，喇叭傳來一個渾厚又透出厭煩的女子聲音，蓋過了現場的吵雜聲：「我想，我們很樂意洗耳恭聽。」

# 77.

騷動吵雜的大廳頓時又意外安靜下來。

快走到湘恩、霍頓和米契身邊的菲茲羅伊，認出講桌後面的女人，她的臉在後面一牆高的銀幕上閃耀。他已經看過她兩次。昨晚她和一位制服員警出現在他旅館，後來稍晚，他們在占屋中逃離了她。如今她站在講台上，旁邊簇擁著好幾個保全人員，有穿制服的，也有穿著西裝的。

「我是瑪亞．帕利塔警官。」她向觀眾說明，並出示證件。證件在她背後的銀幕上大得像面路牌。「這位女士關於賀柏特．湯普森所說的事，不能說不正確。」她的目光在大廳的昏暗光線中搜尋。「因此，賀柏特．湯普森的演講或許有點看頭。」

眾人的目光全集中在講台上時，米契推著削瘦的湘恩走向出口。湘恩掙扎著，但面對這個高大強壯的男人，她毫無機會。泰德之前一聽到自己名字，早就先走兩步了。

「湘恩．達爾利？」講台上的女警官喊道。「菲茲羅伊．皮爾？揚恩．吳特？你們在嗎？」她曾到菲茲羅伊的旅館找他，而揚恩的名字顯然是在搜查過程中得知。但是，她甚至也知道湘恩？是綁架時從金的電話獲悉的？從其他的調查？菲茲羅伊挖空心思試圖釐清狀況。這對他們三個是好事？還是壞事？

那個警察再次叫出湘恩的名字時，米契把她的手臂箝得更緊了。

「湘恩．達爾利？菲茲羅伊．皮爾！揚恩．吳特，我們知道發生什麼事了！」

這女人之前還在旅館告訴她，因為謀殺案件，所以她在找皮爾和小伙子。現在卻在講台上呼喊他們？米契粗暴地推著湘恩往前走。就在前面幾公尺的地方，她在昏暗中發現了菲茲羅伊。

「這裡！」菲茲忽然大喊。「我們在這裡！」

湘恩更加激烈反抗米契的推擠。就在此時，菲茲羅伊擋住了他們的去路。

「我在這裡。」湘恩也跟著喊了起來。這是她擺脫米契與泰德的機會。「湘恩・達爾利在此！」有幾顆頭紛紛轉過來，目光集中在他們身上。

菲茲羅伊大喊：「我們在這裡！」

在眾人的目光下，米契只得鬆開手，湘恩猛然一撞，趁機擺脫他。一眨眼間，菲茲羅伊已經擠進他們兩人之間，然後與湘恩急忙走向講台。泰德與米契束手無策跟著走了幾步，接著停下腳步，往後撤退。

女警官在講台上迎接湘恩與菲茲。他們後面站著被保全人員抓住的阿蜜絲塔和她的同伴，不過他們早已不再被武力壓制在地，背部也沒有膝蓋頂著。

「我們已經認識了。」女警離開麥克風，講英語招呼他們。「我在這裡的部分暫時結束了。你們能說什麼就說吧。其他的事情，我們晚點再談。」她不打算逮捕湘恩與菲茲羅伊。

「我嗎？」湘恩難以置信地問，聲音顯得有點大。

剛才的演講者又出現了，還陪著幾個白髮老翁，他們正要開口抗議，女警卻比了個手勢要他們安靜。

「妳或皮爾都行，隨便你們。」

湘恩看了一眼會場大廳。光燈照得他們十分刺眼。她只隱約看見在場有頭有臉的顯赫人士，聽見激動的無意義叫嚷，喊著要他們消失，讓節目繼續進行，但同時也響起「不，我們想聽湯普森的……」的反對聲音。

「請妳放開他們。」菲茲對女警官說。他朝阿蜜絲塔和她的人比了一下。

女警官有點猶豫，她和阿蜜絲塔交談幾句，看了菲茲羅伊一眼後，對保全人員下了指示。保全人員勉強鬆開手，抗議者掙脫開來，但仍留在原地，等著接下來會發生什麼事。女警官沒再多說什麼，要求抗議者自動跟她走，不過阿蜜絲塔可以留下。

湘恩注視著前方刺眼的黑暗。黑暗中，大廳裡坐著全世界最重要的國家元首和企業領袖，等著看講台上這位年輕女子膽敢說什麼。湘恩走近麥克風。

菲茲羅伊站在舞台後方，心裡納悶湘恩要做什麼。想要發表湯普森的演講嗎？她不過粗略翻閱了一下，難道她擁有照相般的記憶力？還是想要即興發揮她所知道、所了解的部分？她在求學期間和職場生涯，一定學會了上台報告，熟悉臨時上場發揮，也能夠面對一大群人侃侃而談。她冰雪聰明，也大膽無畏。即使如此，事先沒有準備、也沒有講綱，實在也太大膽了。

湘恩身子一正，調整麥克風，目光迎視觀眾。「大家好。我的名字是湘恩．達爾利，在避險基金公司工作，以前在華爾街。今天上午，我曾經稍微瀏覽過賀柏特．湯普森的演講內容。就像——」她手往後一比，「菲茲羅伊．皮爾一樣，他以前曾是投資銀行家，現在……算了。」

「不！別把我扯進去！」

湘恩轉過身，燦然一笑，對菲茲羅伊點點頭，敦促他往前。

菲茲羅伊心生猶豫，這時他聽見觀眾中傳來一聲：「茲伊？」

這是只有菲茲羅伊最親近的家人——兄弟姊妹與父母——才會使用的暱稱。這個喉音與鼻音濃重、現在有點蒼老的音色，是他這一生首先聽見的聲音之一，如今已經好幾個月沒聽見。湘恩曾提及聲音的主人，他現在當然也坐在底下的人群中，聲音中夾雜著不可置信、驚愕與期待。菲茲羅伊能讀懂這個聲音裡的所有情緒，他們總是能同時喚起最深的感情與最強烈的反抗，彷彿他從未長大。

菲茲深深呼吸，然後站到湘恩背後。

揚恩四周的觀眾激動不安，竊竊私語，有人已經走下樓去了。湘恩開始說話，身後的大銀幕上，只見菲茲攤開一張皺巴巴的紙，拿出手機。

「我們透過決定，形塑我們的生活，形塑他人的生活，形塑我們的世界。因此，」她嫣然一笑，「知道人類如何下決定，具有**決定性**的重要意義。賀柏特．湯普森和威爾．坎特……」

揚恩東張西望，尋找他的追兵，仍舊沒有發現。女警官不僅放過菲茲羅伊，還把他請上台去，讓他說話。而她對他們三人都提出了這樣的要求。若是她把他當成嫌疑犯搜捕，應該不會這樣做。事情結束了！揚恩離開螢幕，急忙走向樓梯出口，三步併做兩步走。

艾爾和帶他進入建築物的西裝男穿越大會議廳前的拱廊，激動惱怒的聲音從敞開的門傳出來。立桌旁的人入迷看著設在各個角落實況轉播會議廳情形的螢幕。許多人想再進去，也有一些人罵罵咧咧走出來。在大講台上的小講桌後面，有兩個人正在講話，他們的臉龐在背後的銀幕上投射得龐然巨大。

是那個女人，她後面是賭徒，畫面中只少了撒馬利亞人。

「……我們人類以決策模式為基礎，有意無意在生活各個層面發展策略，例如伴侶關係，或者社會秩序、財富增加、經濟觀點，以及我們逐漸頻繁經歷的升級與預防社會動盪的策略等等，一直到此處要進行的和平談判……」

艾爾身邊的西裝男按下掛在他耳朵裡的一個通話鈕，專心傾聽，然後轉向艾爾。「你們的任務結束了。」他不帶感情說，接著便一言不發轉身離開，走向會議廳。

艾爾立刻懂了，但仍有許多無法理解之處。他們的任務最終還是失敗，委託人拋棄了他們，別奢望拿得到第二筆酬勞。他們得靠自己了。更危險的是，委託人很有可能出賣他們，讓警方抓到兇手，事情就此落幕。艾爾到現在仍不認識委託人，即使在旅館地下停車場的行動透露出線索，循線調查或許能夠推斷是誰。他們先前假裝綁架搶走三個人質時，那些押著他們的人是誰？艾爾記下了車牌號碼。那些人打哪兒來的？之後又到哪裡去了？那女人是誰？但目前他沒有時間思考這些問題。

「傑克？貝爾？羅伯？」

在等待他們回覆的幾秒間，艾爾的目光迷惘地飄過大廳，掃過滿坑滿谷西裝筆挺的人，最後他們三個人聲音幾乎同時在他耳裡響起。

「代碼隱身。」艾爾只說了這麼一句。

首先要趕快潛水消失。艾爾要循著原路回去，還是走上大型樓梯，從前面主要出入口離開？但艾爾一看見階梯上出現那張該死的臉，立刻知道自己還有件事要解決。

# 78.

揚恩超越階梯上其他人，前往大會議廳。拱廊裡的人潮比剛才明顯更多，每個螢幕前都聚了一群人，菲茲在螢幕上呈現一張倉促畫下的比薩斜塔。揚恩蜿蜒穿行，擠向最近的入口，入口前也擠著一小群好奇者想進去。他踮起腳尖，想要越過他們頭頂看向會議廳內。現在推擠也沒有用，他乾脆隨著人潮移動。喇叭傳來菲茲的聲音，鏗鏘有力，口才辨給。

「……以錯誤的決策模式為基礎，當然就會得到錯誤的結果……」

「幸好我不必站在講台上。」揚恩後面有個討厭鬼一直擠，指關節都抵著他的背了。

「安靜！」一個粗啞的聲音在揚恩耳邊低聲說。

揚恩左手臂頓時彷彿被老虎鉗夾住，迫使他轉向。揚恩掙扎著，但是背後本來只是有東西硬抵著，現在卻傳來刺痛。

「這是刀。」對方低聲地以英語說，「我會毫不猶豫刺下去。走！」

揚恩暫時屈服。這人是誰？聲音從他頭上傳來，對方一定比較高。他的雙手有如鐽子，軀幹像輛挖土機把他推向前，揚恩感覺對方應該是經常健身鍛鍊的人。他眼尾飛快瞥了逼迫者的鞋子與褲子一眼，證實了他的恐懼。是鐵砧下巴或他的同夥。他怎麼進來的？又怎麼發現他的？世界上難道**沒有**安全的地方嗎？就算置身在採取萬全設施的國家元首與企業總裁之間也不行？一時之間，揚恩內心湧上深深的絕望，整個人虛脫無力。他不再抗拒，任由自己被推著走。偶爾有人看一眼這對奇怪的搭檔，但馬上又轉回去看螢幕。

揚恩聽見湘恩的話，但是什麼也聽不懂。他看過這些人肆無忌憚殺人。如果這人說會毫不猶豫在他背上捅一刀，他絕對相信。下面的安檢人員都讓他、菲茲和湘恩進來了，這個瘋子憑什麼進不來，而且還帶著刀？忽然，他內在又深又黑的洞裡，亮起一絲星火。「我還活著呀！」

「別輕舉妄動，否則我會殺了你。」

現在反抗的話，會害死自己。但是不反抗的話，晚點八成也難逃一死。尖刺逼使他走進宴會廳，逗留在這裡的人不多。在現在與晚點之間，或許仍舊有機會。又來了，又要在不確定的情況下做出決定了。

瑪亞很想聽達爾利和皮爾的說明，但是她有更重要的事情得做。中心給的消息是好是壞，完全取決於從哪個角度切入，也絕對與接下來幾分鐘有關。

第一個消息來自鑑識部門。事故車身上的血跡找到了一個符合者。DNA檢測顯示，血液屬於一個因為涉嫌犯下多起謀殺，而遭到國際通緝的人。他有多個化名，不過臉是一樣的。鑑識人員把照片傳送給她。瑪亞一看見照片，全身忽然一陣哆嗦。她認得這張臉。第二個消息與電話號碼有關。她請中心查詢號碼所在位置。他們目前已經定位到那隻手機，持有者就在這棟建築物中！

瑪亞同事也已開通她手機讀取定位現況的權限。她要找的手機就在附近。她先試著從手機小螢幕中的會議廳示意圖上找到自己。一個跳動的綠點在偌大的會議廳邊緣，標示出她大概的所在地，準確度三公尺內。另一個跳動的紅點正慢慢遠離她。如果她的地圖解讀正確，對方距離她應有三個房間遠。往哪個方向？面對這些應用程式，她總是要費一番勁與之纏鬥。

瑪亞看了湘恩最後一眼，聽見她說：「……因此說了一個小故事。很久以前，有兩個農夫，分別叫做安和比爾。他們……」便趕緊離開會議廳，眼睛黏著手機不放。方向正確。她穿越也擺設著立桌的前廳，來到有一大片落地窗、但只有寥寥數人的宴會廳。廳裡沒有人對食物感興趣，全都聚集在螢幕前，觀看大會議廳的現場轉播。其他螢幕則播放外頭的畫面。外面示威者人山人海，標語彷彿小船上的風帆般飄揚。

一定還有出口通到另一個方向。

這個攻擊揚恩的人毫不費力就能使用尖銳物品而不被人發現。他壯得像樹幹般的右手搭在揚恩肩膀上，像個好友似的；左手卻拿著刀抵在著揚恩左肩底下，刀尖不斷在肋骨間尋找位置，以便緊要關頭時，刀刃可快速又柔軟地直接深及揚恩的肺部與心臟，不會受到任何阻礙。刀尖已經刺探性稍微劃破揚恩的皮膚。揚恩覺得好像是看牙醫時沒有麻醉，也感覺到溫熱的血滲到T恤上。他咬緊牙關，忍耐不發出哀嘆，全身每條纖維都因恐慌而沸騰。他可沒有興趣感受刀子沒入腰際的感覺。

「你是個煩人的眼中釘。」那傢伙又在揚恩耳邊以英文說。「你當不成目擊者的。」

他粗野地強迫揚恩穿越服務人員正忙進忙出、準備酒宴的地方。揚恩無計可施，不知道該怎麼掙脫這個老虎鉗。在工作人員眼裡，他們就是一對哥倆好。他們很快就會走到一條輸送通道，陰暗的通道裡有凹洞、隱密處與角落，只要趁人不注意，他在這些地方什麼都幹得出來。門敞開著，後面二十公尺遠的地方，有個孤獨的身影跟著他們同方向前進。迎面無人走來。揚恩的胃翻攪，膝蓋軟得像果凍。那男人把揚恩夾在腋窩下往前拉扯。揚恩又一次掙扎，但肌肉發達的手臂厭煩地抖動了一下，硬生生截斷他的企圖。同時，火辣的刺痛比先前更深入揚恩的肋骨之間。

「別想亂動。」男人沙啞的嗓音低聲說。「你只會更痛。」他逼揚恩走到柱子後面。「別輕舉妄動，否則我會殺了你。」

但現在若不冒險，只有等著喪命的份兒。他左手握拳，花點時間設法集中心思。說時遲、那時快，他上半身倏地往後退開，費勁舉高屈起的手，使盡全力往那傢伙鼻子一撞。對方喉頭咕嚕一聲，右臂宛如巨蟒般本能纏住揚恩的脖子。

難以置信的是，揚恩竟同一時間感覺到刀刃衝過一股微弱阻力後，像切牛排似的沒入左胸，火辣辣刮過他的肋骨。絕望中，他湧現出一股勇氣，最後一次抵抗這樹幹般的男人。

## 79.

瑪亞和兩個保全人員踏進宴會廳，那兩人剛從對面出入口離開。那個彪形大漢始終挾持著揚恩。乍看之下，兩個人是交情深厚的哥兒們，但瑪亞卻看得十分清楚。那個肌肉發達的傢伙一定暗中拿著武器抵住揚恩・吳特的腰際。她雖然無法想像這個人沒有安全許可，而且還帶著武器是如何進來的，但更不相信他可能有槍械在手。或許他攜帶特殊材質的刀，安檢時才沒被發現？

他們一走出門，瑪亞隨即邁步奔跑。跑到出入口時，那兩人的剪影距離她剩下五公尺，在牆壁凸出處的半遮掩下，兩個人在霓虹燈慘澹的光線中纏鬥在一起。瑪亞全力衝刺，一邊拔出手槍。

「手舉高！警察！放手！」

兩個軀體之間，閃光一現。

瑪亞毫不遲疑，扣下板機。

那男人毫無生氣地仰天倒下，巨大的沉重身軀像頭死去的海象。揚恩・吳特的頭抱在他的懷裡，彷如是情人似的。

瑪亞摸他的脖子，看看有沒有脈搏。她不確定自己是否感覺到什麼。但是她可能腎上腺素飆升而中毒，指尖幾乎已沒什麼感覺。

兩個保全人員觸碰動也不動的攻擊者，尋找生命跡象。

其中一個說：「他還活著。」

瑪亞撕開揚恩的襯衫，血液從肋骨間的切口汩汩流出。她將襯衫一角捲成布團，壓在傷口上。被槍擊中的犯人，背部底下形成一長條血泊。她開了三槍，槍槍擊中，但不知道射中哪裡。

「把這傢伙翻過去。」她指示保全人員。「他雖然受傷，還是要上手銬，然後再治療他的傷口。」

兩個保全人員吃力翻動那沉重的身體，另外又來三個保全，帶來兩個救護人員和醫生。

瑪亞搜索著傷者的口袋，只找到一個簡單的手機，型號和先前在路華車附近被捕的那人一樣。醫生正在檢查揚恩的傷勢，其他人努力把犯人翻過身。

瑪亞知道兩個傷者都受到專業的照顧，所以此地暫時不需要她的幫助。她檢查沒收的手機。走回活動會場，她的眼睛始終看著手機沒抬頭。走路時眼睛即使盯著手機，也不會撞到路燈或其他人，正是數位智人的新近成就。就像之前那個被捕的肌肉男一樣，這支手機一樣沒有上鎖。瑪亞飛快查詢通話記錄，有四個號碼經常同時接通，應該是某種電話會議功能。瑪亞已經知道了其中一個號碼，正是屬於那個路華車傢伙。通話記錄中基本上都是這四個號碼，只有另一個號碼會不定期出現。

她拿起自己的手機打給行動中心，「我還需要定位另外四個號碼，要快，否則會有危險！」

「……比起競爭、比賽、衝突、分裂、排擠、隔離、封鎖、孤立，我們其實根本不需要數學來證明團結、合作、休戚與共、人道、博愛、互助、和平，隨便你怎麼稱呼，更能促使人類不斷進步，為所有人創造財富。」菲茲解釋說，「但是，許多人顯然仍需要證明：就在這裡了！白紙黑字，清清楚楚。給需要透過數字來了解世界的人。」他露齒一笑，「譬如我。」

從演講一開始，就有許多攝影師在講台上走動拍攝畫面，菲茲這時將有農夫寓言的手機往前拿到一個鏡頭前，手機螢幕瞬間出現在他背後的大銀幕。

「還是彩色的呢。」湘恩開玩笑說。「合作原則當然不是只有對假設中的四個農婦農夫有好處，我們還可以將安、比爾、卡爾與妲娜，隨意替換成任何一種人際關係，把故事中的農夫改成政治左派與右派、上或下、城市與鄉村、老與少、本地人與外國人、阿姆斯特丹、北京、芝加哥與三蘭港，換成印尼、蒲隆地、美國、墨西哥、智利、中國、奈及利亞、俄羅斯、寮國與丹麥，換成任一國家、任一個洲。」

「要求『我先來』、『美國優先』、『人民優先』（Prima la nostra gente），或者『隨便什麼優先』的人，行為就像安與比爾。」菲茲喊道。他拿出畫著卡爾與妲娜合作優勢的皺巴巴紙張，那紙張在後面銀幕被投影得比真人還大，接著不由分說撕下上面的部分。

「這樣的人，剝奪自己和同伴增加財富的機會，而他原本可以像這世界上的卡爾與妲娜們一樣，透過合作獲得利益的。但他不懂得利人而利己，沒有按照承諾保護同伴的利益，反而害他們吃虧！」菲茲再次呈現撕掉的紙張給大家看，讓這個想法在他們腦中發酵。

接著又換湘恩上場，兩人默契十足，彷彿早已駕輕就熟。「請將年份換成世代，就能明白，在維持這個原則能否世代傳遞上，穩定與強健的組織有多麼重要。請您再將年份替換成瞬間，就會進入金融策略，了解時間在經濟中扮演何種重要的角色。」湘恩的雙眼已經習慣了刺眼的聚光燈。目光滑過觀眾朦朧的頭部幾秒後，才又接續往下講。「任何一家長期生意興隆的公司，最終都是根據這個原則運作，正如繁榮的社會與國運昌隆的國家也是一樣，那便是共享資源，以促使人人有最好的發展。寧可競爭、拼鬥，而不願意合作的企業與國家，遲早會沒落，或使絕大多數人陷入貧困。在全球化的世界，當然全世界都會受到波及。」

「請想想足球！」菲茲羅伊喊道。「或其他團體運動！我們不乏聽說球團經理用天價購買昂貴的選手，但是球隊仍舊無法致勝。就因為明星球員不願意配合，只想為自己而戰。而我們喜歡的運動類型是，由優秀球員組成向心力強的球隊，相互配合，為隊友和球隊付出一切，最後擊敗一個擁有頂級球員，但各個都是傲慢獨行俠的球隊。」

湘恩．達爾利說：「一旦世界是由傲慢的自私主義者組成的足球隊，長遠下來，球隊將會不敵氣候變遷、饑荒、貧窮、暴力與其他對手。相反的，一支由具有團隊精神的球員所組成的球，將為所有人創造長期優勢。」

瑪亞走進會議廳時，達爾利正把菲茲羅伊・皮爾剛才撕掉的兩張紙合在一起。瑪亞選擇從最前面的邊門走進來，然後便站定不動。這裡的視野很好，可掌握場內狀況。會議廳裡擠滿了人，大部分的人都站著，有幾個人正在攝影或拍照。

湘恩・達爾利後方銀幕出現一個巨大的手機螢幕，螢幕上有一個村子與麥穗的奇怪圖案，圖案下方是表格，裡頭有些數字。

瑪亞按下行動中心的電話號碼。「定位進度如何？我急著拿到結果！」

「快了。我們剛好確定那四組號碼中的兩組，一個出現在米特區，第二個在菩提大道另一頭。」

「派人過去，先把他們逮捕歸案。」

「瑪亞，妳又不是不知道……」

「……不知道朝我們同仁開槍的瘋子正逍遙法外！難道要我提醒你嗎？」

「不用。」對方頓時啞口無言。

「謝謝。剩下的另外兩組號碼呢？」

「我們有了大概的方位。第三組號碼在波茲坦廣場那兒，另外一組就在妳附近。」

「在我附近？」有幾個人轉過頭看她。瑪亞於是壓低聲音說：「在哪裡？」

「就在巴黎廣場。」對方簡明扼要的說。「甚至可能就在妳所在的中央合作銀行建築大樓裡。我們只要一查到確切位置，立刻告訴妳。」

拜託，快一點！「謝謝你了！」

他們現在要繃緊神經了。

# 80.

「……這個農夫故事根本就是共產主義……」群眾中忽然傳來一個聲音。「因為我必須交出所有的收成……」

「完全相反。」菲茲羅伊冷靜反駁。又是一個不願意進行思索的人，或者事情只要不合心意，立刻從中找到自己最愛的意識型態魔鬼，包括共產主義者、左派分子、「政治正確的好人」、法西斯分子、納粹、新自由主義者……。「農夫故事簡單扼要解釋了合作的**原則**。卡爾和妲娜將一切收穫集中再分配，只是個極端的例子，主要是簡化計算方式。現實中，我們是根據比例來集中……」

另一個聲音喊道：「這正是國家稅制與社會制度所做的事情。」

「沒錯！」第一個激烈質問者嘲諷說。「以稅賦懲罰努力工作與奉公守法的人，卻把錢塞進懶惰者的屁眼裡！」

「完全說反了！」另一個聲音說。「正如同這兩位利用數學所證明的，只要運用得當，稅賦與分配策略是足以促進成長的！一直以來，我的看法始終如此。」

菲茲羅伊逆著刺眼光線，在昏黃中尋找說話者，最後發現他在第二排。這人站著，來回比著手勢。菲茲羅伊立刻認出了他：他是在微軟創辦人比爾．蓋茲與投資傳奇華倫．巴菲特倡議的「贈與誓言」創立之初，便加入的一位超級大富豪。參與「贈與誓言」的人，宣布會捐出他們絕大部分的資產，作為慈善之用。菲茲羅伊沒想到竟獲得意外的支持。

菲茲羅伊毫不遲疑，將他剛撕掉的下半部圖畫拿到鏡頭前面。「你們看這裡！再說一次：安和比爾可說是在沒有稅收與社會制度下工作的。」

接著，他又加上畫著卡爾與妲娜合作優勢的那半張。

「卡爾與妲娜則是利用稅制與社會制度，而且從中獲利。」

「真是可笑！」第一個質問者咯咯笑說。

「抱歉，但這就是數學。」第二排的億萬富豪說。「台上兩位可是都展現給您看了！而且我們大家都看見了有多簡單！無懈可擊！」

「當然。」菲茲羅伊說，然後又移開紙張，操作手機上的動畫版農夫寓言。「關鍵字就是『運用得當』。」

「是唷！」第一個質問者怪聲大叫。

「您說得當然沒錯，這種合作的形式，也就是集中與分配資源，未必對所有人都有好處，要看每個人貢獻多少、取得多少。」

「是的。一方貢獻所有，而另一方得到一切！」

「確實沒錯。」菲茲羅伊回答。「湯普森與坎特所依據的倫敦數學家，從數學上而非經驗上指出，最晚在上世紀八〇年代，美國財富重新分配，由窮轉至富。窮人貢獻所有，最後全被富人收割。許多國家的情況應該也差不多。」

「這簡直太過分了！」

菲茲羅伊不為所動說：「我也這麼認為。由於湯普森與坎特普遍將集中與分配定義為合作，所以他們稱呼這種形式叫做『負』合作。」

阿蜜絲塔在後面嘲諷說：「就像負成長一樣。」

「倫敦人的計算也提供了恰當稅率的初步依據，透過稅率，財富分配不均將趨於平穩，或者再度減少。」

湘恩接著說：「可能是每年百分之一到二的財產稅，或者百分之四十的遺產稅。現在開始可以說，若有人指稱財產稅、遺產稅和其他稅賦，不利於成長或者不公平，若不是表示他不懂，就是在騙人。分配得當反而能促進成長。免稅或減稅，尤其是針對富人，長遠來看，那**證實**會抑制成長。」

第二排的超級富豪大喊：「我說了很多年了！」

「那就好比其中一個農夫因為有幾年過得比較好，就能少支付一些。」菲茲羅伊繼續說，「**涓滴經濟**始終是個笑話，而現在有**數學**可證明**理由**何在！」他沒有理會大會議廳裡高漲的私語聲。「湯普森和坎特將其修潤得更加詳細。」

菲茲羅伊把第一個激烈質問者弄糊塗了，八成還激怒了他，但這新觀點的好處是，他也能為這男人呈現完全符合他品味的另一面。

他對批評者喊道：「但是，您喜歡的部分來了：共產主義！偉大的經濟規畫者，偉大的平均主義者。人人均等，會發生什麼事？農夫故事精采呈現出這一點了！安與卡爾有同樣的成長率，亦即經濟上是平等的。比爾與妲娜也一樣。啊，見鬼了，我最好給您看看。」

他把開啟農夫應用程式的手機拿到鏡頭前，然後打字。

「提醒一下，安與卡爾在村子同一邊，擁有同樣的成長率。若是卡爾不與妲娜合作，改與經濟條件相同的安合作，會發生什麼事？應該就會像共產主義一樣。」

菲茲羅伊打了幾個字，然後滑動螢幕，直到清楚顯見這個例子的計算結果。

「這就是您要的！安與卡爾即使合作，收穫和他們獨自耕作是一樣的。由於在複雜的系統中，他們也需要負擔少許的移轉成本，因此條件相同者合作反而是門賠錢生意。在這樣的案例中，事實上最好獨力工作。」

「這也同樣適用於其他偉大的平均主義者，從某些『主流文化』，到奢望統一的、或『純粹的』『民族』的法西斯主義者。」湘恩補充說。「差異性才是王道。而唯一連結差異的，就是合作意願！」

金不知道應該先看哪裡。手機？還是遊行應用程式？手機螢幕上那個真的是昨晚在奶奶家沙發過夜的奇怪英國人嗎？菲茲同時又把畫著合作優勢的那張紙拿到鏡頭前，讓觀眾能夠比對兩個例子。女警官剛才呼喊的揚恩，現在人在哪裡？她和周遭數十萬的抗議者與全球數百萬人一樣，透過手機即時追蹤阿蜜絲塔小組的行動。光是闖進會場、張開布條，對他們來說便是取得巨大成就。但是誰也沒料想到竟會出現這樣一場演講。裡面那兩人是否知道，他們正在向全球數百萬名觀眾發表演說呢？

「均等主義會**扼殺**合作原則！」講台上，菲茲身旁的女子說。

金不太喜歡她，膚淺的職場心機女，但是金欣賞她講的話。

「這個原則仰賴差異性、多樣性而**存在**，仰賴能夠以不同方式做事的自由，仰賴參與者，同樣也仰賴挑剔的客戶。有自由，才會有能使合作產生意義的多樣性。英文在這點上區分得更明確。它不是仰賴失去聯繫的孤狼式自由（Freedom），隨心所欲想做什麼就做什麼，而是處於社會關係中的人類自由（Liberty），是自由國家中，自由的公民**共有**的自由！但是，他們的自由以不侵犯他人為主。」

菲茲羅伊又說：「另一方面，差異性也受益於合作關係！那顯示，當一個人在獲益較高的時期，將部分送給收益不佳的人，是何等重要；因為等他自己日後狀況不好時，也能有所獲得。」

這是對未來的保障。因此，這個原則並非要使人人相同，而是持續為有差異的人創造**同樣的機會**，讓大家、以致於整個社會，盡可能有最佳的發展。所以根據自己的貢獻與能力，有人可能得到更多，有人比較少。只要能夠彼此合作，便有激勵，也有獎賞。」

「你們看，這和共產主義毫無關係。」那個女人喊道。「正好相反！這是最聰明、也最有利可圖的資本主義形式！資本主義是了不起的事情！」

什麼？她竟然早就知道了呢！職場心機女！

「只是我們始終理解錯誤，或者，得到錯誤的解釋。是的，資本主義由利己主義所驅動，由自私自利、由貪婪所驅使！但是，正如同農夫例子所示，顧及他人的利益，才是最高端的利己主義！**因為自私自利**，所以才要**合作**！**因為貪婪**，才要**分享**！」

因為自私自利，所以才要合作！因為貪婪，才要分享？金聽得張口結舌，左右張望，發現其他人臉上也露出與她類似的驚訝之情。

這個叫湘恩的又繼續說：「他人的利益竟然是自己的利益，聽起來很矛盾。但耶穌在兩千年前就已經知道這個道理：像愛自己一樣愛你的鄰人。」

好唷，這點她沒問題。金捅了捅旁邊的妮達。「這道理我們都懂，不是嗎？」

「促成這種公共利益，不是為了公共利益，而是為了個人利益。」

「這些不是意識型態、不是曖昧的論點、不是虛無飄渺世界中的異想天開，無法證明自己的主張。」菲茲羅伊透過銀幕和應用程式解釋。「正如你們所見，這是簡單的數學，可以計算、可以預見的。」

湘恩接著說：「一個社會自然必須確保人人都能遵守這個原則。換句話說，我們不僅是在狀態差時接受幫忙，也要在情況好時有所貢獻。合作是自願的，但也是互相的。它必須防止不勞而獲者和迴避貢獻者，至少數量不要太多、太大。我只說利用稅務漏洞犯下『Cum-Ex』股票交易案就好，這是二戰以來最嚴重的富人稅務詐欺事件。不過，這些投機者也有其肯定的一面，因為他們指出了制度上的弱點，讓人得以排除錯誤。而這一切是怎麼運作的呢？」

金也十分好奇。

# 81.

湘恩說：「賽局理論、心理學、社會學、生物學中，有許多模式可運用。」湘恩對自己的熱情感到意外，或許一半是因為聚光燈照得她目眩眼花，看不清楚底下的觀眾；另一半一定是因為對泰德失望透頂。何況，菲茲是個旗鼓相當的完美演說同伴。「想想羅伯特．阿克塞爾羅的研究。湯普森和坎特也對此做了初步必要的更改，因為他的研究也經常使用問題重重的預期效用。在複雜的現代社會中，基本上需要值得信賴的強大組織，不論是國家還是私人，或者是科技方面……都必須存在，而且要確實運作。」

大廳裡，一片靜默。湘恩的目光掃過朦朧不清的群眾。他們現在應該都開始跟著計算，而且深入思考了。他們應該要如此。就連先前那個質問者也不再插嘴了。

瑪亞目瞪口呆看著銀幕，同時默默跟著計算。她只聽懂部分故事內容，幸好她數學底子不錯，況且這裡只是簡單的算法。

忽然，觀眾席中有人喊：「不過，關鍵問題是，該由誰決定誰應該貢獻多少，誰又能拿到多少呢？」

菲茲羅伊・皮爾解釋說：「當然，在我們這個徹底測量、徹底數位化的世界，也不是一切都能量化成數字。幸好！畢竟我們相互依存的方式五花八門，複雜到沒人真正了解！不過，我們現在了解這個原則確實有效，也了解其運作方式。」

湘恩・達爾利補充說：「對於可以量化的一切，我們手中握有強大的工具，設計更持續、更負責、更穩定、更長遠的經濟，設計……」

觀眾席中有個女子高喊：「一方面是自由，另一方面是分配，聽起來就像傳統的社會國家與福利國家，是市場與國家的混合體。」

「沒錯，有一點。」湘恩回答。「市場自然也會因此發生改變。湯普森和坎特從過去經驗中，找到一個貼近這個理念的例子，也就是五〇年代到六〇年代的西方經濟奇蹟國家。當年經過兩次世界大戰期間與大戰時的保護主義後，重啟了世界貿易。組織與機構，尤其是國家，至少有部分合理分配眾人共同創造的財富。我們總是很健忘，忘記當時即使在美國，富人的最高稅率也超過百分之九十！沒錯，百分之九十以上！以前課稅更重，而非更輕！那是個『美好的舊時光』，民主政治履行了為所有人創造更大福利的承諾，因此更受歡迎。」

皮爾說：「但是，並不是經濟蓬勃發展，造成人人都能往上高升的『電梯效應』。完全相反！而是因為大家都拿到充分的金錢，進而創造經濟成長，所以才會如此繁榮。湯普森和坎特依據的不是福利與團結這種軟性論點，正如剛才所說，而是奠基於可計算的數學。就像我們從農夫例子中看到的，運用正確的策略比起不採用這些策略，財富的增加更為強勁。大家經常掛在嘴邊的『重新分配』，只要實施得當，非但利他、友善、公益，對所有人而言，也是比較好的交易。是通往財富與和平的公式！因此，他們不說**福利**國家，而是**富裕**國家。在全球化的今日世界，當然也要全球一起實踐這個想法。」

瑪亞又看了一眼手機。攻擊者聯繫的那組電話號碼，具體位置究竟在哪裡？

「湯普森和坎特參考大量經驗數據與科學論文，這些資料顯示，美國等地從八〇年代開始，社會財富的重新分配率對富人有利，同時經濟發展卻日益萎縮，人民對民主制度的信心開始減弱。」

「你們可以閱讀到內容。泰德・霍頓，」湘恩・達爾利的目光在觀眾席中搜尋，「他擁有原稿，但是不想拿出來！」

許多人紛紛轉頭。

瑪亞拿在手裡的手機忽然震動，把她嚇了一跳。

行動中心的同事說：「我們找到他了。已經把妳登錄到即時定位系統上。」

在瑪亞的手機螢幕的示意圖上，跳動的綠點顯示她在會議廳右下角。她故意選擇這個靠近講台的位置，比較能一覽無遺。忽然間，彈出紅點，開始跳動——就在會議廳裡，和她同一邊，在中間排的尾端。

她緊張地從口袋裡掏出從中槍者那兒沒收來的手機，同時不動聲色地朝紅點的方向前進。瑪亞緊貼著牆走，牆邊也靠著聽眾。她的綠點逐漸接近紅點。那個人距離她應該只有短短幾公尺。這裡臨近一扇側門，賓客彼此站得特別擠。昏暗中，瑪亞看不太清楚他們的臉。大部分人聚精會神聽著，有幾個人滑著手機或平板電腦。瑪亞在沒收手機的通話記錄中找到號碼，大拇指放在撥號鍵，然後看一眼號碼主人應該會在的方向。

再一次調準跳動紅點的方位。

撥號。

瑪亞把手機放在耳邊，撥號音。但是在目標區中，沒有人動作。撥號音。瑪亞的目光在眾人頭部來回掃描。在場似乎還是沒人收到來電；或者，那人不想接電話。

撥號音。

瑪亞的目光停留在五公尺前一顆頭髮梳得服貼的中分頭上，之前那顆頭幾乎被其他人遮住。瑪亞往旁邊走一步，想要看清楚他的臉。

喬治．拉馬克把手機拿到耳邊，低聲說：「你還想做什麼？委託已經結束了。」

同一時間，女警官忽然在他眼前冒出，手裡拿著一支手機，耳朵旁還有一支。然後，目光死死盯著他。

# 82.

「理論上聽起來非常棒，可是人並非這樣運作的！」一位西裝筆挺的白髮老翁喊道。「人天生就是自私……」

「那是**如何**運作呢？」一個較為年輕的人果斷反駁他，沒有打領帶，戴的是設計師款眼鏡。「您在街上向人問路，對方回答您之後除了一聲『謝謝』，不會再有所要求。一群少年被困在泰國洞穴中，世界各地的援助者為他們的生存奮鬥。發生地震或者水災，全球的救難人員立刻趕往現場。我們每個人內心都深深隱藏著助人的感受……」

「只要有人類，就有競爭、統治與階級！」有個人氣憤地對一位身穿套裝的女士解釋。

女士則是激動回說：「不是說端視如何組織管理而定嘛！」

「競爭與比賽從何而來？」一個戴著無框眼鏡的高大男子，盛氣淩人問一群年輕人。「究竟為何會有競爭與比賽？」

有個人說：「或許是要爭取合作。」

有位年輕女子則說：「或者說，競爭創造差異，且取得差異；有了差異，合作才能真正獲益。」

另外一個年輕人認為：「競爭不是多餘的，只不過競爭有了新角色，不再是主流典範，不是目標，而是達到目的的手段……」

「人道與無私就是更好的交易？」有個女性忿忿地說。「我才不讓我的感受簡化成方程式，還被嵌入資本主義當中！」

一位老先生對另一個老先生說：「像你這樣一個中堅資本主義者，不計一切代價追求成長，一定喜歡這個觀點！」

那人回答說：「我承認。很難反駁這個演算方式……」

「令人驚訝的是，以前竟然都沒人想到這一點，明明這麼簡單。」

「這把所有的左派—右派—進步派—保守派等模式全都推翻了，」一個戴眼鏡的胖男士對一位高大的女士說，「所有立場都牽扯在一起……」

「但是也推翻了好不容易發展出來的立場。」那位女士說。「例如我在這個互助合作的觀點中，沒有看見無條件接收。你也可以向希望獲得東西的人要求某些東西，前提是他們能夠……」

「……合作優勢或社會優勢，能夠讓真正有需要的人有所儲備，不過對於實驗、科學與研究、藝術與文化等長期計畫也是一樣……」

揚恩聽到有人正在解釋。

「它們為偶然的意外製造緩衝……」

湘恩和菲茲的演說掀起滔天巨浪。在救護人員的攙扶下，揚恩一蹦一跳穿過人群，走向講台。在他半敞開的襯衫底下，露出寬大的白色繃帶，纏住整個胸膛。

「可以重新思考一下企業管理。」有個五官突出的高大男士，對一個同類型但頭髮稍多的人說。

對方深思說：「必須如此。還有領導者所需具備的能力。」

揚恩在台上一群簇擁著菲茲的人群中看見他的光頭，卻不見湘恩和女警的身影。

「很好，非常棒，但是我要如何運用在日常生活中呢？」一個像是經理人的威武男性，問一位感覺更像科學家而不是外交官的體面女士。

女士回說：「這並不困難。我們許多人始終都知道——或者說感覺到——這個道理，正如偉大的宗教與哲學也教導過：你們要給人，就必有給你們的。支持有想法的人，支持有需要的人。無需錙銖必較。即使是小事，偶爾也要尋求更合理的分配：吃飯時不必定要平均分攤；即使到速食店用餐，也要給小費；多付點錢給傭人……」

或者給妳的護理師。揚恩心想。

「……尤其是，不要凡事算計！」

菲茲一看到揚恩，立刻擠過人群，張開雙臂走來。一發現他的狀態，即憂心忡忡問：「你又做了什麼？」

「你們沐浴在聚光燈下侃侃而談時，我又去誘出殺人犯，總得要有人做事啊。」

現在，他也看見湘恩在講台下第一排桌子前，身邊受到十幾個賓客包圍提問，他們比手畫腳，熱烈討論。在他們頭頂上，新聞小組正拿著攝影機和麥克風桿捕捉畫面和聲音。

菲茲稍微掀起揚恩的襯衫。繃帶底下，揚恩的左脅前明顯有片特別厚的壓力繃帶襯墊。

揚恩解釋：「醫生說，幸好只是從我的肋骨旁滑過，要不然……我得去醫院檢查，縫合傷口。」

「你是應該去一趟。」他背後有個女性說。

女警官面露擔憂，查看他的狀況。

「再次謝謝妳。」揚恩指著他的傷口說。

她回說：「我才要致謝。**我們**才應該表達謝意。」

「抓到他們了嗎？」

「還有一個在逃，不過我同事會逮住他的。」

「揚恩！」講台前的人群中有人高喊他的名字。

湘恩擠出圍住她的人群，走上講台。她一看到繃帶便驚呼：「發生什麼事了？」

「沒那麼糟啦。」揚恩回答。「他們抓到那些傢伙了。」

「演說十分精采。」女警官對湘恩說，「至少就我聽到的部分。」

「不是我們的成果，我們只是大概複述閱讀到的東西，還有更多的內容，不過泰德……霍頓也許全部都銷燬了。」

菲茲笑說：「哎呀，倫敦人的研究基礎都還在。就一個前避險基金經理人和億萬富豪特助，妳對這個主題還真是感情豐富啊！」

「未必與主題有關。」湘恩喃喃說，臉色抑鬱。

揚恩的目光飄過激烈討論的人群身上，最後落到湘恩身上。「我只聽見一點點，不過你們在上面一定表現得很好，妳和……」他看向菲茲，「菲茲羅伊。」

「叫我菲茲沒問題。」菲茲羅伊說。

有個和菲茲差不多高的白髮老先生忽然現身他背後，往他肩膀一拍。

「他當然表現得很好！」他握住湘恩的手，在她手背上一吻。「有這麼優秀的同伴，一點也不意外。」

菲茲一陣白眼。「揚恩，這是我父親。爸，這就是把大家都扯進這堆麻煩的傢伙，揚恩。」

他瞅著揚恩咧嘴笑。

「幕後黑手是誰？」揚恩問。「是泰德．霍頓嗎？」

女警官做出個鬼臉，說開心也不是真開心。「我們透過殺手小組的聯絡電話，追蹤到泰德．霍頓一個說客——喬治．拉馬克。拉馬克仍舊否認與這一切有關，但他撐不了多久的。但還說不準我們能否證明是這位億萬富豪下的指令。」

「但是我們在他旅館套房的保險箱中發現湯普森的演講稿，以及湯普森和威爾．坎特的原稿啊！」湘恩忍不住脫口而出。

菲茲補充說：「還有威爾．坎特臨死前幾個小時在他旅館房間完成的草圖。」

女警官說：「霍頓先生有權有勢，我們不容易拿到調查他套房的搜索令。」

湘恩這時左右張望。「泰德到底人在哪裡？你們也逮捕他了嗎？」

「證據不足，我們無法逮捕他。」女警官又說。

「那麼他十之八九已經趕去搭私人飛機，要飛到紐西蘭了。」

「我們幾乎沒辦法攔阻他。」

「不一定。」湘恩說。「他昨晚進行了可能觸法的商業活動和證券交易，或許這個理由能暫時阻止他離開。」

「這不是我的職責範圍。不過，你們若能提供更多訊息，我可以轉交給負責的同事。」

「妳會拿到的。」

「我很高興這整件事情終於結束了。」揚恩嘆了一聲。

菲茲看了一圈仍舊激烈討論的群眾，目光落到播放數十萬抗議人士的螢幕。

「我好奇的是，這件事是不是才剛開始……」

# 泥土的芬芳

妲娜心滿意足看著剛犁好的犁溝。已經有鳥兒飛下來，熱切啄著食物。

「確實快了兩倍以上。」鐵匠站在她旁邊說。他和妲娜進行了第一次的嘗試。一開始，妲娜只是有個想法，後來告訴了鐵匠。鐵匠乍聽之下半信半疑，接著開始深入思考，提出了幾個建議。冬天田裡活兒少，他們挖空心思琢磨了一整個冬天。妲娜的創意結合鐵匠的手藝，最後終於製造出這個成品。

他們自豪地望著新犁。

同樣的時間內，能夠耕犁雙倍的田地，事半功倍，表示勞動減少一半，或者收成倍增。

卡爾同樣收成倍增，其他陸續與他們合作的農夫也一樣。

妲娜開始計算起來。

# 後記與致謝

「農夫寓言」是根據倫敦數學實驗室（lml.org.uk），歐爾．彼得斯（Ole Peters）團隊的學術研究發展而來的，以便讓一般的外行人（例如我）更容易理解。這些研究對於個人、政治與經濟影響非常深遠，我在書中的討論只觸及了皮毛。尤其是這個團隊（還有其他的參與者，包括兩位合作夥伴或說是導師的諾貝爾獎得主莫瑞．蓋曼（Murray Gell-Mann）與肯尼斯．阿羅（Ken Arrow））的論文需要大量的基礎工作，進一步的具體實施才剛起步。

有興趣進一步了解背後的數學知識，可以上lml.org. uk/research/economics網站。

我要感謝歐爾．彼得斯與亞歷山大．阿德懋（Alexander Adamou）花時間耐心與我討論。本身若非數學家或物理學家（例如我）就會了解，必須花點時間才能開竅。

接著要感謝大衛．薩拉克（David Sarac）在倫敦一次會議上繪製的比薩斜塔圖，以及製作網路版的農夫寓言（這本身就是合作的好例子：由英國、法國、奧地利、澳洲與加拿大的科學家、一個作者、企業家、程式設計師與美編共同參與）。

本書中有許多地方都是虛構的，例如大多數的人物。柏林的地點，我也稍微自由發揮了一下。危機場景可以有不同的發展，畢竟觸發我們政治與經濟體系連鎖反應的因素是形形色色的。

但是，書中引介的現有社會政治與經濟概念，例如輔助性原則、均衡理論、預期效用、比較優勢、決策理論與賽局理論等，都是確實受到運用的。

當然，本書也收錄了許多科學家、哲學家、政治家與其他人的理論與見解。由於族繁不及備載，只能在此一併致謝。

謝謝蘭登書屋的布蘭瓦勒特（BLAnvalet）出版社團隊與蓋博（Gaeb）文學經紀公司，沒有你們，不會有這本書。

我特別要向各位親愛的讀者表達謝意，謝謝你們加入這場冒險！如果你們喜歡這本書，覺得其他人也可能喜歡的話，歡迎推薦給他們！

馬克・艾斯伯格（Marc Elsberg）

維也納，二〇一八年十二月

國家圖書館出版品預行編目資料

貪婪，你會走多遠？/ 馬克．艾斯伯格（Marc Elsberg）著；管中琪譯 . -- 初版 .
-- 臺北市：商周出版：家庭傳媒城邦分公司發行 , 2020.09
面；　公分 . -- ( 莫若以明書房 ; 22)

譯自：Gier, wie weit würdest du gehen?

ISBN 978-986-477-909-3 ( 平裝 )

882.257　　109012168

莫若以明書房22

**貪婪，你會走多遠？*GIER*, *Wie weit würdest du gehen?***

作　　者 / 馬克．艾斯伯格（Marc Elsberg）
譯　　者 / 管中琪
責任編輯 / 彭子宸

版　　權 / 黃淑敏、吳亭儀、劉瑢慈
行銷業務 / 周佑潔、黃崇華、張媖茜
總 編 輯 / 黃靖卉
總 經 理 / 彭之琬
事業群總經理 / 黃淑貞
發 行 人 / 何飛鵬
法律顧問 / 元禾法律事務所 王子文律師
出　　版 / 商周出版
台北市104民生東路二段141號9樓
電話:(02) 25007008　傳眞:(02)25007759
E-mail:bwp.service@cite.com.tw
Blog:http://bwp25007008.pixnet.net/blog
發　　行 / 英屬蓋曼群島商家庭傳媒股份有限公司城邦分公司
台北市中山區民生東路二段141號2樓
書虫客服服務專線:(02)25007718;(02)25007719
服務時間：週一至週五上午 09:30-12:00；下午 13:30-17:00
24 小時傳眞專線：(02)25001990；(02)25001991
劃撥帳號：19863813；戶名：書虫股份有限公司
讀者服務信箱：service@readingclub.com.tw
城邦讀書花園：www.cite.com.tw
香港發行所 / 城邦(香港)出版集團有限公司
香港灣仔駱克道193號東超商業中心1樓
E-mail:hkcite@biznetvigator.com
電話:(852) 25086231 傳眞:(852) 25789337
馬新發行所 / 城邦(馬新)出版集團【Cite (M) Sdn. Bhd.】
41, Jalan Radin Anum, Bandar Baru Sri Petaling,
57000 Kuala Lumpur, Malaysia.
Tel: (603) 90578822　Fax: (603) 90576622
Email: cite@cite.com.my

封面設計 / 朱陳毅
排　　版 / 極翔企業有限公司
印　　刷 / 韋懋印刷事業有限公司
經 銷 商 / 聯合發行股份有限公司
電話:(02) 2917-8022　Fax: (02) 2911-0053
地址:新北市231新店區寶橋路235巷6弄6號2樓

■2020年09月01日初版一刷　　Printed in Taiwan
定價400元

城邦讀書花園
www.cite.com.tw